———— 阅读之前 没有真相

午夜文库

土楼杀人事件

青稞 著

新 星 出 版 社　NEW STAR PRESS

出场人物表

陆　宇　　"我",无所事事的推理小说作家,兼职编剧
陈默思　　陆宇的大学同学,协助警方破获多起大案的
　　　　　"沉默侦探"
郑　佳　　报社记者,陆宇的大学学妹
沈金龙　　龙凤村村长,沈家家主
沈星龙　　沈村长的独子,正在上大学
沈海龙　　沈村长二弟的独子,二十六岁
沈晓龙　　沈村长三弟的独子,十岁
沈家太婆　沈村长的母亲,年逾古稀
沈天龙　　沈家先祖
温雪凤　　沈星龙的青梅竹马,大学时与其相恋
温碧凤　　温雪凤的姐姐
温秀凤　　温雪凤和温碧凤的母亲
温九凤　　温家先祖
大　彪　　龙凤村普通村民
王　磊　　旅游开发商
黄剑平　　历史学教授,对土楼有深入的研究
韩　适　　报社主编,陆宇的大学学长,曾经历"钟塔案"

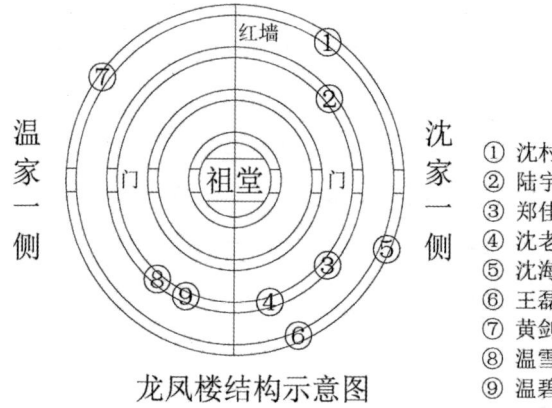

龙凤楼结构示意图

① 沈村长，沈星龙
② 陆宇，陈默思
③ 郑佳
④ 沈老太婆，晓龙
⑤ 沈海龙及其母亲
⑥ 王磊
⑦ 黄剑平
⑧ 温雪凤及其母亲
⑨ 温碧凤

目 录

1	序　章	财宝疑云
4	第一章	请多指教
20	第二章	初入宝地
42	第三章	龙凤呈祥
71	第四章	苦命鸳鸯
93	第五章	土楼命案
119	第六章	人去楼空
145	第七章	古树吊影
168	第八章	迷宫尽头
200	第九章	夜尽天明
233	第十章	宿命轮回
267	尾　声	
275	解　说	

序章　财宝疑云

这是一个雷雨交加的夜晚，刚刚经历过一场厮杀的沈天龙感觉十分疲惫。他将胸前的护甲卸下，本想坐下休息，却突然感觉天旋地转。

"大哥！"

耳边传来一句熟悉的喊声。沈天龙睁开双眼，看到了兄弟的脸。沈天龙知道，自己这个二弟一直十分在乎仪表，可这张原本十分英俊的面庞上，现在却多了一道深可见骨的伤口。从伤口处溢出的血水染红了脸庞，可这张脸的主人却浑然不觉似的，任由雨水冲刷着刀口处翻出的血肉。

沈天龙挣扎着站直身子，想看看四周的情况。雨水模糊了视线，他擦了一遍又一遍，视野中还是一片昏暗。突然，天空中亮起一道闪电，眼前终于亮了起来。他终于能看清周围的一切了。

等待他的是在四周泥地里横陈的近十具尸体。雨水无情地拍打在这些冰冷的尸体上，在短短一刻钟之前，这些他最亲近的弟兄都还活着。看到尸体的一瞬间，刚刚发生的一切闪现在他的记忆中，锥心的疼痛如闪电般贯穿全身。

沈天龙痛苦地闭上双眼,第一次怀疑起自己的做法究竟是对还是不对。

"大哥,东子怎么处理?"

闻言,沈天龙睁开眼,只见他平日颇为关照的东子此时正双手被缚、跪在自己面前。东子的脖子上紧贴着一把明晃晃的大刀。东子没有说话,只是低头跪在那里,雨水拍打在他的脸上,汇集在下巴上,成股地流了下来。

沈天龙看了东子两眼,终于还是看不下去,便摆了摆手,示意把他放了。想走就让他走吧,沈天龙这样想道。死的人已经够多了,又何苦再多一个。

得知自己获得生还的机会,东子立刻恢复了生机,不停地朝沈天龙磕头。在磕了十个响头之后,他嗖的一下爬起,飞快地往远处的山林跑去。沈天龙再度闭上双眼,以为事情就此结束了。可随后,一声惨叫让他回过神来。

沈天龙看着持弩的二弟,正是他将没跑多远的东子射杀了。二弟收起弓弩,向大哥沈天龙摇了摇头。沈天龙又看向四周,漆黑的铁甲下,活着的弟兄个个面无表情。这时,作为这支小队首领的他才明白过来,战场上除了你死我活之外,没有多余的选择。更何况,他们刚刚经历了一次赤裸裸的背叛,只是将这些叛徒清理掉,在活着的弟兄们眼中,这样做没有丝毫错误。

沈天龙叹了口气,示意部下将尸体埋好。眼角的余光扫到几辆侧翻的推车,一旁是几个木箱横七竖八地摔在地上。推车原本是用来运送这些木箱的,车轮在冲突中损毁了。

沈天龙伸出手去抚摩着木箱,心里想的是今后的打算。接下来该怎么办才能确保不再发生类似的叛乱,保护好弟兄们用生命换回的这些宝贝？更为重要的是，他不能愧对主上的恩情。

沈天龙仰起头。

天空闪过一道闪电，轰的一声，雨下得更大了。

第一章　请多指教

1

"真的？"

"真的。"

"这么说，他也有弄错的一天？哈哈……"

"嘘！待会儿你可要注意了，千万不要在他面前提……"

"提什么？哈哈哈，我知道了，就是说不能在他面前揭他的短儿对不对？"

听到这句话后，我赶紧点点头，伸手抹去了额头的汗水。我可不敢拍着胸脯保证眼前的人待会儿不会说漏嘴。同时我也有些后悔，早知道就不该一时嘴快说这么多了。

想到这里，我抬起头看着对面仍笑个不停的年轻女子。她叫郑佳，说起来算是我的大学学妹。几年未见，如今看起来成熟了不少，连和我这个学长见面也都穿一身黑白色系的OL套装。只不过聊天过程中，她还是不时显露出学生时代天真活泼的模样。说实话我们已经好久没联系过了，当她上周在微信上突然发来消息时，我着实吃了一惊。我们在微信上简单聊了两句，便约定今天在这家咖啡店见面。

"你毕业后就一直在这家报社工作？"我端起服务员刚送过来的卡布奇诺，小心嘬了一口。

一听到报社这两个字，郑佳立刻双眼放光。

"是啊，我以前就挺喜欢新闻报道类的工作，因此在毕业找工作的时候，就照着这个方向去找啦……对了，你应该知道韩适学长吧？"

我一时没有反应过来。没想到时隔三年，我会在一个与他完全不相干的地方，从一个与他看起来没什么关系的人口中听到了这个熟悉的名字。

"知道是知道，不过……"

我没有继续说下去，只是看着眼前的马克杯，思绪仿佛又回到了三年前。韩适是我的大学学长，毕业后在传媒业工作。三年前的冬天，还在读研的我曾和他一起去过一个叫钟塔山庄的地方，之后发生的连续杀人案至今仍让我噩梦不断。要不是后来遇到了陈默思，恐怕我现在还会一直被蒙在鼓里吧。韩适学长和那座山庄有很深的渊源，事情发生后，他着实消沉了好长一段时间。

"学长他，成为我们报社的主编啦！"

"主编？"

"没错哦，就是因为我们刚刚谈论的，前年发生在日月山庄的那件案子啊！去年秋天，网上不是有个叫夕目貅的作者发了一个帖子，揭示了那起案件的真相吗？韩适学长用他敏锐的嗅觉捕捉到了这个热点，力排众议，以帖子的内容为基础，接连发了十几篇跟踪报道。报道一出就获得了大量关注，甚至连我们报社主打的报纸销量都上升了不少。刚好我们社的老主编今年退休，韩适学长就在众人的推举下成了新任主编。"

原来是这样，难怪郑佳一见面就问我日月山庄的事情，看来她对内情颇为了解，才会提起这个话题。说实话，在日月山庄的那些经历，是我心底的一块伤疤，如果不是这位小学妹执拗地问起，我是不会再去碰它了。况且，对于陈默思而言，这起事件也是一个沉痛的打击。

去年秋天那篇帖子在网上疯传，陈默思气得甚至把自己关在家里好几周，对上门而来的众多委托一概不理，后来还是市公安局副局长杨志康亲自上门才请动了他。之后的一段时间，陈默思都在疯狂地破解各种各样的谜团，并对日月山庄发生的事彻底避而不谈。虽然表面上看，他对那起案件是再也不感兴趣了，可我却不止一次看到他在偷偷查看后续报道。这至少说明他对那起案件还是颇为在意的，毕竟那是我们这位"沉默侦探"极为少见的失误。

自从我开始将陈默思这些年来解决的案件一一整理成书出版以来，陈默思的名气越来越大，读者纷纷称其为"沉默侦探"。因为书中的陈默思在解决案件之前往往沉默寡言，执着于思考，这倒是和他的名字十分贴合。不过一旦到了他的表演时间，他就完全像是变了一个人，成了一个十足的话痨，甚至不容别人插一句话。别的不说，这点我倒是深有体会。默思对谜团的执着，对真相的渴望，是我这些年没在任何人身上见到过的。反过来想，如果不是这样的话，他也不会成就"沉默侦探"的美名了吧。

"对了，我们的这位大侦探，几时能来？"坐在我面前的郑佳看起来已经有些迫不及待了。

我摇了摇头，笑道："如果你能有见到他守时的运气，那还不如买彩票算了。"

听到我这么说,学妹扑哧一声笑了。

"没想到他果然和你书中写的一模一样呢!"

"那些书你都看了?"我有些好奇地问道。

"当然,你最近出的《日月星杀人事件》,我可是第一时间就买来看了哦……对了!差点儿忘记了,我还没要签名呢!"

说着,郑佳一拍脑袋,从放在一旁的手提袋里掏出一本书,正是上个月刚刚出版的《日月星杀人事件》,书里的故事以日月山庄的一系列杀人案件为原型。说到这里,我不得不再次感谢一下推理作家夕目貅。正是在他的帮助下,我这本书才得以如此迅速地出版,并且一上市便广受好评,短时间内就得以加印了。更为重要的是,在得到夕目貅的允许后,我将他的观点也加进了书中,这让作品能更全面地展示那起案件的真相,也算得上相得益彰了。不过糟糕的是,由于陈默思对这件事一直耿耿于怀,所以我还没有将出书的事情告诉他。我完全能够想象得到,在得知本书出版之后陈默思会发多大的火了。

就在我胡思乱想的时候,郑佳已经拿出书放在我的面前。她连签字笔都摆好了,看来真是有备而来啊。我咂了咂嘴,翻到熟悉的签名页,唰唰唰签下自己的名字,还留下两句寄语,然后将书递还给她。

拿到签名书之后,郑佳在签名页扫了一眼,突然笑了出来。

"学长啊你这字……真得练一练了。都成大作家了,这样可不行哦!"

这已经不是我第一次听到这句话了。不过没办法,就算字再丑,我现在也很难改过来。我只能耸耸肩,将视线转到他处。现在刚过上午十点,咖啡馆里的人渐渐多了起来,又逢周末,估计再过一会儿就没有空座了吧。

我喝了一口咖啡，向郑佳问道："你这次找我——不对，找陈默思，究竟是为了什么事？"

上周在微信上看到她的消息时，我心里还激动了一阵，毕竟我一直单身，好久没有女孩子主动来找我了。在我的印象中，学妹十分可爱，换句话说，她正是我喜欢的类型。微信聊天中，我每打一个字都会仔细斟酌一番，甚至她每回一句话，我的心跳都会加速。短暂寒暄几句后，她进入了正题——听说你现在和那位"沉默侦探"住在一起？没错，她正是这样说的。直到这时，我才弄清她的真正目的，同时对自己刚才的胡思乱想好好自嘲了一番。

写小说就是这样，人们关注的往往是你写出来的东西，换句话说就是你笔下的人物。至于作者本身嘛那就爱谁谁了——至少我是这样认为的。从我这几年和陈默思的交往来看，每当我把委托人带到陈默思面前时，他们的目光就立刻被我们这位"沉默侦探"独特的魅力给吸引过去。至于我嘛，则常被当作空气直接无视。每当遇到这种情况，我虽然不至于生气，但或多或少还是会受打击。所以，当学妹在微信中和我摆明态度，说是来找陈默思的时候，我多少还是有些泄气。直到与她面对面坐下，心里的疙瘩才稍稍解开一些。

对我提出的问题，郑佳很快做出了回答。

"之前不是说了，是关于一件失踪三百多年的财宝的谜案，只要你跟那位'沉默侦探'说了，他一定会感兴趣的。"在提到财宝两字时，她还故意压低了声音，搞得我们像是在谈什么不可告人的秘密似的。

我看着眼前这个一脸正经的学妹，拿她毫无办法。从最开始和我联系到现在，她提供的信息也只有这些。不过，一看到她那人畜无害的表情，我就不好意思再追问些什么了。几天前，我把这件事告诉刚从外面回来的陈默思时，令我稍感意外的是，他立马就同意了，这才有了今天的约见。当时我甚至怀疑，陈默思是不是已经知道了什么，换句话说，是不是只有我还被蒙在鼓里。我不止一次想找机会询问陈默思，可这家伙一直忙他自己的事，甚至连和他同住的我都很少能看到他，以至于我以为他会忘了这次会面。今天一大早我就看到陈默思离开了住所，直到现在也没再见到他的人影。

我看了一眼手机，时候不早了。趁着陈默思还没来，我去了一趟洗手间，出来时发现店里的人越来越多。陈默思还是没有出现。我刚想向学妹说一声抱歉，就听到玻璃店门被哗啦一声打开，紧接着一道熟悉的身影走了过来。

"抱歉，我来迟了。"

2

看着一脸轻松甚至毫无歉意的陈默思，我心里狠狠地数落了他一顿。他还是和早上一样，上身一件不知道穿了多少年的灰色风衣，下身配一条洗褪色的牛仔裤，这便是他的日常装扮。他看起来精神饱满，一进门就发现了我们，便打着招呼往这边走了过来。

我瞥了一眼旁边的学妹，她一见到陈默思，两眼顿时亮了起来。之后她目光就一直停留在陈默思身上，直到我发话才回过神来。

"默思，你可是迟到了哦，你说要怎么惩罚吧？"我半开玩笑地说道。

陈默思在我身旁坐下，饶有兴致地看了我一眼说："哦？那你说要怎么惩罚？"

"至少待会儿的午饭，你得请了吧？"我亮出了自己的盘算。

"当然可以。能邀请我们这位美丽动人的女士共进午餐，那可是件不可多得的美差啊！"陈默思说完，有意无意地看了学妹一眼。

我略感诧异地看向陈默思，他今天的表现着实有些不同寻常。平时他对身边的人经常是爱答不理，就算对方是个可爱的女生，在他眼里也只是普通人而已。可今天却不一样，从进门开始，他就少有地展现出了绅士风度。

面对陈默思过于浮夸的赞美，郑佳不好意思地笑了。

"您说笑了，能见到赫赫有名的'沉默侦探'，已经是我的荣幸了。我可是你的狂热粉丝呢！"说到最后，她差点儿激动地站起来。

"哦？沉默侦探……这个名字怎么这么耳熟呢，难道说的……是我？"陈默思顿时把目光投向我，"你这家伙，什么时候给我扣上了这么个名号？"

虽然嘴上抱怨，可陈默思的脸上却并没有一丝责备的表情。

我摆了摆手，连忙解释道："出版社的要求，我也没办法啊……你看全世界那么多名侦探，大都有响当当的名号，什么绅士侦探、老妇侦探，甚至第一本书就死了的侦探，都是宣传的噱头啊！在编辑的强烈要求下，我只好也给你弄了个。怎么样，还行吧？"

"行！你爱咋咋地，反正我也不会看你写的那些乱七八糟的东西。"

陈默思话音刚落，我心里竟一下子舒服多了。真是这样的话，至少他就不会发现我在新书中揭他的短了。这时，他将目光投向一直注视着我们谈话的郑佳。

"关于那个三百多年前财宝的事，你能再多说一点吗？"

"当然可以，侦探先生。"学妹用可爱的语气回应道。

听到这里，我内心有了一丝莫名的醋意。之前我问同一个问题时，郑佳一直在敷衍我。没想到陈默思一来，她的态度立马就变了。算了，我耐住性子，没有将自己的感受表现出来。

"别再侦探侦探地叫了，你叫我默思就行。"陈默思还是这种少见的殷勤态度，我不禁对他的改变感到好奇。

"好的。"郑佳点点头，脸色突然变得有些难看。

"怎么，有什么难处吗？"默思问道。

"那个……我来之前，主编非要让我给你出一道难题，算是……考考你。"说完这句话，学妹有些紧张地看向陈默思。

"考我？真是稀奇。这么多年了，还没有人主动要来考我。"陈默思倒是颇有兴致，"说吧，什么难题？"

得到陈默思的同意后，郑佳看起来松了口气。她扭过头，指向旁边的座位。

"桌子上有杯咖啡，座位却一直没人坐，请推理一下这是怎么一回事。"

这就开始了。我看着坐在对面的学妹一本正经的样子，还真有些不适应了。

陈默思看向那杯咖啡，我的目光也跟着移了过去。这杯咖啡看起来就是普通的拿铁，不过确实一直没人碰过，连放在碟中的方糖都没有加进去。

正当我开始思考时，陈默思突然笑了起来，说："阿宇，你来说说你的看法吧。"

果不其然，还是同样的套路，这个家伙……我在心里小声咒骂了一句。陈默思每次提出自己的解答前，都要询问一下旁人的看法。如果我在场，这个倒霉的家伙通常就是我了。而我提出的看法往往是错误的，他经常以此来嘲笑我。这个自大狂……我在心中暗自发誓，这次一定要给他点颜色看看。

"好，那我就先说说我的看法。"我轻咳一声，目光在两人身上扫过，开始说道，"首先，这杯咖啡既然已经放在那里，就说明肯定有人点了它，现在的问题是，点咖啡的人究竟去了哪里。这杯满满的咖啡还没有放方糖进去，显然也没有被人喝过的迹象，这说明并不是有人喝完才离开的。当然，也有可能是他突然有事离开这里，没来得及品尝刚端上来的咖啡。但咖啡显然已经放了一段时间，如果点单的人离店，称职的服务员早就应该将它收走了才对。"

说完，我看向坐在一旁的两人。学妹的表情很正常，对我刚才的解答，她看起来颇为满意。陈默思还是一副玩世不恭的模样，他的表情既像是催促我继续说下去，又像是早已成竹在胸，此时只是看戏。

我继续说道："排除掉点咖啡的人已经离开的情况，剩下的可能就是这个人还在店里，只不过——不在我们眼前的座位上罢了。"

"你是说这个人还没走？"学妹向我问道。

我点点头，继续说道："这个人不光仍待在这家咖啡店内，还必须得让服务员知道，不然他的咖啡就要被收走了。那么一种可能的情况是，点这杯咖啡的人去了洗手间，可能由于拉肚子等原因一直待在里面。由于他离开时跟服务员说过了，所以那杯咖啡才被留到现在。然而这个假设并不成立。刚刚在默思来之前,我刚好去了一下洗手间。这里的厕所总共只有那一个隔间,而我去的时候里面是没有人的,所以刚刚我说的这种情况可以排除了。"

"哦?原来你刚刚去过洗手间,这个我倒是没想到,我的依据其实更简单。"说着,陈默思将视线转向洗手间的方向,"那个大大的清洁标示牌给我提了个醒呢!"

我也看了过去,洗手间的门前放着一个清洁标示牌。看来我出来之后,洗手间就暂时封闭做保洁了,那里面也就不可能有其他人了。

我将视线转回,继续说道:"既然那人不在洗手间,但又必须留在店里,就说明他就是我们眼前的这些客人之一。"

我环顾了咖啡店内一圈。刚刚在等默思的时候,我早已对这里的情况了然于胸。店内总共有十张桌子,每一桌都有人占了,唯独那杯咖啡所在的桌旁没有人。

郑佳开口问道:"既然那人坐在其他座位,为什么他的咖啡被单独送到一个没有人的位子上呢?"

我向郑佳点点头,说:"这才是问题的关键。一般来说,服务员肯定会把客人点的咖啡端到他所在的桌子上。虽然这里的桌子没有对应的号牌,不过这家店本身并不大,而且还有两个服务员,端错咖啡的情况几乎是不存在的。再说了,就算服务员真的端错了,也不会端到一个没人的桌子上吧。只有一种解释,那个人原本就坐在这个位子上,只不过由于中途发生了什么事,他才换到了其他位置。但这里就产生了另一个问题:他既然换到另一个座位去了,为何不带着自己的咖啡呢?也就是说,他有不得不将这杯咖啡留下的理由。"

"理由……"

"没错,理由。这个理由是最让我头疼的地方,我绞尽脑汁,才得出了自认为最合理的结论。你们想想,咖啡除了用来喝,还可以用来干吗?"

没人回答。我看着一言不发的两人,赶紧解释道:"占座啊,占座!他将那杯咖啡留在桌子上,是想提前占住那个位子,以防后面有人坐在那里。所以,最可能的情况是,这个人和一个朋友约好了在这家咖啡厅见面,提前来到这里,点了一杯咖啡。等咖啡端上来后,他却在另一张桌子旁看到了另一位朋友。他本想端着那杯咖啡去找那位朋友聊聊天,但此时他也注意到店内的客人越来越多,如果将咖啡端走,待会儿很可能没有空位了。于是,他便将这杯咖啡留下来占座,自己一个人坐到朋友那边去了。"

"原来是这样……"郑佳露出一副恍然大悟的表情,接着问道,"那点了这杯咖啡的客人究竟是谁呢?"

"很简单,只要找到这家店里谁面前没有任何饮料,他就是点了这杯咖啡的人!"

说完,我便再次环顾四周,在咖啡店里寻找。很快,我注意到左前方有一个年轻男子,他面前没有任何饮品。我顿时感到开心。然而我刚想转过头说出最终答案,刚被我锁定的那个人却站了起来,朝店门口走去。让我感到郁闷的是,他离开时甚至看都没看那杯咖啡。

"阿宇,貌似你的解答出问题了啊!"陈默思似笑非笑地说道。

我极力压抑着内心的挫败感,不肯服输地辩解道:"也有可能是他的朋友一直没来,他等得不耐烦了,加上咖啡已经凉了,所以他才直接走的。"

"你说的情况确实有可能发生。"陈默思点了点头说,"可是你再看看他对面坐的那个人,就能知道你刚刚的解释有多荒谬了。"

"什么……"我急忙看过去。

我刚刚确实有些急躁,注意力都放在面前没有饮品的那个人身上,反而对其周围没有丝毫印象。此时我才发现,在离去的那位青年对面坐着的是一个年龄相近的女子,她的面前放着一杯貌似是柠檬茶的饮料。更重要的是,她和刚刚那位离开的青年穿的是情侣装。

"完全错了……"我终于放弃了努力,无可奈何地低下头。

"唉,怎么就错了?"就在我低头的同时,耳边传来了郑佳的声音,她貌似还没有完全弄清事情的原委。

"那阿宇你就来解释一下吧,你的说法为何错了。"

陈默思的这句话简直是在我的伤口上撒盐。不过我还是强忍着内心的不甘,咬牙解释道:"很明显,那两人是男女朋友关系,从他们的情侣装上就能看得出来。男子的面前之所以没有饮料也是这个原因。他们两个人其实只点了一杯饮料,一起喝,这足以证明他们的关系有多亲密。今天是周末,正是约会的好时候,他们很有可能是一起来这家咖啡店的。"

"刚才那个男的为何又提前走了呢?"郑佳追问道。

"他应该不是走了,而是要出去买什么东西吧。"

果然,我话音刚落,那个男青年手里拿着一个冰激凌走了进来。在他进门的那一刻,他的女友立刻像换了一个人似的,露出了开心的表情。看来她可能只是想吃冰激凌,才跟男友撒娇让他出去买了吧。

我的解答又不出意外地错了。

3

"默思,那你的答案呢?"我叹了口气,又把问题抛回给陈默思。

"阿宇,不知道你有没有注意到一件事。"陈默思没有直接回答我的疑问。

"什么事?"

"这家咖啡店并不普通。准确地说,这是一家推理主题的咖啡店。"

陈默思说的事,我刚才也稍微注意到了。店里的每张桌子上,都立着一个巴掌大小的广告牌。令人感到诧异的是,这些广告牌上印刷的并不是真正的广告,而是一个个名侦探的名字,从鼎鼎大名的福尔摩斯,到阿婆笔下的波洛,再到推理小说之神岛田庄司作品中的神探御手洗洁,他们无一不在推理小说史上有着举足轻重的地位。不过除了这些广告牌,这家店里其他地方似乎再没有任何与推理相关的装饰了。

"阿宇,你可能也注意到了,除了这些广告牌上的名侦探介绍,其他任何与推理相关的元素都没有。"

看来陈默思也注意到了这一点,这也是我不理解的地方,或许只能问一下这里的店长了。我有意无意地看向前台,正想过去询问几句,却被陈默思拦下了。

"阿宇,你不要着急,解释起来很简单。这家店我以前来过,从来没有看到过这些广告牌。这只有一个解释,广告牌是从最近某个时间点才开始放置的,也就是说,推理主题的摆设只是临时的。联想到最近发生的一件大事,你再看看那杯咖啡所在桌子上的名侦探介绍,情况便一目了然了。"

听到默思这么说，我赶紧站起身，走到那个孤零零的只放有一杯咖啡的桌子边，拿起广告牌一看，一个熟悉的名字瞬间映入我的眼帘。

"侦探王未，这不是作家夕目貅笔下的侦探吗？"我感到很惊讶。

十几年前，推理作家夕目貅发表了他的第一部作品，故事的主角正是侦探王未。之后他又接连发表了几十篇以侦探王未为主角的长、短篇小说，在国内推理界引起了巨大反响。更重要的是，夕目貅正是本市人，去年我准备出版《日月星杀人事件》的时候，还十分有幸地见到了他本人。

"据说夕目貅创作的时候有一个特殊癖好，那就是在咖啡店里写作。"

陈默思的这番话引起了我的注意。我记得和夕目貅见面的时候，他似乎和我说过他的住址……好像就在这附近。难道说，这就是他经常光顾的那家咖啡店吗？放咖啡杯的桌子上，为何会有他笔下的名侦探广告牌？一个个疑问接连涌入我的脑海。

"推理作家夕目貅上周因病去世了。"一直沉默不语的郑佳突然说道。

我看着她，大脑一片空白，过了许久才回过神来，却仍然不肯相信刚刚听到的这个消息。

"他真的……去世了？"

"没错。"郑佳点了点头，用略显沉重的语气说道，"据说是心脏病，这个消息目前知道的人还不多，我也是因为在报社工作才了解到其中的一些内情。死因估计过几天就会向大众公布。"

没想到那位德高望重的前辈就这样猝然离世。就在上个月，我的新书出版之际，夕目貅还给我发来了祝福短信，这竟成了我们最后一次通信。最近我一边忙工作，一边忙着写一个杂志的短篇约稿，很少有时间看手机，可能因此错过了前辈的讣告吧。

我将目光再次投向旁边的桌子，视野中的那杯咖啡在我眼中显得愈加明亮了。我能想象得到，在阳光明媚的早晨，或者夕阳西下的傍晚，一个身材瘦削的中年男子坐在窗边的这个位子上。桌上有一台电脑，边上放着一杯咖啡。他不时端起咖啡喝上一口，双眼一直盯着眼前的屏幕，像是在看着十分珍爱的东西。就在这样重复了不知多少次的日日夜夜中，一个名侦探诞生了，一段段精彩绝伦的推理故事诞生了。

"这杯咖啡是为了纪念他，对吗？"我得出了这样的结论。

陈默思点了点头。

"至少在这段时间，这张桌旁不会有其他人坐了。"

我看了眼说出这番话的陈默思，竟从他的眼中看出了不一样的东西，像是一种另类的哀悼。

想到这里，我突然发现了一个问题，便扭头向一旁的郑佳问道："你从一开始就知道店家摆这杯咖啡的用意了？"

既然是她向我们提出的问题，那她知道整件事原委的可能性就很大了。我原本以为郑佳会点头承认，没想到她突然扑哧一声笑了出来。

"我哪有这么聪明啊！"

"但你提问……"

"笨蛋，这杯咖啡是我放在这里的！"郑佳看着目瞪口呆的我，继续说道，"店长是我朋友，是我让她这么做的。"

"可是你……为什么？"

听我这么一问，郑佳的表情突然黯淡下来。她抬起头来，看着我。

"去年秋天，韩适学长看到夕目貐先生在网上发的那个帖子后，决心撰写相关评论文章。他和夕目貐先生见了很多次面，我当时还跟在他手下学习，几乎每次会面我都在场。第一次见到夕目貐先生的时候，我惊呆了，因为眼前这个消瘦的中年男子我早就见过，而且就在这家咖啡店里。"

说着，郑佳的目光又不知不觉移到了那杯咖啡上。

"之前我一直不知道坐在这里的男人是谁。只是我每次来的时候，都会看到他坐在座位上，对着电脑屏幕，手边永远都有一杯咖啡。我向朋友询问他是谁，可朋友也不知道，只知道他每个下午都会来，每次都坐同一桌。时间久了，朋友每天下午都会替他留着那个座位。可某天起他突然不来了，之后就再也没有出现过，朋友不知道缘由。直到学长告诉我，这个人去世了。我和朋友商量一下，店里才有了现在的这些装饰。"

说完，郑佳的嘴角勉强挤出一点笑容。

我若有所思地点点头，没有追问下去，端起咖啡喝了一口，细品舌尖的香味。眼角的余光中，窗外不停有人走过。

我们又在咖啡店里聊了很久，不过直到最后，郑佳也没有透露更多信息，只是和我们约定一周后再见。

第二章　初入宝地

1

关于那个财宝的传说，我在网上找到了一些相关报道。我本想将这些内容告诉陈默思，却被他果断拒绝了。他给出的理由是，他只对谜题本身感兴趣，至于所谓财宝的传说，跟他一点关系都没有。我看着如此执拗的默思，知道再怎么争辩也没用，就没再和他提起这件事。

一周后，我们一大早便收拾好行李，准备前往约定的地点。郑佳说，我们今天要去的地方是财宝传说的起源地，也是解开三百年前那件悬案的关键所在。这个地方就是龙凤村，位于广东、福建两省的交界处，是客家人的聚集地。我查到的信息显示，这个小村子地处偏僻的山林，长期以来与世隔绝，只是最近这几十年，村里有很多人外出务工或经商，才多少与外界有了一些交流。

得益于当地的独特建筑——土楼，龙凤村的旅游业也渐渐发展起来。土楼由泥土夯筑而成，通常再以木料作为柱梁等构架，是一种独一无二的大型民居。近些年来，研究学者持续挖掘古建筑潜在的历史、艺术和文化价值，土楼的名气越来越大，其中最有名的当数福建永定的土楼了。随着旅游业的兴起，慕名前往各地土楼参观的游客数量大增，本来寂寂无闻的龙凤村，也因村中的土楼，渐渐出现在大众的视野中。

出发前，我从手机地图中查找此行的目的地。出乎意料的是，我只是简单一搜，便定位到了龙凤村的所在位置。本以为这样的小山村在地图中是根本不会显示的。陈默思似乎对我很放心，出发时一句话都没问，在将行李扔进后备厢之后，他一头钻进后座，盖一件大衣在自己身上，接着就呼呼大睡起来。他昨晚貌似很晚才回来，我早上醒来时，惊讶地发现他挠着一头标志性的乱发出现在我面前，惊喜的程度不亚于买彩票中奖。

在看到陈默思的那一刻，我悬着的心才算放下，毕竟已经好几天没见到他了，还以为他忙着忙着就忘了要去龙凤村的约定。其实也不是我不想提醒他，而是根本做不到。陈默思出去工作、查案的时候，手机一向都是关机的状态，没人知道他的行踪。从一年多以前和陈默思一起搬进这栋充斥着不祥气息的别墅开始，我渐渐对此深有体会。其间我换了一份工作，之前撰写文案实在过于无聊，所以在朋友的介绍下，我选择进入影视业，成了一名非全职编剧。

能从事这项工作，多少也得益于自己这几年写的那些还算能看的推理小说。作为这些故事的主人公，陈默思本人对此并不十分待见，但这无碍作品在特定的读者群中引起不小的反响。从最开始在杂志上连载短篇，到最近出版长篇《日月星杀人事件》，算是我从大学时代便开始将创作当兴趣爱好的延伸。

接触编剧行业之后，我最大的一个感受就是，编剧和写小说很不一样。半年来，大部分时间我都处在一个学习的状态。直到最近，我才感觉自己对编剧这个行业有了进一步的理解。

当然在尝试编剧这份工作的同时，我也没有放弃推理小说的创作，而大学时代的那些短篇也即将结集为短篇集出版，这多少也算是对我的进一步鼓励吧。

半年来我基本处于半失业状态，编剧工作拿到的报酬根本不够养活自己。好歹房租这块我省下了不少预算，这都要感谢默思，虽说搬进这栋别墅之后，我感觉自己已经快成了这家伙的管家了，但房租至少是他出的。

作为一个菜鸟编剧，我需要偶尔去工作室报到。只不过由于现在住的地方实在太偏，连公交车都不会经过，我不得不在极为有限的预算中硬是挤了挤，买了一辆二手车，当作上班用的代步工具。所以，这次前往龙凤村的行程便由我来开车。

我看着已经在后座上打起呼噜的陈默思，无可奈何地坐上驾驶席。将近五个小时的车程，即便是我这种驾龄不到半年的菜鸟，也还是顺利抵达了目的地。只是在快要到终点的时候，我有点犯了难。

龙凤村虽然在手机地图上有标记，但也只是个不起眼的点。进入山区之后，绕了几段弯路，我一直没找到龙凤村的入口。按道理说这里发展旅游业后，应该有进村的指示牌才对。但我转来转去，类似的标识却一个也没看见。

正当我犯难时，后座上突然传来一阵动静。我回过头去，发现陈默思醒了，他将原本盖在身上的大衣丢在一旁，使劲伸了个懒腰，一副没睡醒的样子。看来受一路颠簸的影响，他就是再有困意也没办法安心入睡吧。默思醒后，我将现在的处境告诉给他。

"自己想办法。"

面对默思无情的回应，我无奈地摇摇头。他又躺下去，双眼一闭，继续养精蓄锐去了。我叹了口气，看着眼前的四条岔路，自暴自弃地随意找一条开了进去。

转过几圈之后，我又回到了刚才的路口。正当我垂头丧气之时，左前侧的车窗外突然出现一个人影。我赶紧定睛细看，那确实是人！我下意识地按响喇叭，随即意识到自己的失礼，便摇下车窗，探身到车外，朝对方招了招手。

注意到我这边的动静后，那人停下脚步。他显然对我们怀有戒心，并未有多余的动作。我缩回车里，踩油门将车又上前几步。临近后我才发现，这是一位头发花白的老人，上身穿一件灰色的长袖衬衫，衬衫的袖口已经挽到手肘处，瘦骨嶙峋的胳膊上还挎着一件棕色的休闲夹克，看来是走过相当一段路了。

虽然还不确定这位老人是不是龙凤村的，但现在也没其他人可以问路，我只好将车停在老人身边。我正要开口，老人看了我一眼。那是一种不算友好的眼神，令我心里咯噔一下。老人一脸严肃地抬起左手，指向四条岔路最右边的一条，之后就继续朝前走了。我一愣，赶快发动汽车跟了上去。

"您是不是也要去龙凤村？顺路的话，我可以载您一程。"

我看他也是往最右侧的岔路走去，觉得他是去龙凤村的。我是好意，看他年纪大了，走这么远的路不容易，可老人连头都没回，只是摆了摆手。没办法，我只好继续向前开，很快老人的身影就在后视镜中消失了。

一路上我都在思考刚才的这番遭遇，不知自己有什么地方得罪了老人，他的眼神、态度在我的脑海中挥之不去。车子渐渐驶入龙凤村，车窗外接连出现一座座土楼。这些土楼大多是圆形的，偶尔有方形的出现。现在才下午四点多，路上却一个行人都没有，和我想象中的情形完全不同。

我按照出发前郑佳发给我的信息指示，一直沿着崎岖不平的村路往前行驶。郑佳两天前来到这里，已经帮我们找好了住处。我发消息告诉她我们就快到了，她回复说只要我一直沿着这条路往前开，就能在路口看到她。我操控着方向盘，小心翼翼地往前行驶。

很快，一个熟悉的身影出现在视野左侧。郑佳今天穿的是蓝地白花的连衣裙，和一周前的干练风格完全不同，害得我差点儿没有认出来。看到我们之后，她高兴地招了招手。我停下车，让她也坐了上来。

"怎么样，没迷路吧？"

坐进副驾驶席的郑佳看起来心情很好，她这个无意间提的问题正好勾起了我刚刚那段不好的回忆。在我将这段遭遇说出来后，郑佳扑哧一声笑了出来。

"你们运气可真不好，偏偏遇到了那个老顽固，哈哈哈！"

"老顽固……"我瞪大眼睛，对郑佳的回应感到困惑。

"就是字面意思。"郑佳说完像是想起什么，又笑了出来，"算了，我也不多说。反正接下来的几天，你们少不了要和他打交道，到时你就知道我是什么意思了。"

看着学妹总是不把话说完的样子，我真是毫无办法。正当我想多问几句时，郑佳突然大叫一声："到了！"

我顺着她手指的方向看去。猛然间，一座巨大的建筑出现在我的面前。

2

"这叫龙凤楼，是龙凤村面积最大的土楼，它的建成时间也最早,据说已经有三百多年的历史了。"副驾驶席上的郑佳向我解说道。

来不及多看几眼,我便在学妹的催促下,将车停到了不远处的空地上。下车后,我发现陈默思站在车旁伸着懒腰。他面无表情地看了我一眼,目光移向郑佳后却少见地露出了笑容,亲切地跟她打了个招呼。

一番闲聊后,我们将行李取出,在郑佳的带领下,前往刚才看到的那座龙凤楼。郑佳说,龙凤村即将大力发展旅游业,停车的那块空地不久后就会被改建成停车场。难怪那里除了我们的车,还停了其他几辆车,看车型还都不便宜呢。

没走多远,我们来到龙凤楼的正前方。这栋土楼所处的地势颇高,从远处看并没有什么直观的感受。步行上坡,竟让我有些气喘吁吁。土楼的入口大门紧闭,看起来完全不像旅馆。

我说出自己的疑问后,郑佳笑道:"哈哈,你想什么呢?这里是穷山村,哪里有什么旅馆!"

"那这里是……"

"当然是村长家啦!村长家的房子大,来这里的客人基本上都住他家。"

"原来是这样……"

我恍然大悟,再度抬头看向眼前这座庞然大物。如果整栋土楼都属于村长家,那接待几位——不,就算是几十位客人也应该不成问题吧。我正这样想着,郑佳已经拿起门环,在古旧的大门上用力敲了几下。天色已暗,清脆的敲门声在寂静的山村显得格外刺耳。我侧耳细听,门后却连一点声响也没有。

郑佳倒也不急,站在门前耐心等待。这时我注意到,大门左右两侧贴着一副对联,看样式不是市场上贩卖的普通印刷品,而是用毛笔在红纸上精心书写而成的。上联是"金龙闹海春潮涌",下联是"喜鹊登枝福韵高"。我对书法不怎么了解,只是看对联上的字颇为端正,赏心悦目。也许是因为日光和雨水的侵袭,整副对联已经褪色了。

就在我浮想联翩之际,门后传来脚步声。声音很是清脆,我甚至能分辨出这是硬底鞋踩在石板上发出的。很快,随着一阵门闩抽拉声,大门终于打开。门后露出一张稚嫩的面庞,是个十岁左右的小男孩。他看到我们后,开心地跑了出来。

"小佳姐姐!"

他似乎完全忽视了站在一旁的我和陈默思,直接朝郑佳扑了过去。看这样子,他们应该早已熟识。看着眼前这一大一小的重逢,我苦笑着摇了摇头,随即便想跨过门槛直接进去。这时我发现郑佳正在向我使眼色,我踌躇一阵,也不知道她是什么意思。

无奈之下,我正准备出口询问,陈默思突然走过来,向小男孩伸出右手,手掌上是一块巧克力。小男孩立刻双眼放光,不过他还是扭头看了一眼郑佳,在得到同意后,才兴奋地将巧克力拿到自己手中。得到礼物后,小男孩一蹦一跳地往土楼里跑去,不一会儿就不见了踪影。

原来郑佳刚刚的眼神是给糖的意思,我一时没能理解。幸好陈默思这家伙反应过来,才没让我们难堪。郑佳这时也站起身,对我们笑了笑,便率先跨过门槛进入土楼。进门之后是青石板铺成的地面,虽然不是特别平整,但我们所带的行李箱本身不重,搬运起来倒也没费多大力气。穿过第一道大门后,前方还有第二道大门。此时,第二道门已经敞开,我们径直穿了过去。没想到的是,穿过第二道大门后,面前又出现了第三道大门。这次我们并没有进入，而是向右拐，沿着圆形的走廊继续前行。

土楼内部的房屋都是木质结构，布局整齐划一，搭配上青灰色的瓦片，一旦进入，便仿佛置身于一个巨大的万花筒中，令人眼花缭乱。没走一会儿，我们在其中一个房间门前停下。跨过木质门槛后，我们进入房间。由于是阴天，又没有开灯，室内光线很暗。在这种阴暗的环境下，我只能勉强分辨出这里更像个仓库，并不像能住人的样子。果不其然，还没等眼睛完全适应环境，走在前面的郑佳又行动了。

房间左侧有一道木质楼梯，登上楼梯就能到达二楼。我们提着行李箱，费劲爬了上去，胳膊酸得不行。还好我们的住处离楼梯不远，出楼梯后右侧的两个房间就是。在将房间钥匙分别交给我和陈默思后，郑佳似乎有事，先行离开了。郑佳走后，陈默思二话不说就进了自己的房间。

我又向前走了几步，才来到自己的房间。室内布置颇为简洁，一张简单的木床，再配上木桌、木凳、木柜，除此之外没有其他家具。这些简易的家具无不散发着独特的木香。放下行李后，我本想休息一番，可奈何人有三急。我仔细找了找，发现房间内竟没有卫生间，这么说是要使用外面的公用卫生间了。

现在我有些后悔，刚才趁郑佳还在的时候问她一下就好了。这里房间这么多，如果一间间寻找的话，不知道什么时候才能找到。我出门来到走廊，四周一个人都没有，寂静中只有隔壁传来的阵阵呼噜声。陈默思这家伙肯定又睡着了。没办法，我只好硬着头皮，挨个房间寻找。这里的房间大多上着锁，我又下楼去找，最终还是放弃了。

正当我不知如何是好时，左侧一个房间的门突然打开，走出一个身材高大的中年男子。他原本是想出来抽根烟的，看到我后就把烟放下了。膀胱的肿胀让我坐立难安，此时便也顾不得什么面子了，赶紧向他询问卫生间在哪儿。

"左侧第三个房间。"

男子向我示意一下，便点燃手中的烟，兀自抽了起来。我感激地向他点点头，赶紧转身就走。我按照他的指示走进洗手间，和想象中不一样的是，里面的设施已经很现代化了，洗手池和马桶都十分清洁，看来平时也经常打扫。

解决了内急之后，我准备回房整理行李。上到二楼，我又遇到刚才指路的中年男子，没想到他也上楼了，此时正靠在栏杆上抽烟。我向他打了个招呼，表示感谢，中年男子回头看了我一眼，随即将手中的烟头按灭，扔进旁边的垃圾桶。

"我叫王磊，你不用见外，叫我磊哥就行。"说着，他从上身衣兜掏出一沓名片，从中抽出一张递给了我。

我看了一眼，这位磊哥的头衔是一个旅游投资开发公司策划部门的主任。这么说的话，他就是之前郑佳说的要对龙凤村进行大规模开发的那个旅游公司的人。想到这里，我再次打量眼前的中年男子，衬衫配休闲裤的半正式打扮，与他的身份正相称，既不显得太正式，也不会让人觉得太随意。此时他戴着一副钛合金无框眼镜，镜片后的双眼炯炯有神，显得十分惬意，看起来他的心情很好。另外，他的身材高大，我接近一米八，他比我还高了半个头。

"那个……貌似你还没介绍自己呢？"自称磊哥的中年男子突然笑着说道，嘴角微翘后，眉角上多了一丝皱纹。

我不禁小声"啊"了一声。刚刚注意力全在眼前这个人身上，我竟忘记介绍自己。我赶忙说道："我叫陆宇，一名推理小说作家。"

我用了作家的身份来介绍自己,或许会对我们后续的工作更有帮助。果不其然,在听完我的介绍后,这位旅游公司的负责人显然是愣了一下。虽说很快就恢复了正常,但他的目光中显然还留有一丝疑虑。

我补充道:"其实我这次来也是偶然,之前在网上看到有关土楼的介绍,一下子就被这种独特的建筑风格迷住了,想着亲自来体验一番,说不定就会有什么新的创作灵感。所以我才跑来了。"

听到我的解释后,中年男子眼中残存的疑虑消散不少,随即他哈哈笑道:"是啊,这也是我们公司看中这里的原因。这些存在几十年甚至几百年的古老建筑,经历过多少风风雨雨,就算我们现在看到它,仍然能被它那种独特的气质给震撼到。尤其是这龙凤村,更是瑰宝中的瑰宝……"

看到他这一副痴迷的样子,我也不便再多说什么。从现在的接触来看,我并没有发现这个龙凤村有什么特别之处。不过俗话说苍蝇不叮无缝的蛋,那个四百年前的财宝传说,不会无缘无故落在这个名不见经传的龙凤村头上。想到这里,我对那个传说更加好奇,可惜的是尽管之前我在网上查了很多资料,可和龙凤村相关的几乎一个都没有。郑佳那个丫头却什么都不肯告诉我……也许,只能从这个村子里的其他人入手了。

这时,中年男子的手机突然响起,他简单聊了几句,便说自己临时有事,下次有机会再聊。然而他刚走几步,突然像是想起什么,回头向我说道:"对了,今晚村长组织了一个节日庆典活动,你到时也可以过来看看。"

我点点头,目送刚刚才认识的这位磊哥离开。和他告别后,我回到自己的房间,感受着满屋子木质家具散发出的古老气息,困意便在一瞬间席卷过来。我倒在床上,连鞋都没脱,就这么昏昏沉沉地睡着了。

3

迷迷糊糊中,我被外界断断续续的响动吵醒。我起身看向窗外,外面已是一片漆黑。拿起手机,我这才知道现在已经是晚上七点。

刚刚睡觉的时候我甚至连身上的衣服都没脱,看来今天是真的累坏了。我打了个哈欠,揉着惺忪的睡眼,打开房门,刚才半睡半醒时耳中听到的声响瞬间被放大无数倍。这是鼓声,鼓点时而密集时而舒缓,像是两头缠斗的公牛,时而进攻,时而试探。

我站在走廊,土楼东侧的天空已被无数灯火点亮。这时我才想起傍晚时分那个旅游开发商提醒我的话,今天晚上是有节日庆典的。虽说我不知道究竟是什么节日,不过从远处传来的这份动静来看,这个节日想必也是十分热闹。昏暗中,我打开手机自带的手电筒,沿着楼梯朝楼下走去。凭着来时的记忆,没一会儿,我便出了土楼。

我朝着亮光望去,刚才的锣鼓声显然更响了,仿佛在吸引着我走过去。离得近了,身旁还会不时蹿过一些孩童,大约都不到十岁的样子,此时他们都朝亮光处欢快地跑去。我环顾四周,整座村庄各处都有一些亮点。这些亮点有些稀疏,但至少比下午我们来时的空荡有了些许人气。这些灯光从诸多土楼狭小的窗户中挣扎着出来,可当面对笼罩在整片大地的巨大黑暗时，它们又显得如此渺小。我转过目光，下意识地向前走去。

很快，视野中的那片光亮便显现出具体的形状，喧嚣的锣鼓中也细化出了各种人声，有喝彩声，有欢笑声，也有孩童们嬉笑打闹的声响。我继续走近，顿时，一条巨大的火龙冲天而起，几乎完全占据了我的视野。它盘亘在半空，伴随着密集的鼓点，富有节奏地舞动着它那硕大的身躯。

我被眼前的景象惊呆了，足足愣了好几秒，直到有人拍打我的肩膀。我回头一看，并没有发现那人的身影。之后我另一侧肩膀又被人拍了一下，我这才知道自己被捉弄了，而这个人只可能是一个。我装作没有发现的样子，继续看向前方。没过一会儿，郑佳就略显无趣地出现在我的面前。

"你这个人真无趣，让我捉弄一下都不行啊！"说完，她还向我吐了吐舌头。

我没理她，只是随口问道："这是在做什么？"

"这你都看不出来？舞龙啊！嘿嘿，没想到我们这个大作家连舞龙都没见过，这可是我第一次听说哦……"

"你别打岔，我是说这是什么节日庆典活动吗？"

见我没有附和她的意思，郑佳也不再开玩笑。

"清明刚过，端午还没到，哪能有什么节日？这只是为了过几天的成人礼准备的。"

"成人礼？"

我喃喃念叨着，这个看似很久远的词出现在我的脑海中。没想到在这个遥远偏僻的小山村中，竟还留存这样的习俗。

"按照这里的习俗，要到二十一岁才能举行成人礼。"郑佳继续解释道。

"每次成人礼都会有这么大的阵仗？"我又看了一眼面前正

热情游动的舞龙队伍，不禁好奇地问道。

"其实也不是这样。我来的时候周围有人告诉我，这次是因为村长要推进龙凤村的旅游项目，才特地将几天后的这场成人礼办得如此隆重。"

"到时会有很多人要来？"

郑佳点点头，说："除了本村的男女老少，还会有很多慕名而来的游客。当然，这也是想要推动龙凤村开发的那家旅游公司安排的，到时可有热闹看了。"

听到郑佳口中提到那家旅游公司，我脑海中很自然就联想到今天在门口遇到的那个旅游开发商。虽说商人都逐利，但这个磊哥给我的第一印象并不坏，甚至还有几分亲切感。我本想再说些什么，可此时我的肚子却不争气地咕咕叫了两声。

听到这个，郑佳扑哧一声笑了出来，说："怎么，还没吃饭吧？吃晚饭的时候我还上去叫过你，可谁让你竟然在睡觉呢！对了，还有你家那位沉默大侦探，恐怕到现在都还没醒吧？走，我带你找吃的去！"

我不好意思地挠着头，却被郑佳一把抓住手腕，直接将我拽着往土楼走去，一点思考的余地都没有给我留下。没过一会儿，我们就重新回到了住处，也就是那座巨大的龙凤楼中。经过刚才这番小跑，我仅存的力气已被耗光，腹中的饥饿感不停地压迫着脑神经。我现在除了想吃东西，脑中根本容不下任何其他了。

饥肠辘辘的我被郑佳拖拽着来到一个貌似厨房的地方。与现代感十足的洗手间不同，这里的厨房仍是农村那种老旧的土灶，土灶上面架着两口大锅。此时已经过了饭点，想必锅里早已空空如也。土灶旁有一个木质的橱柜，透过纱窗我能看到里面放有各种碗碟，还有一些咸菜之类的东西。不过也仅此而已了，就算有剩余的菜食，恐怕也熬不过这愈发炎热的夏日夜晚吧。

这样想着，我的肚子又发出一声不甘的叫唤。郑佳这时打开橱窗，从橱柜中取出一个瓷质大碗，碗里还有许多剩饭。

"你等着，我给你做一碗蛋炒饭。"

"啊？"

"啊什么啊？你这是嫌弃我的手艺咯？"

"啊，没……"

"这不就得了？好好等着吧！"

说完，在瞪了我一眼后，郑佳就消失在我的面前。我站在厨房里，看着那碗冷冰冰的米饭，竟不自觉地吞了吞口水。猛地察觉到这一点，我努力甩了甩头，在心里狠狠给自己甩了两个耳光，同时也对自己不争气的肚子感到悲哀。看来在极端的饥饿下，就连冰冷的白饭，对我来说也有着十足的吸引力。饿瘪的肚子像是抗议似的不停发出咕咕声。

这时，厨房门口突然传来一阵急促的脚步声。我回头一看，昏暗的灯光下，一道人影已经闯进，径直往橱柜那里冲了过去。此人的出现吓了我一跳。不过由于厨房灯光昏暗，我并没有看清他的面貌。此人身高中等，体形瘦弱，穿着一件黄色的T恤，下身是一条短裤，脚上一双拖鞋，全然一副闲散的打扮。此时他正背对着我，在橱柜里翻找什么，橱柜里不断传来碗碟的碰撞声。

翻找许久，他终于停下，合上橱窗，似乎没有找到自己想要的东西。这时，他目光一转，显然是注意到了左侧的木桌。而木桌上别无他物，只有我刚刚放在上面的那碗剩饭。只见他双眼猛然一亮,刚刚停下的身子又再次行动起来。他上前一步,一只手拿起碗,另一只手竟直接伸到碗里,抓起米饭就塞进嘴中。我被这人的奇怪举动弄得瞠目结舌。

不过他的动作倒是很快,没过一会儿,这一大碗米饭就只剩一半。这时他好像吃饱了,心满意足地放下碗,用刚刚抓取米饭的右手擦了擦嘴,就准备离开。而此时的我刚好站在门口。在意识我挡住他的去路后,他这才第一次正眼看向我,清澈的眼眸中露出一种桀骜的眼神。他轻推我一下,之后从我的身旁跨过,就这样再次消失了。

许久,我仍沉浸在刚才的那份震惊中。直到郑佳再次出现在厨房,然后她的惊叫声把我直接拉回现实。

"啊!你再饿也不能这样吃啊……吃冷饭可是会拉肚子的!"郑佳看到桌上剩下的那半碗米饭,对我露出了一种说不出来的表情,看不出是惊讶还是同情。

我这才知道,错过刚才那一幕的郑佳显然是误会了我。只是看她那一副深信不疑的模样,我知道此时再怎么向她解释也是无用了。我看着她手上拿的那个鸡蛋,无奈道:"再来炒一碗蛋炒饭吧。"

由于实在饥饿,我也顾不得这碗饭刚刚被人用手直接抓过。郑佳虽露出一副你真能吃的表情,不过她也没多说什么,随即拿着鸡蛋和剩下的半碗米饭,走到了土灶前。

"来,生火。"

我叹了一口气,拖着疲惫的身子走了过去。刚才咕咕乱叫的肚子此时竟安静下来。

4

当我吃完好不容易才炒好甚至有些炒糊了的蛋炒饭后,我又在土楼里四处转了转。可能是因为节日庆典还未结束的缘故,土楼里连一个人影都见不到。

我走在二楼的木质长廊上,借着幽暗的月光,就这么漫无目的地逛着。突然,左前侧一个房间里传出了一些很是细微的动静,我仔细听去,像是锁链滑动的声音。之后,从那里又传来同样细微的像是人说话的声音。风将旁边一个未关好的窗户吹得嘎吱作响,那断断续续的人声和锁链声,在寂静的夜晚里显得特别清晰。

我有些后悔刚才没有和郑佳一起去看舞龙表演,此时偌大的土楼中竟只有我一个活物的气息。剩下的,就不知道是什么了。我壮着胆子,向那个发出声音的房间靠近。突然,那些声音全都消失了。我心里更加慌乱,难道里面的那个家伙察觉到了我?我的心跳疯狂加速,口干舌燥,下意识地舔了舔嘴唇。这时突然一阵风起,面前的房门竟然哗的一声打开了,我的目光顿时被面前出现的东西牢牢占据。

出现在我面前的是两件衣服,一黑一白,分列于两侧。这两件衣服像是悬在半空中,隐约中我甚至能看见衣服领口上方露出的惨白的脸。这时锁链的声音再次响起,我惊叫一声,不要命地逃了出去。

"你想说那是黑白无常?"我话音刚落,郑佳就忍不住笑了出来。

"我说的是真的!昨晚我真的看到了这些,至于是不是你说的这个我就不确定了。"我着急地争辩了两句,可越到后面我越没有了底气。

"好吧好吧,就当真是你看到的。可你现在不是还好好的嘛?那两个黑白无常,怎么没找你索命呢?"郑佳好不容易止住笑意,继续向我问道。

"我哪知道……等等,我又没做亏心事,他们找我索命干吗?"

"这可就说不定咯……说不定你以前干了什么见不得人的勾当。"

"你这……"

见郑佳这一脸笑嘻嘻的模样,我就知道怎么解释她肯定都以为我在说胡话了。这也难怪,毕竟我说的这些,只要是个正常人,都不会那么容易相信的。但奇怪的是,昨晚我真的看到了这些。后来我跑回自己的房间,躲在床上,因为这个一直都不敢睡觉。直到很晚之后,村长家去舞龙的人回来,土楼里出现了人声,我才终于放松警惕,昏昏沉沉地睡了过去。可昨晚的这番遭遇,还是在我的心里留下了十分深刻的印记。于是今天早上一碰到郑佳,我便将昨晚的遭遇说了出来。可对于我刚刚所说的这些,郑佳显然没听进一句话。

"哎哟!"我突然大叫一声。

"啊?你怎么了?"郑佳顿时担心道。

"肚子痛,可能是昨晚吃的什么东西吧……"

"昨晚……你不是吃了我做的蛋炒饭吗?"

"是吗?那可能就是那碗炒煳了的蛋炒饭吧……"

"胡说!虽然炒煳了一点,可米饭和鸡蛋都是新鲜的啊……"

"可我肚子就是疼了,而且昨晚到现在只吃了你的那碗蛋炒饭！你说这个原因是什么？"

"怎么可……"

郑佳本想再辩解一句，可她这句话的后半段硬是被我龇牙咧嘴的大叫给湮没下去。看到我这痛苦不堪的样子，她一直问我是不是要去看医生。此时我们在茶水间里，这是因为郑佳早晨起床之后的习惯就是泡一壶好茶，细细品味之后才开始吃早餐，所以我就跟着郑佳来到这里。此时热水还未沸腾，周围也没有其他人，我的叫唤自然也没有引起其他人的注意。

我看着郑佳这副担心的样子，心里渐渐产生了些许内疚。因为刚刚这番状况都是我演出来的，原本我只是想报复一下刚刚她对我的嘲笑，只不过一看到她那着急的神色，我的心里反而不好受了。

情急之下我差点儿就把真相说出口。这时茶水间门外突然有了动静，郑佳看向门外，起身走了过去。我正想起身，郑佳却又回来了，她的身后跟着另一个人。这是一个中年男子，他身上穿着这里很是常见的闽西地区的传统服装，上身是一件靛蓝的大襟衫，下身则是一件很宽松的布裤，脚上也是布鞋。虽然这一身打扮很是随意，可他刚一走进来，我就能感觉到一股别样的威严气息。再看到郑佳对他也很是尊敬的模样，此人的身份我已猜到了大概。

"学长，这位就是龙凤村的村长，沈金龙沈村长。"

不出我所料，郑佳很快向我介绍道。也许是被沈村长的气势所震慑，我愣了几秒钟没有反应过来。郑佳见我发呆，偷偷拽了拽我的袖子，我这才反应过来，赶紧向面前的沈村长伸出右手，一边感谢他的收留，一边同他握了手。沈村长的手很大也很孔武有力，不知是否有意，握手的时候他似乎稍微用了一点力,完全没有准备的我被他弄了个措手不及。尽管手掌关节处嘎吱作响,不过我还是尽量保持住笑容。

之后我也简单自我介绍一番,和之前那个旅游开发商的反应不一样,沈村长显然已经是知晓了我们的身份,不然他也不会这么贸然让我们留宿在这里了。只不过我们告诉他的也并不全是真相,当然这也是为了隐藏我们此行的真正目的。

"你们来这里的事小佳很早就和我说了,你们就在这里放心住吧,想住多久就住多久!我们龙凤村永远欢迎你们!"

沈金龙村长刚刚这番话虽然十分豪迈,但口音还是蛮重的。我大体上也听懂了,于是向沈村长点头示意,并就他的好意再次感谢一番。

"我们龙凤村有好几百年的历史,经历过明末清初的战乱,也经历过近代各种大大小小的战争。但凭着我们客家人的团结和勇敢,最终我们还是挺过来了。这也使得我们的建筑和文化在几次重大的动乱中都没有遭到较大的破坏,反而保留得如此完好,这实在是难得。陆宇先生,很高兴您能对我们这里的文化习俗感兴趣,我也很期待将来能在您的作品中看到我们客家土楼的文化。能令我们客家土楼文化让世界上更多的人了解,这也是我的夙愿。"

看着沈村长这副慷慨陈词的模样,我的心里竟然感到有些惭愧。毕竟我们此行的真实目的可不是为了传播什么客家文化,即使我确实对此有些兴趣,可我们终究还是骗了他。

沈村长显然没有察觉我此时的想法,只听他继续说道:"我们龙凤村不是很大,作家先生你可以随便到处瞧瞧。只是我这几天确实很忙,有招待不周之处,还请多多包涵!"

面对村长的客气,我只好继续应承道:"哪有哪有,能有个这么好的居所，我已经很是满足。沈村长您有什么事就先忙去吧，我待会儿随便看看就行，再说这不还有小佳在吗？"

沈村长点了点头，说："也是，小佳虽然才刚来几天，却把这里的一切都弄得很熟。不愧是记者，现在甚至比我都更像这个家的主人了哈哈！"

说到这里，包括郑佳在内我们三人都笑了起来。

"那好，我先走了。待会儿要进行成人礼仪式的彩排，十分重要，我必须得在场才行。那我就先过去了……对了，你们感兴趣的话也可以来看看。"

沈村长看起来的确挺忙，话刚说完，他就双手抱拳向我们告辞了。沈村长刚走，郑佳突然推了一下我的肩膀。

"谁准你叫我小佳的？"

看着郑佳这不像是开玩笑的样子，我只好解释道："刚刚村长叫了，我就跟着……"

"他是他，你是你。我不准你叫，你就不准叫，听到了没！"

看到她这副得理不饶人的模样，我竟觉得有些好笑了，于是反驳道："村长能叫，我不能叫？说，你们什么关系？"

"这个……只是认识罢了……"让我大跌眼镜的是，郑佳竟突然变得支支吾吾了，刚才气势汹汹的形象瞬间荡然无存。

我的反击虽然奏效，只是让我更感奇怪的是，在我的反击下，郑佳这么快就缴械投降。我继续乘胜追击道："不可能，你才刚来几天，沈村长凭什么这么信任你？还是说，你们私底下……"

"你想什么呢你！我们只是工作上的关系啦！"郑佳说完瞪了我一眼，又开始说道，"龙凤村过几天要举办一个成人礼的庆典，当然最主要的目的就是为下一步的旅游开发做宣传。宣传嘛，自然就需要记者，于是我就来了。"

"我要听实话。"

见我如此紧追不放，郑佳终于放弃挣扎，将背后的实情全盘托出了。

"其实我老家就是这里的人……等等，你不要误会，我是说我家和龙凤村是在同一个县。所以我上县里的高中时，也有同学就是龙凤村这里的。其中一个就是我很要好的朋友，就算大学毕业后我们也经常联系。这次龙凤村要举办这个庆典活动，我那个同学第一个就想到了我，然后她就向村长推荐我了。村长同意之后，我就来到了这里。"

"原来你还是靠关系户来到这里的啊……"我半开玩笑似的说道。

"你要真这么说，也行吧……"

我看着垂头丧气的郑佳，终于忍不住，扑哧一声笑了出来。

"好了，刚才逗你玩呢！别在意这些了。对了，刚刚沈村长说龙凤村这里有很多好玩的，我们待会儿就出去逛逛吧。好歹我也是个作家，总不能一直都待在房间里，偶尔出门采个风也是极好的。"

听我说完这些，郑佳的心情似乎好了些。这时水壶中的水也终于烧开了，郑佳十分熟练地将炉下剩余的柴火熄灭，小心翼翼地将水壶提起，之后将水倒进一早准备好的保温瓶中。随后她从旁边的茶叶罐中取出一些茶叶，放在茶杯中，热水冲泡之后，一股浓郁的茶香顿时满溢出来。

"我也要来一杯！"

面对一脸兴奋的我，郑佳笑了笑。之后她取出茶叶，放在另一只新取出的茶杯中。她提起水壶正往茶杯中倒水，这时突然想起了什么。

"等等,你刚才不是还说肚子疼吗?"

"这个……"

我拿起茶杯的右手顿时停在了半空中。

第三章 龙凤呈祥

1

龙凤村地处湿热多雨的闽西地区，山林众多，人烟稀少，很多地方常年云雾缭绕。这里种植的茶就算品种一般，也滋味醇厚，茶香怡人。就连一向对茶叶十分挑剔的郑佳，也对这里的山茶称赞有加，甚至还说要带一些回去慢慢品尝。喝完茶后，我们又简单吃了点早餐。虽说只是白米粥配咸菜，不过对于我这种常年不吃早餐的人来说，这已经是十分弥足珍贵的体验。

吃完早餐，本来按照约定我和郑佳要一起出去逛逛，可我们刚动身，就见一个小孩跑了过来，正是昨晚给我们开门的那个。在郑佳的介绍下，我这时才知道眼前这个小娃是村长三弟的儿子，也就是村长的侄儿，名叫沈晓龙，同样住在这座龙凤楼里。

晓龙在郑佳耳边十分快速地说了句什么，由于声音太小，我在身边都没听清，这个古灵精怪的小家伙就已经飞快地跑掉了。听完晓龙的话后，郑佳转头看向我，表情显得有些尴尬。原来刚刚是沈村长让晓龙来通知郑佳，让她前去祖堂，这样一来她就不能与我同行了。虽然郑佳没有明说，不过我猜应该也是成人礼的事情。她作为村长特别邀请到这里的记者,理应在场做好采访记录的工作。郑佳向我道了个歉,就急忙离开这里。

虽说现在只剩我一人,不过我还是决定出去看看。一直闷在几乎完全封闭的土楼里,时间一长人的心理都会发生一些微妙的变化。出发之前我本想看看能否拉陈默思这家伙一起出去,可一听到他房间里传出的震天呼噜声,我顿时就放弃了。这家伙不知道有多少天没有休息,竟能从昨天一直睡到现在。

我无奈地叹了口气,沿着楼梯向下走去。就在我刚来到土楼门口,正准备出去的时候,突然一道身高只及我腰部的人影挡住我的去路。我低头定睛一看,正是晓龙无疑。原来又是这个小家伙,他刚才一传完话,就不知跑哪儿去了,没想到现在又出现在我面前。

我不禁对这个小家伙感到好奇,便问他有何指教。没想到他只是伸出手掌,平摊在我的面前,两只小眼睛就这么看着我,并不说话。我愣了一下,随即想到昨晚的事,心里忍不住笑了出来。这个小家伙,真是人小鬼大,什么便宜都想占。虽说心里这么想,不过我脸上却什么都没表现出来。

我在身上摸索了一阵。身上确实没带巧克力,不过我的口袋里随身带了口香糖,掏出来后全都放在了晓龙的那只小手上。在我用手寻找口香糖的过程中,晓龙的视线一直都盯着我的那只手。直到我将口香糖放在他的手掌上,晓龙这才满意地点了点头,随即将那块口香糖收了起来。我看到晓龙这一板一眼的动作,正觉好笑,他却突然转身跑开了。我顿感意外,随即也跟了上去。

不过这小子跑得可真快,还没眨眼,人就已经不见了踪影。我开始四处寻找起来。土楼本身的结构并不复杂,刚刚奔跑的时候，我也只是沿着土楼本身的弧线前行。可由于村长家的土楼实在过于巨大，直径恐怕都有六七十米的跨距，再加上弯道视线的阻挡，跟丢一个人也确有可能。

我又向前走了一会儿，周围的环境愈发陌生了。从昨天傍晚刚刚抵达这里，到今天早上喝茶吃早餐，我的活动区域都是东侧的正门附近。由于土楼确实很大，我还没找到机会把它整个逛一圈。此时为了寻找晓龙，我才机缘巧合地来到了这片陌生区域。

正当我四下里寻找晓龙的时候，突然间，眼前一座庞然大物的出现，完全吸引了我的注意。这是一面很高的墙，直达土楼楼顶，将我前方的道路直接隔断开来。墙本身是红色的，与整座土楼的朴素风格相差很大，看起来颇为诡异。震惊之余，我竟在这面红墙的墙角看到了晓龙。他的旁边还站着一条比他高出一截的大黄狗。

"晓龙？"

我试着喊了一声他的名字，可也许是距离过远，晓龙并没有注意到我的喊声。我只好走了过去。直到我站在晓龙的身后，他也没发现我的存在。我弯下腰，想要看看究竟是什么让这小家伙玩得忘乎所以。随着我的视线穿过晓龙的肩部，一个破旧的瓦盆出现在我的视野里。而就在这个已经破了一个角的破旧瓦盆里，两只硕大的蛐蛐酣斗正欢。原来是在斗蛐蛐，难怪晓龙的注意力全都放在了这里，连我站在他身后都没发觉。这两只蛐蛐每打一架，旁边的那条大黄狗就跟着狂吠一声，整个场面煞是有趣。

难道晓龙刚刚的意思，就是喊我来看这个？我不禁心疼起刚刚送出去的那几块口香糖了。看晓龙这聚精会神的模样，我也不忍打断他。于是我就这么站在他身后，静静地看着瓦盆里酣斗正欢的两只蛐蛐。

突然，身旁响起一阵咳嗽。听到这声响后，我还没来得及回头看一眼，晓龙却像是如临大敌似的突然扭头就跑。而那条大黄狗，也立马消失不见。这时，一连串木头敲击在石板上的清脆响声传来。我扭过头，看见右侧房间门口正站着一位老婆婆。她穿着这里的传统服饰，蓝白相间的头帕里露出近乎全白的银发。老婆婆看起来年纪很大，佝偻着的腰几乎要与地面平行，只能凭借手中的那根木拐，才能勉强站立起来。她就站在不远处看着我，眼角细密的皱纹几乎要将眼睛遮住。

被那双眼睛盯住后，我一时变得有些手足无措。我本想说些什么，那位老婆婆却突然转过身，拄着拐离开了。这十几秒的时间里，她一句话也没说，人就这样消失了。

我站在原处，茫然若失，许久才缓过来。我又看了眼四周，仍然是一个人影都没有。相比于村长家族的人口数量，整座龙凤楼上百个房间的体量仍是过于巨大，这也导致很多房间都是空的，所以这次我们几个才能轻易住进来。

我努力不去想刚才看到的那个老婆婆，准备往回走，继续出门散散心。这时我突然注意到，原来身旁这面红墙上竟然有一道门。这道门也被涂成红色，和红墙几乎融为一体，所以我刚才一时没注意到这个。门上有一把红色的挂锁，将大门牢牢锁住。我突然有点好奇门后面究竟是怎样的地方。可我没有钥匙，自然也不能打开这道门，只能等见到村长的时候再细问了。

没过多久，我就离开龙凤楼。来到外面后，我呼吸着新鲜的空气，整个人的精神都好了许多。再看到漫山遍野大大小小的土楼，我恨不得每个地方都去逛一逛。于是我就沿着之前开车进来的那条路，一直向坡下走去。在详细观摩过其他几座土楼后，我才愈发确定了一件事，村长家的龙凤楼可真不是一般的大。普通的土楼只有最外围一圈，内部的空间也很有限，而村长家的龙凤楼足有里外三圈。

而且村长家的土楼和我想象中的还有些不一样。在我网上查的资料中，像这种大型的土楼，确实都是里外三圈再加一个中心的构建。其中最外围通常都是三层楼到四层楼的高度，而里面的两圈递减，中心的祖堂一般只有一层楼高。这种梯度式的构建，是为了更好地利用土楼里有限的阳光。而村长家的土楼中，里外三圈建筑再加上中心的祖堂都是两层楼的格局。这也导致尽管空间多了，一天之内有阳光的时间却少了很多。我不知道龙凤村其他土楼是否都是这样，还是说只有这里才是这样的构建。

现在是白天，很多龙凤村的村民此时应该都在外劳作，所以一路上我也没看到多少人，最多的还是在各条小路上奔跑嬉戏的孩子们。偶尔遇见几个身穿传统服饰的大人，他们也只是看我几眼，便没有其他多余的表情。也许现在像我这样的外人还很少，但如果龙凤村的旅游业真的发展起来，那游客应该也会在短时间内疯狂上涨吧。到时整个村庄又不知道会变成什么样子。

就这样随意想着，不知不觉间，我已经走到村庄的边缘。再往前走，除了山林就没有任何土楼的存在了。村庄的边缘有一条小溪，水流不是很大。毕竟这里虽说山林众多，可比较高大的山坡却是一个都没有，村长家所在的龙凤楼已然是整个村庄的制高点。这条溪流连接着灌溉水田的沟渠，一股股水流沿着纵横相间的沟渠向四面八方流去。溪流的上游还有一座水车，看其摆设好像也没有什么具体的作用。而且水车很新,应该是最近才设置在那里做观赏的。

我正想沿溪流往上游走,突然听到不远处传来一阵吵闹声。声音虽不大,可我这里正好处于下风口,还是能听到一些。我循着声音源头望去,只见刚才看到的水车下方有两道人影,刚刚一时疏忽我竟没有注意到他们。此时定睛细看后,我才发现这两人我竟都认识。其中一人是昨晚才认识的旅游开发商王磊,另一人竟是我们来时路上碰到的那个怪老头。

只见那怪老头不知因为什么看起来十分生气,正怒气冲冲地对着开发商喊叫。王磊似乎并没有生气,只是站在那里平静地解释着。又过了一会儿,怪老头似乎怒气发完,袖子一甩就直接走人。这时那边的王磊似乎注意到了我,就向我这里走来。我站在原地等了一会儿,他人还没到,声音就已经传了过来。

"抱歉刚才让你看笑话啦!没想到他堂堂一个大学教授,为人还这么粗鲁,我也是没想到。"

我一听到这声音,就知道这王磊果真是一点都没有生气。

"大学教授?"我问道。

"你不知道?也是,你刚来嘛。不过他在我们这个行业里可有名得很,一个有名的倔老头,只是不那么讨人喜欢……算了,和你说这些也没用。"王磊顿了顿,突然换了个话题,"对了,昨天听你说,你是来这里采风的。怎样,有什么启发吗?"

说着,他掏出烟盒,示意我要不要来一根。在我婉拒后,他自己抽出一根烟,点燃后抽上了。

与此同时,我也回应道:"当然有了,这里风景很美。还有这些土楼,我也是第一次见到,真是让人流连忘返啊!"

这里我说的也是自己的心里话。在喧嚣的城市里待长了,偶尔换到这种美丽的乡村，真的能让积累多年的疲惫一下子清除掉。

王磊听完我的话，吸了一口烟。他看着前方的一大片水田，说："其实这也是我现在正在做的事。我们祖国有这么多的美丽河山，包括这些美得让人流连忘返的静谧乡村。可现在仍然有很多人不知道土楼，不知道我们美丽的土楼文化，龙凤村就更鲜少有人知道了。我们现在做的就是让更多人知道这些事情，吸引更多游客参与进来，打造土楼文化的新天地。"

没想到这个旅游开发商王磊竟还有这么高的志向，于是我与他又天南海北地聊了许多。最后，我看着意犹未尽的王磊，突然有了一个十分大胆的想法，于是这个问题便脱口而出。

"你听过龙凤村隐秘财宝的故事吗？"

我本来以为多少能从王磊的嘴里套出什么，毕竟他是村子开发的负责人，多少应该知道一些。可没想到听到我的问题后，王磊似乎是一头雾水。他反问道："财宝？这是什么？"

眼见事情的发展开始脱离我的掌控，我赶紧回应道："只是我来时路上听到的一个传说罢了，其实我自己也没了解多少，所以才想着找你问一下。不过既然你也不知道，那我就不多说了。"

"这样啊……那我有空帮你问问。如果真的有什么财宝的话，记得到时分老兄我一杯羹哈！"说完，他将只燃了半根的烟扔到地上，用脚碾灭，随后向我说道，"抱歉，我得先走了，公司那里还有事，下次有机会老哥我请你喝酒！"

我向其点头作谢，目送着对方离开。王磊走后，我又仔细回想起刚才和他的那番谈话。在我猛地提及财宝时，他的表情明显有了一丝变化。虽说很快就恢复自然，可就是这一瞬间的不自然，还是让我察觉到了什么。也许，他真的知道些什么也不一定。

我站在河边，看着对面一整座龙凤村，寂静的村庄显得愈发神秘起来。

2

回龙凤楼之前，我又在小溪边徘徊一阵。放在平时，这种悠然散心的机会可不是那么容易得来的。

准备离开时，我注意到溪边有个年轻女子正蹲在那里哭泣。她没有穿这里的传统服饰，看起来不像是常住在这里的人。我刚想过去问问，她好像察觉到我的存在，很快就逃走了。我挠了挠头，便把这件事抛在脑后。

回到龙凤楼后，我才发现这里现在热闹了许多。还未进入，我就已经听到一阵热闹的锣鼓声。寻声辨位一番，我发现这片喧嚣的来源正是龙凤楼正中心的祖堂。我没猜错的话，祖堂里此时应该正在举行成人礼的彩排，而真正的典礼要在明天才举行。如果不出意外，郑佳此时应该也在那里。没做多想，我穿过一道道门槛，来到这片我从未踏足过的区域。

位于土楼正中心的祖堂本身并不是很大，直径应该不会超过十米。可让我吃惊的是，祖堂的两侧竟也赫然矗立着两面高耸的红墙。如果这里也存在的话，那岂不是说整座土楼每一圈都被红墙隔成了两半？这等怪异的想法让我瞬间变得有些无所适从。

这时锣鼓声再次响起，将我从刚才的胡思乱想中拉扯回来。此时祖堂外已经围了不少人，他们大多穿着传统服装，看起来都是这里的村民。原来刚刚我之所以在龙凤村里看不到一个人影,不是因为他们去务农,而是都跑来了这里。我在人群中四处寻找郑佳的身影,可不知是她不在这里,还是人群挡住我的视线,我没有找到她。

锣鼓声响了一会儿,突然周围就安静下来。紧接着一阵刺耳的电音响起,沈村长拿着话筒走到台前。村民们纷纷鼓起了掌。

"首先呢,我沈金龙,十分感谢大家前来捧场。还好今天天气不热,大家就当来看看戏吧!"

沈村长话音刚落,下面就响起一阵爆笑,有人起哄道:"这听唱戏的话,戏子在哪儿呢?"

"哎!我们大彪兄弟这句话问得好,我们今天听的这出戏,只有唯一的主角,待会儿大家就知道啦!不过在这之前,我还是有几句话要说,大家就当作平常听我闲聊吧!"

那个叫大彪的黑头黑脸的年轻小伙子此时又起哄道:"这可当不得,村长您日理万机,有这时间还是去聊国家大事吧,我们可不敢浪费您的时间!"

话刚说完,周围又响起笑声。村长也笑了起来,说:"你这个大彪,平时也不见干活多利索,原来心思都放在这嘴皮子上了。昨天我还听三嫂向我抱怨你这么大了连个媳妇都没讨到,你看你娘愁的。你啊,要是把心思放在正业上面,我们村这么多姑娘,咋就没人看上你呢?"

被村长一打趣,再加上周围村民的一阵哄笑,大彪脸红不已,终于不再说话。

见自己目的已达成,村长这时继续说道:"好了好了,大家安静一下,听我说几句。相信大家也知道我们村这次举办成人礼的目的，成人礼在我们村已经传了许多代，周围很多村都已经没了这个传统，只有我们村还在继续，今后我们也要将这个传统继续传承下去。就像我们客家土楼文化一样，我们需要更多人来知道我们的传统，所以我才想发展我们这里的旅游业。当然了，在传承传统文化的同时，发展旅游业也可以增加我们的收入，这个也很重要。"

在提到增加收入的时候，包括大彪在内的很多村民或多或少都露出十分期待的表情。

村长继续用洪亮的声音说道："我们村已经穷了太长时间，要不是这么穷，我们村的许多青壮年劳动力也不会外出去打工，年轻的姑娘也不会都跑了出去。要不是这样，大彪也不会找不到媳妇了。"

没想到村长再次提到自己，大彪羞愧地低下了头。可与刚才不同的是，周围并没有一丁点笑声，现场十分安静。

"可出去打工也累啊，一年里也就过年的时候才能回趟家，见见我们这些老人。孩子们出门在外也累，俗话说金窝银窝不如自己家的狗窝，我们龙凤村再穷，可终究是家。我们这个穷家养不起这些孩子，他们只能出去。王大嫂，您家二娃出去也有快三年了吧？"

众人的目光顿时落在角落里一个头发花白的妇女身上，她身上的衣服有些破旧，但却洗得很是干净。听到沈村长的话后，她缓缓点了点头，脸上露出哀伤的神色。

"我想大家都很想念身在远方的亲人，而让他们回到我们身边的唯一办法，就是让我们村子富起来。这样他们回来也能赚到钱，就不会跑那么远了。大家说我这句话有没有道理？"

底下的村民没有一个说话的，只有大彪回应道："村长您说得很对,您继续说吧。"

村长点了点头,继续说道:"我身为村长,自然也要为整个村子考虑,发家致富!我也要带整个村子富起来!而对我们村子来说,发展旅游业就是最好的一个途径。大家也都看到了,我们村子有这么丰富的土楼文化,只要宣传出去,一定会有很好的发展,请大家相信我!"

"村长,我们相信你!"

在以大彪为首的一群青壮年劳动力的带动下,整个讲话的气氛达到了高潮。村长很是满意地点了点头,接着说道:"谢谢大家的支持!接下来我给大家介绍一下协助我们村进行旅游开发的弘大旅游开发公司的王磊王主任,请他上台来给我们讲两句话。"

话音刚落,底下就传来了热烈的掌声。之前我早已见过多次的王磊此时走上前台,从沈村长手里接过话筒。他还是刚刚在田间见到的那副打扮,只不过似乎特意刮了胡子,显得精神许多。看得出他对这次的活动也是颇为重视。一上台,王磊就露出那份标志性的笑容。之后他举起话筒,开始讲话。他的声音没有村长洪亮,却颇具感染力。

"感谢沈村长的邀请,我这也是第一次来龙凤村。刚刚感受到大家的热情,让我觉得这次真的没白来!龙凤村确实有着很是悠久的土楼文化历史,还有这么美的风景,我很难相信,过去这几十年里,外界为何没有人注意到这里。这真是一大遗憾!这次我们弘大集团联系上了沈村长,就是为了让我们龙凤村走到更多人的视野下,让更多人了解我们龙凤村的文化。"

话还没说完,底下就响起了又一阵掌声。等掌声落下,王磊继续说道:"昨晚我也观看了龙凤村诸位的舞龙表演,真的是非常好看。我们龙凤村村民的精神面貌也是一样，奋发向上，再加上这么好的机遇，我们何愁富不起来呢？我们弘大集团也会鼎力帮助大家，互惠互利，打造一个以旅游业为主的崭新龙凤村！谢谢大家！"

"好！好！"

不愧是大型旅游公司的负责人，口才确实不是一般的好，这一番真情流露的发言引起了龙凤村村民的强烈共鸣。以大彪为首的几个年轻人兴奋地吼叫起来，就差冲上前去来一番熊抱了。一阵又一阵的掌声浪潮，几乎要将整个祖堂都掀翻过来。我站在人群靠中央的位置，就这样被涌动的人潮直接给挤了出来。我还没明白是怎么回事，突然感到肩膀被人拍了一下。我一回头，就看到了郑佳这个妹子。

"咦？你回头怎么不看另一边？"

"昨晚就被你这样戏耍过了，你以为我还会上当啊？"

刚刚她拍的是我左侧的肩膀，结果我向右侧回头，自然是识破了她的伎俩。

"哦。"诡计没有得逞的郑佳只好略显无趣地吐了吐舌头。

我看她身上没有带相机，便问道："你呢，刚刚在拍照？"

说完，我用眼神示意了她的胸前。

"我用手机拍的。昨天在龙凤村逛了一整天，相机电都用完了，结果我还忘了充电，现在正放在房间充电呢。今天我只拍些照片，文字稿用这个就够了。"

说着郑佳从口袋里掏出录音笔展示了一下。我一想到今天遇到的种种怪事，正想找机会问问郑佳，可话还没出口，变故陡然发生。

刚刚王磊说完那段慷慨激昂的话后，又简单介绍了一下龙凤村未来的旅游规划，大体上就是要将所有土楼内外装修一番，另外要增加其他旅游配套设施，比如我昨天停车的那块停车场。随着讲话内容的继续，所有村民都沉浸在他描绘的那种美好愿景中。

就在这时，变故陡生。一道人影冲上台前，直接从王磊的手中将话筒抢夺过去。我愣了一下才反应过来，刚刚冲上前去抢夺话筒的正是那个神出鬼没的怪老头。

也许是完全出乎自己的意料，被夺走话筒的王磊愣在一旁，竟没有下一步的行动。而趁众人反应过来之前，那个怪老头左手拿着话筒，自顾自地说了起来。

"你们不能这样！你们这样会毁了龙凤村的！龙凤村这些美丽的土楼，不光是你们的，更是祖祖辈辈传下来的宝贝。这其中蕴藏的艺术与文化，是几百年才积攒下来的啊！"怪老头声嘶力竭地向众人喊道。

经过一瞬间的安静，众人这时才反应过来。有人大声喊道："你胡说什么？我们发展旅游怎么就毁了这些呢，我们这是传承！"

另一人也说道："对啊！再说了，我们穷了半辈子，用土楼发展发展经济有什么不对？"

"对！你这个怪老头在胡说八道些什么，大家快把他赶下去！"

"赶下去！"

就这样你一言我一语，群情激愤，大家纷纷喊着让他下去。其中几个好事的，比如大彪，已经冲了上去，就要对怪老头拳脚相加。还好村长沈金龙及时赶到，挡在他们几个前面，这才没有让冲突事件发生。而怪老头显然也是没想到会发生这种事，在村长冲上来之前，他自己就已经蔫了，直接摔倒在地上。

"大家冷静冷静！冷静冷静！"

沈村长大声喊叫几句，村民们显然还是没有冷静下来的意思。没办法之下，他只好将刚刚怪老头摔倒之际一起掉在地上的话筒捡起，冲着话筒大声喊叫一声。在扩音器的帮助下，众人终于安静下来。

正当沈村长准备继续开口，另一个变故又发生了。只见一个村民从土楼入口处跑进来，大声喊道："不得了，温家那个小妹自杀了！"

我还没反应过来，祖堂里就冲出一个人。此人身穿白衣，在祖堂门口发出了撕心裂肺般的哭喊。

3

最令我感到吃惊的，并不是少女自杀的消息，而是此时祖堂前站立的那个白衣少年。正是昨晚我才刚见过的那人，从我的碗里抢走那半碗米饭。此时的他完全没有了当时的狼狈样，他穿着一件白色的汉服，就像从古装剧里走出来的一样。只不过刚刚听到消息的那一刻，他的情绪立刻就崩溃了，此时的他正疯狂地向出口处跑去。

众人愣在那里，好一会儿才有人反应过来。随后以村长为首的几人也紧接着冲了出去。正在举行的成人礼彩排自然也就被迫中断。人群中的大部分人随后也都跟着村长离开这里，祖堂瞬间就空了下来。既然出现了更好的茶余饭后的谈资，这里自然就没有留下的必要，这就是普通人的猎奇心态。

祖堂这里人少了下来，我和郑佳也打算前去看看那个自杀的消息究竟是什么情况。出土楼没多远，我们就看到一大群人围在一根很是粗大的杆子下面。走近一看才发现，原来这是一棵古树，只是岁月夺走了它的树叶和枝干，只留下一根光秃秃的粗大树干。我们靠近过去，立马就听到人群里传来一阵嘶吼声。

"是你们害死了雪凤！是你们！你们这些杀人凶手……你们为什么不让我们在一起，我们怎么了？！她死了我也不想独活了……雪凤，就让我们在下面团聚吧！"

"混账！"

我们刚挤进人群，就听见一个响亮的耳光声，打出这记耳光的正是沈村长。人群顿时安静下来。

"你这不肖子，这人都还没死，你就在这寻死觅活的，像个什么样子！"

"啊？雪凤……她没死？！"

"你自己看！"

透过人群的缝隙，我们看到刚刚还情绪失控的年轻男子，脸上瞬间露出狂喜，一个劲地叫着雪凤的名字。周围人用力拉扯着，这才稍微控制住他，不让他朝对面的女子扑去。

我又往人群前方挤了挤，这才看到躺在地上的那个人。然而在看到其面貌的那一刹那，我还是吃了一惊。这不正是我早上在小溪边看到的那个偷偷哭泣的女生吗？难道……从那时候开始，她就在寻思自杀了？

一瞬间，我的大脑一片空白。如果在那时我就发现了这一点，并且前去开导她，后来这一切是不是就不会发生了？想到这一点的时候，我的内心瞬间被懊悔填满。还好这个人没有死，否则我岂不是要抱憾终身了……

一想到这个，我就有些后怕。我将视线再次投向那个女生。

她长得颇为俊俏，一张瓜子脸，再配上匀称的五官，想必应该也是十分好看的。只不过此时的她脸色惨白，让人完全联想不到好看上面去。她的脖子上有一道清晰的瘀痕，再联系到扔在一旁的那根麻绳，我一下子就明白了，刚刚她应该就是用这根麻绳在古树下上吊自杀的。这棵古树虽然没什么枝干，但在离地面一人多高的地方刚好伸出一根较粗的枝干，刚刚那根麻绳应该就是绑在了这里。还好被人及时发现，否则后果不堪设想。

此时女生旁边蹲着一个年纪颇大的老者，老者也穿着这里的传统服装。我看着一旁打开的医药箱，猜测他应该是这个村的赤脚医生。龙凤村离最近的镇上也有将近十公里的距离，如果不做任何处理就直接将自杀未遂的女生送到镇上的医院去，想必也不合适。

年老的赤脚医生将听诊器从女生胸口移开，沈村长赶忙问道："她现在怎样？"

"呼吸已经基本平稳，只不过受了惊吓暂时昏迷，休息一天应该就没事了。"

老医生也是见过很多世面的人，面对这种情况仍旧不慌不乱，他有条不紊地将听诊器收了起来。听到老者的这句话，沈村长悬着的心总算是放了下来。他正要安排周围的村民将昏迷的雪凤抬回去休息，刚才安静下来的他口中的那位"不肖子"又再次发作了。

"让我再看看雪凤！你们放开！"

年轻人一边喊着，一边努力挣脱旁边两个村民的夹持。沈村长越看自己这个"不肖子"越生气，正要发作，不料却被其他人抢先了。

"沈星龙，你够了！"

简单一句话，就让年轻人瞬间安静下来。刚刚喊出这句话的，正是一直在旁边照顾雪凤的一个女子。后来我才知道，她是雪凤的姐姐碧凤。看其表现，心里明显是对这个叫沈星龙的男子充满愤恨。也许现在不是继续追究的时候，刚才的爆发也只是一时忍不住，碧凤狠狠瞪了沈星龙一眼，便转过身去不再说什么。此时一片寂静中，雪凤被抬上一个简易的担架，在碧凤的陪同下，担架很快就被抬走了。

见到此情此景，沈星龙颓然地坐在了地上。

温家小妹雪凤自杀的消息很快就传遍整个龙凤村，不知不觉中也出现了很多流言，本来就对此事一无所知的我更加不敢随便相信这些所谓秘辛了。

那天事了，村民便很快散去。古树下只剩下我和郑佳二人，不知去哪儿的我们只好回到土楼的茶室，等待进一步的消息。郑佳用早上烧好的热水又泡了一壶茶，我们各自饮了几杯，其间没有说任何话。也许是觉得这样的气氛过于尴尬，在某一个时刻，我们二人竟又同时开口了。

"你先说。"

"你先说。"

没想到又是一次神同步。尴尬的气氛瞬间蔓延开来。

"好了好了，我知道你现在脑子里肯定有很多疑问。不如这样，我们索性玩一个游戏，你问我答。你来提问，我来回答，只要我知道的，一定会全都告诉你。"

我看郑佳态度十分诚恳，便点了点头。

"那好，你问吧。"郑佳喝了一口茶，说道。

其实现在我心里确实有很多问题想要问她，不过既然是一个游戏,那肯定要轮流才行。我思考一番,将想要问的问题按照重要性排序。很快,我就想到了第一个问题。

"刚才那个上台抢夺话筒的怪老头是谁,他为什么要说那些话?"

"他叫黄剑平,是一个大学教授,专业是历史学。不过他最大的兴趣,你猜是什么?"

"土楼?"

"哈,没想到你这么聪明,一猜就对!这个黄教授从几十年前就开始研究土楼文化历史,在这方面发表了数不清的论文,现在要说国内最熟悉土楼的那几个人,他肯定就是其中之一。"

其实对此我心里也早就有了个大概估计,可我还是不懂他为什么要处处和那个旅游公司的负责人作对。他们两个一个是研究土楼文化,一个是想传播土楼文化,应该是相辅相成才对,怎么想也不应该造成现在的这种状况。

"可能这就是理念的不同吧。"郑佳叹了口气,"黄教授在关于古建筑和传统文化的保护上是偏向于保守的。也就是说,相比于发展旅游业,让大批游客前来参观,他更倾向于保持历史原貌。"

"保持原貌?"我对这种想法感到不可思议。

"对。我们报社之前采访过黄教授,所以我对此也有所了解。黄教授近些年一直都在为土楼的保护四处奔波呼吁,尤其是近几年与土楼相关的旅游业突然火了起来,黄教授更是经常在论文和各大报刊上刊登文章,批评这一现象。在他的理论中,这些古建筑和其本身所蕴含的文化,都有其自身存在的土壤,如果贸然改变这一土壤,对这些古建筑和传统文化则会带来致命的打击。"

郑佳停下来，看了我一眼，继续说道："具体到这里，村长和旅游开发公司都想在龙凤村发展旅游业。先不管他们的真实目的是什么，至少他们这么做确实可以带动龙凤村经济的发展，也让龙凤村的土楼为更多人所知晓。但在黄教授这里，一旦发展旅游业，整个村子都必将为旅游业服务，原本的山村氛围将不复存在。至于传统文化，能留下多少也更不可知。而经过精心修饰的土楼，还是原本的土楼吗，这也会打个问号。"

其实发展旅游对传统建筑的各种破坏，这个我们都时有所耳闻。有的地方为了改善旅游环境，甚至会做出把传统建筑推倒重建的事情。如果按照郑佳这种说法的话，看来龙凤村土楼也未能完全幸免，而这也是我之前完全没有想到的。不过仅仅为了申明自己的主张，这个黄教授至于做到这个地步吗？他今天上午那番出格的举动，在我心里留下了十分深刻的印象。

听到我的疑问，郑佳也是叹了口气，说："应该说，黄教授一直都是较为弱势的那一方，毕竟他的这个理论就连很多同行都极力反对。再加上现在历史文化旅游越来越火，这上面的经济利益难免牵扯到很多方面。大到当地政府、旅游公司，小到普普通通的一个村民，都不会对这块巨大的蛋糕视而不见。"

听完郑佳的这段话，我对这个倔老头竟然产生了一丝同情。面对各种势力结成的巨大蛛网，他就像是一只渺小的飞蛾，在这张网中奋力挣扎着。

"既然这个黄教授的理念和大家如此不合，那村长为何会请他来呢？"

这也是我突然想到的问题。龙凤村并没有旅店，所以他自然也应该是和我们一样住在村长家的。

"这个恐怕你得问问村长本人了，反正我来的时候这个倔老头就已经住在这里。"

郑佳看似无所谓地撂下这么一句,就再度起身去烧开水了。不知为什么,郑佳每次都只是烧很少的水,今天早上要不是我们有事赶得匆忙,恐怕早上烧的那些水当时就已经被喝完了。

我看着提起水壶去一旁接水的郑佳,心里想着的,却是另一件事。

4

"这个沈星龙和温雪凤,究竟是怎么一回事?"

郑佳一回来,我就把心中积攒已久的这个疑问抛了出来。

"如果我说这是一个肥皂剧里最为常见的桥段,你信吗?"郑佳刚坐下,就露出了一丝坏笑。

"肥皂剧?难道是那种……"

"当爱情和亲情中只能选一个,你会选择哪个?而我们这里的两位主角,则是选择的爱情。相应地,这其中的艰难也可想而知。"

"他们的父母不同意?"

郑佳点点头,说:"不光是不同意,而且是死都不同意的那种。在此之前,沈家最年长的那位太婆,已经寻死过一次了。"

"就因为这个?"

"对,就是因为这个。"在这句话上,郑佳故意加重了语气。

我喝了一口茶,心里却始终对此不解。如果再加上这次雪凤的自杀,整个事件已经差点要了两条人命。

"就为了这两个年轻人的婚事,有必要非得这么大动干戈吗?又不是什么血海深仇……"

"如果这比血海深仇更为严重呢？"

郑佳突然出口的这句话让我完全意想不到。许久，我才问道："怎么说？"

"你知道龙凤村的名字是怎么来的吗？"郑佳没有回答我的问题，反而是向我抛出了另一个疑问。

龙……凤……星龙和雪凤……我这才意识到了这一点。村长家里人的名字都是以"龙"结尾的，而雪凤和碧凤两姐妹，则都是以"凤"结尾。再联想到龙凤村，这其中不可能没有联系。我将自己的想法说出口，郑佳却突然笑了出来。我以为自己是不是哪里弄错了，心里顿时有些慌乱。

"没有没有，我以为你应该早就知道了，可看你刚刚想了那么久，看来我确实高估你了哈哈！"

面对郑佳的嘲讽，我顿时有些无语。可郑佳却直接无视了我的存在，继续说道："你刚才说得不错，龙凤村这个名字就是这么个由来。或者可以更进一步说，龙凤村的起源其实就是沈家和温家。"

"哦？"我对此更加好奇。

"龙凤村四百年前就已经存在，当时主要只有两大家族，沈家和温家，这个我也是之前采访沈村长时得知的。之后，我从沈家的家谱上确认了这一点。"

"等等，人家这么私密的东西，你怎么看到的？"

"这个……我自然是有自己的办法，反正我看过就是了。"

虽然她说得理直气壮，可我总感觉能从她那躲闪的眼神里看出些什么。不过现在也不是追究这些的时候，我继续问道："可这跟星龙和雪凤的事……有什么关联吗？"

听到我不再追究，郑佳也像是松了一口气，她立马回应道:"这关系可就真的大了……因为从龙凤村建立的那一刻起,沈家和温家就是'世仇'。不对,用世仇这个词来描述可能不准确,因为没有人知道他们两家究竟是如何结仇的。甚至在将近四百年后的今天,就连沈家和温家的后人,也早已忘了当初的缘由。唯一有记录的,就是两家家训中的一句话,那就是沈温两家的后人,绝对不准有过深的交往。而这四百年来,他们也都是这么做的,两家人就算住在同一座土楼里,也几乎从不交流。"

"什么?!同一座土楼?"我不禁惊呼一声。

"你还不知道吗?我们住的龙凤楼的另一侧,就是温家。"

"等等……你说的,是那面红墙?"

面对我这个看似再简单不过的问题,郑佳似乎感到有些疑惑,但还是点了点头。听了郑佳的这番解释,我在心中急速思考起来。看来我本来准备问的第三个问题,现在已经得到了回答。原来那面红墙的存在,就是为了将原本互相对立的两家分隔开来。

"但是他们两家既然如此对立,那为何还要住在同一座土楼里呢?"我还是有这个疑问。

郑佳笑了笑,继续说道:"原因就像我刚才说的,沈温两家是龙凤村最早的住户,而当时,只有这一座土楼存在。"

四百年前、龙凤村、沈温两家、财宝……等等,我突然有了一个很是奇怪的想法。如果这么想的话,从我来这里开始,发生过的一切事件,似乎都有了关联。

"我想,现在你应该说说,关于四百年前那些财宝的故事了吧?"

我话刚说完,某人就打着哈欠走了进来。那头标志性的乱发,还有那双永远也睡不醒的黑眼圈,除了陈默思这家伙我再也想不出第二个人。

"来杯茶。"

他倒也不见外,一坐下来便张口要茶。正好这时水也烧开了,我将水壶提了回来,倒在已经干涸的茶壶里。随后我提起茶壶,给陈默思也倒了一杯茶。茶刚泡好,陈默思就忍不住喝了一口。我本以为这家伙肯定会被烫得龇牙咧嘴,可没想到他却像个没事人一样,喝完后还咂了咂嘴,一口一句"好茶好茶"地叫着。

我将视线转向郑佳。果然,她脸上的笑意差点儿就忍不住了。

"既然默思也来了,小佳你就把四百年前的那个故事说出来吧。"

陈默思貌似对这个也有些兴趣,他放下茶杯,摆出一个洗耳恭听的姿势。郑佳喝了一口茶,便开始说了。

"其实整件事要从明朝的覆灭开始说起。公元一六四四年,李自成入京,崇祯自缢于梅山,从此天下大乱。同年,清军入关。此时残余的明朝宗室在江南建立了南明,先是福王朱由崧在南京建立了弘光政权,但次年弘光帝就被清军俘获杀害。之后唐王朱聿键在郑芝龙等人的扶持下于福州登基称帝,改元为隆武,后世称之为隆武帝。但次年也就是一六四六年,清军入福建,郑芝龙投降,隆武帝在汀州被掳,绝食而亡,享年四十四岁。两个月后,桂王朱由榔在广东肇庆继位监国,是为永历帝。

"而这其中隆武帝的死则一直是个谜团。主流说法是他在汀州被俘后囚禁在福州,之后绝食而亡;但也有另一种说法,隆武帝是被清军乱箭射死在汀州城衙的大堂上。其实这些都不重要,关键的地方在于,当时就已经流传着一个传言,隆武帝逃往汀州的时候,身边是带有很多金银财宝的。当时清军的将领为了早点儿抓到隆武帝,曾经下过这样一道命令,凡是抓到隆武帝的士兵,可以随意瓜分隆武帝身边的那些财宝。也正是因为这个缘故,当时的清兵简直是杀红了眼。而等到隆武帝真正被清军俘获的时候,他身边的那些财宝却都不翼而飞了。这其中有一个说法就是,这些财宝在清军入城前,已经被隆武帝派人转移了。"

"你的意思是,你之前所说的财宝,是隆武帝留下的?那这些财宝,具体又是什么东西,总不会是一些金条啥的吧?"我略显好奇地问道。

"具体是什么谁都不清楚。传言说,这些财宝里有很多当时明朝国库里流出来的宝贝。单拿任何一件出来,都足以让那些富商巨贾们抢得头破血流。"

没想到竟会是这样的情况,于是我紧接着问道:"那这些财宝怎么会和龙凤村扯上了关系?"

"你先别急,请听我慢慢说来。"郑佳喝了一口茶,接着说道,"当时汀州的主要部分就是现在福建省的龙岩市,和广东的梅州交界。在福建失陷的情况下,如果隆武帝真的下令将财宝转移,那只有一个转移方向,就是当时清军还未企及的广东。当时隆武帝深知自己被俘之后必死无疑,但他也不愿这些财宝落入清兵之手为他人作嫁衣,于是便想着将这些财宝转移到广东,继续光复明朝的大业。而隆武帝死后仅仅两个月,朱由榔便在广东肇庆继位,年号永历,是为南明最后一个皇帝。"

"你的意思是,隆武帝财宝转移的时候,经过了龙凤村?不过真的就这么巧吗……龙凤村确实位于福建与广东的交界处,但就算财宝真的被转移了,两省交界区域如此之广,又怎么能确定它偏偏经过了方圆不过数里的龙凤村呢?"我提出了自己的看法。

"这个可就得感谢我们的黄教授了。"郑佳突然笑了出来。

"哦?怎么说?"没想到这件事还和那个倔老头有关,我更加好奇了。

"黄教授自从两年前开始就对龙凤村有所关注,经常会来龙凤村考察,当然他关注的只是土楼本身,至于他有没有听说过有关隆武帝财宝的传闻,外人就不得而知了。但他既然身为历史学教授,恐怕多少还是听说过一些吧。不过这些都和本次的事件无关,关键的是接下来发生的一件事。两个月前,龙凤村的村民在开垦新地的时候,偶然间挖出一堆白骨,有近十具之多。只不过这些白骨早已腐朽不堪,身上的衣物也几乎完全腐烂。唯一能加以辨别的,就是这些白骨身上残余的一些碎甲和头盔,还有几柄早已生锈的长刀,而且这些白骨都留有很长的头发。从这些看来,这堆白骨显然不是近些年的产物,很可能都有几百年的历史了。"

郑佳看了我和陈默思一眼,继续说道:"当时村民很快就报警了,不过黄教授那时刚好也在村里,所以他当时也去了现场。根据他的专业学识,他很快就判断出这些白骨很可能都是明朝的士兵,不知什么原因被杀害于此。当地警方也根据黄教授的判断,并没有将这些白骨当作刑事案件处理。之后黄教授回到学校,以此为素材写了一篇论文,发表在该领域一份十分有名的期刊上。在这篇论文里,黄教授根据这些白骨身上衣物还有兵器的特点,并借助一些科学的断代手段,初步判断这些白骨生前是明朝末年的普通士兵。但至于这些士兵为什么会出现在龙凤村,又为何会被杀害,然后草草掩埋在一片荒地中,黄教授在那篇论文中就没细说了……我们的沉默侦探,你有话要说?"

郑佳突然停了下来,看向陈默思。

"没什么,我只是觉得,你应该还是有一些隐藏的地方吧?比如……这堆白骨和隆武帝的关系。"陈默思面无表情地说道。

"哈哈,不愧是大侦探,果然还是瞒不住你啊!没错,刚刚我是故意漏了一个环节没说。"

"那你就赶快说吧!"我急不可耐地催促道。

"好了好了,别急,我说还不行吗?"郑佳笑了笑,继续说道,"其实白骨堆里,除了我刚才提到的那些器物,还有一样更为重要的东西,那就是数十枚铜钱,正面印着'隆武通宝'几个大字。"

"隆武通宝!"我惊叫了出来,没想到龙凤村竟然是以这样的方式牵扯到隆武帝财宝的故事中来。

"没错,正是隆武通宝。要知道隆武帝在位不过一年时间,便被清军所灭。所以隆武通宝真正铸造发行的时间最多不过后来的几年,所以现在的市场上隆武通宝还是较为稀少的,一些特殊的币种甚至能卖到一枚好几千的高价。"

"也就是说,这些穿着明朝军队服装的士兵,很有可能就是隆武帝那个时候的……"我接着说道。

"你说得很对。而且更重要的是,他们是在龙凤村这么偏僻的地方被害了,这就不能不让人产生怀疑。不过如果联想到隆武帝财宝的传说,这一切就可能有一个合理的解释。"

郑佳没有将后面的话说完,只是停下来喝了一口茶。不过听了这些,我却已经明白了大概。如果真是这样的话,那当年确实是有人成功地在清朝军队的眼皮底下将隆武帝财宝运出了汀州城。但很可惜的是，他们并没有完成自己的任务，将这些财宝安全地转移到朱家人的手上，反而是莫名其妙地死在了一个无人知晓的偏僻山林中。没过多久，在同样的位置，一个名叫龙凤村的村庄诞生了。

"你的意思是，龙凤村的诞生和失踪的隆武帝财宝有关？"我看着郑佳，如此说道。

"正是这样，这也是这次我找你们来的原因。"郑佳如实说道。

"等等，难道你是……要我们把这个财宝找出来？"我不禁大声喊了出来。

"不行吗？"郑佳笑着反问道。

"不行不行，这怎么可能嘛！这都四百年前的事了，说不定这个什么隆武帝财宝早就被挖走了。不对，说不定已经被杀了这些财宝护卫的人抢走了。而且，这可是犯法的事情啊！这些财宝要是找到了，肯定也都是国家文物……"

"到时我们上交给国家不就行了？"

"你说得倒轻巧……既然这么简单，那怎么不让上面派专门的考古人员来呢？"

"因为来不及了。"

"什么？！"

郑佳的这个回答让我很是意外，我顿时愣在那里。

"什么意思？"

"就是字面上的意思。"郑佳的表情突然严肃起来，"据我所知，现在已经有很多人盯上了这里的财宝，黑白两道上的都有。虽然我不知道他们具体会采取怎样的手段，但现在唯一可以确定的就是，如果我们现在不行动，就再也没有机会了。"

"这么说，我们岂不是很危险？"一听到会有很多潜在的恶势力，我突然感到害怕起来，冰冷的双手紧紧握住了茶杯。

"最起码现在不会。在找到财宝之前，他们不会贸然动手的。"郑佳气定神闲地说出这句话，然后端起茶杯，细细地品了一口。

得到郑佳的保证后，我这才稍稍松了一口气，可随即我的脑海中又冒出一个更大的疑问。

"等等，那你为什么会找上我们？"

郑佳眼角微斜，随即将目光转向坐在我身旁的陈默思。

"要不大侦探你说说？"

几秒钟的安静后，陈默思还是摇了摇头。"你说吧。"

"好，那我说吧。"郑佳放下茶杯，接着说道，"原因其实很简单，默思是市公安局的杨志康副局长介绍给我的。之前报社里刑事案件这块的报道一向是我负责的，所以我经常会跑到局里，进行一些必要的采访。也是因为这个缘故，我认识了杨志康副局长。他人很好，看了几次我写的报道，对我赞赏有加，于是我们就这样熟识了。大概半个多月前，我得知了龙凤村财宝的消息，第一时间就把这件事告诉了杨副局长。但同时我也很清楚，在没有判定消息真假的情况下，警方是不能贸然行动的。再说龙凤村已经是邻省的辖区，跨区办案更是不可能的事。在我走投无路的时候，杨副局长给我介绍了一个人。"

我自然知道，这个人就是陈默思了。我用眼角的余光瞥了陈默思一眼，他像是完全事不关己似的慢慢品着茶，这还真是他一贯的风格。我在心里不禁苦笑。

"但你也知道，我们的沉默侦探脾气可古怪得很，你怎么敢确定他就一定会接受你的委托？"我向郑佳问道。

"起初我也是这么想的。因为在杨副局长向我介绍他的时候，我就已经感觉到了他这方面的古怪……啊，我不是这个意思……"

"没事，继续说吧，默思肯定不会在意的。"我笑着说道。

郑佳略显尴尬地看了陈默思一眼，在确认他果然没有在意这个之后，才继续说道："我当时也问过杨副局长，万一那个侦探他不同意怎么办。可杨副局长给我的答复就是——'不，他一定会同意的。'就这样，我联系了你们。"

看着郑佳一脸真诚的样子，我也知道她刚刚说的这些应该没有撒谎。可还是有一个问题没有解决，那就是为什么默思就一定会答应。

我正想就这个问题问一下陈默思，可很快这个机会就没有了。默思突然打了个哈欠，然后就站起身。在留下一句"出去散散心"之后，他连一个招呼都没打，就这么离开了。

我略显丧气地垂下头，莫名感到一股说不清的心酸。郑佳看着我，终于忍不住笑了出来。

第四章　苦命鸳鸯

1

默思走后,我和郑佳又在茶室坐了一会儿。然后郑佳也有事走了,我不知该做什么,便留在茶室,看着窗外发呆。

其实这时已经过了饭点,可我的肚子却一点也不饿。沈村长家似乎也没有叫人吃饭的习惯,从昨晚我来到这里为止,还没有和村长家的其他人一起进过餐。据我目前了解的情况,沈家现在年纪最长的太婆,也就是沈村长的母亲,目前已经七十高龄。如果我猜得不错,今天早上我在红墙处看到的那位应该就是这位太婆。看晓龙对这位太婆如此害怕的样子,也不难想象平时她对晓龙的严苛。

太婆底下有三个儿子,其中大儿子就是如今的村长沈金龙,今年刚好四十五岁,正当壮年。担任村长的父亲因病去世后,他就接任龙凤村的村长,至今已经十年了。而他这个村长,也是当得非常成功,十年中龙凤村里大大小小的事情,他都处理得有条不紊,十分公正,所以这些年积累了不少威望。从今天上午他在祖堂前的讲话也可以看出,大部分村民对他还是十分认可的。

沈村长有两个弟弟，分别是二弟振龙，三弟泽龙。其中二弟振龙在十五年前因一场意外去世，他有一个儿子名叫海龙，不过至今我还没有机会和他见面打个招呼。不过据郑佳所说，昨晚舞龙时站在最前面的那个就是他。这么说昨晚我应该已经看到他了，只不过当时还不认识没有打招呼罢了。三弟泽龙的儿子就是年仅十岁的晓龙，他还在上小学四年级，昨天我们进门时看到的，正是刚刚放学回来的他。今天刚好是周末，所以我才能在土楼里见到他的身影。一想到晓龙那可爱中又带有一点心眼的模样，我就忍不住笑意。

　　至于和沈家生活在同一座土楼的温家，家境则完全不同，甚至用惨淡来形容也不为过。目前只有雪凤、碧凤和她们的母亲秀凤生活在这座土楼里。而仅仅三十年前，情况却与现在完全不同，那时龙凤村的村长还是温家的家主。其实四百年以来，龙凤村的村长就一直是由沈家或者温家的家主来担任的。其间或许会存在连续两任村长由同一家的两任家主担任，但这也只是暂时的，绝不会出现其中某一家连续独霸村长之位好几十年的情况。大多数情况下，村长的职位会由两家家主轮流担任，形成一种微妙的平衡。

　　由"龙"和"凤"来接连统治龙凤村，这也成为龙凤村多年以来的传统。甚而不知从何时开始，更有着龙凤呈祥的美誉。更为有趣的是，代表着"龙"的沈家一直是生男孩，这些男孩的名字中都带有"龙"字。而代表着"凤"的温家则一直是生女孩，同样的是，这些女孩的名字中都带有"凤"字。沈家家主一直都是由长子继承，温家则不然，因为后代中全是女性，所以温家家主则是由入赘女婿担任。比如三十年前，当时还是龙凤村村长的温家家主，便是在五十多年前入赘温家，并且将自己的姓改成了温。

三十年前,这位温家的家主去世之后,村长之位由沈家家主也就是现任村长沈金龙的父亲接任。随后变故就发生了。

十五年前,当时的温家家主也就是雪凤碧凤的父亲,在一次车祸中与沈村长的二弟振龙一同去世,只留下当时都还不到十岁的雪凤和碧凤,温家从此就衰落了。不过温家衰落的隐患其实很早之前就已经存在。二十世纪三十年代,龙凤村这里发生了一次十分严重的饥荒,当时又是军阀割据的年代,政府根本顾不上赈灾,很多村民都逃离这里,这其中也包括沈温两家。原本枝繁叶茂的两大家族,从最鼎盛时期的几百号人,到最后只剩下几十人。再加上近几十年沈温两家人丁不兴旺,人就越来越少了。这其中温家更不走运,到上一任温家家主这一代,就剩他夫妻二人这一支了。他的意外去世,导致温家实力锐减,以后还能否再得到村长之位也未可知。

反观龙凤村这里,随着二十世纪三四十年代各种战争的爆发,中原地带很多百姓流离失所,其中就有越来越多的人来到偏远的龙凤村,并且定居在这里。所以对龙凤村整体而言,近几十年的发展却是一个逐渐壮大的过程。然而近些年,随着越来越多的人选择外出务工,龙凤村的青壮年劳动力锐减,村子也失去了以往的活力,甚至还出现大片农田荒废的情况。也许这也是村长沈金龙这么急于大力发展旅游业的原因之一。

实际上温家是极力反对在龙凤村这么不顾一切发展旅游业的,这倒和那个倔老头的观点一致。也是直到刚才,我才知道那个倔老头原来是住在温家那里。只不过温家现在如此式微的情况下,就算有那位黄教授的支持,也根本不能撼动包括村长沈金龙在内的其他所有村民的意志。

也许久坐的原因，我感觉有些腿麻。又歇息片刻后，我便决定出去走走。现在已是下午三点钟，虽说过了午休时间，可村庄里还是没看到什么人。当然，也许是因为天气的缘故。和上午不一样的是，此时的天空已经布满乌云，空气也像是凝滞了似的，泛不起一点波澜，让人感觉有些燥热难安。我擦了擦额头的汗水，打算再去小溪边逛逛。

村长家的龙凤楼位于龙凤村最北侧的一个高坡上，周围很大范围内都没有其他的住户，只有左右相隔大约一百米的地方分别有两座很小的土楼，看不出像是有村民居住的样子。我没做多想，直接向西侧的小土楼走去。这座土楼离小溪不远，上午看到的溪流上游的水车便位于这座土楼旁。

这是一座方形土楼，面积不大，边长可能也就七米左右的样子。我在四周转了一圈，竟没发现门的存在，只有一道木质扶梯，一直延伸到土楼楼顶。难道这门是开在土楼楼顶的？我还是第一次遇到这种情况，不禁感到好奇。

正当我犹豫着要不要顺着这道楼梯上去看看时，土楼顶部似乎传来一个声响，是重物砸下的声音。我后退几步，土楼顶部上的一道人影出现在我的视野中。

"海龙？"

正站在楼顶上的这位身材高大体形壮硕的年轻男子，不正是我昨晚在舞龙队伍最前端看到的海龙吗！也许是听到我的声音，海龙也向土楼下方看了过来，一下子便发现我的存在。他很是客气地向我打了招呼。

"陆先生好！您怎么到这里来了？我看这天也快下雨了，你要不还是赶快回去吧！"

"我就没事到处转转，寻找一下灵感嘛！对了，你这是在做什么？"我看着海龙脚边的两个麻袋问道。

"来这还能有什么事？家中的米快吃完了，大伯让我扛两袋稻谷去舂一些米回来。"

说着，海龙就弯下腰，扛起刚刚放在脚边的两袋稻谷，从土楼一侧的楼梯走了下来。也许是多年日晒雨淋的缘故，这段楼梯已经有些老化。海龙走下时，这些木板不断发出很是难听的吱呀声。我甚至怀疑在海龙走下来之前，这些木板就会断掉。所幸的是，海龙最终还是平安地下到了地面。他稍一弯腰，肩上的两个麻袋就扑通一声滑到地上。

"这个破楼梯确实该找个时间换了，可惜最近忙着庆典舞龙的事，没工夫搞这个。"海龙一边拍着手上的灰尘，一边说道。

"对了，海龙，这里是个粮仓？"我指着面前的土楼，询问起来。

"哦，你说这个啊？没错，确实是粮仓。听大伯说，这座小土楼甚至和咱们家那座土楼的寿命一样长。"

没想到这么小的一座不起眼的土楼，竟然也是一个古董级的建筑。我不禁再次打量起这座土楼，心里对待它的态度已经完全变了。

"对了，既然是座粮仓，可这入口怎么开在楼顶了？"我向海龙问道。

听到这个问题后，海龙挠了挠头，似乎感到有些为难。

"这个……祖祖辈辈都这么传下来的。你问我，我也不知道了。"

说完，海龙再次摇了摇头。看着海龙这为难的样子，我也知道再继续问下去，只能是为难他，并不能问出别的什么。

"我能上去看看吗？"

"当然能，不过上下楼梯的时候要注意了，小心别踩空。"

在海龙的同意下，我沿着这段木质楼梯走了上去。与我想象中不同的是，土楼的楼顶并不是土做的。我又仔细查看一番，发现这是一种砖石结构，与周围土楼的构造截然不同。站在上面，竟有一种如履平地之感。在楼顶正中央，有一块圆形的凸起，上面压着一块面积颇大的青石板。如果我没猜错的话，这青石板下面覆盖的，应该就是入口了。我走过去，想要尝试着挪动青石板，可无论我怎么用力，这块青石板就是纹丝不动。

也许是听到了我的动静，在下方等待的海龙向我喊道："陆先生，那块青石板很重的，如果实在搬不动的话请不要刻意去搬，伤了可就不划算了。"

虽说仍有些不甘心，不过海龙说的也确有道理。我在上面又站了一会儿，便循着楼梯回到地面。见到海龙时，他已经又将那两袋稻谷扛在肩上。

"对了陆先生，舂米的李老伯家就在前面，我现在得走了，要不待会儿下雨可就麻烦了。"

我看这天色越来越暗，确实是快要下雨的迹象，便让海龙赶紧先走。站在土楼边，看着周遭这番山雨欲来的架势，我忽然明白了这座小土楼顶端那砖石结构的用途。

按照寻常土楼的架构，土墙的顶端必定是有瓦片遮挡的，不然常年的风吹雨淋，土墙早就土崩瓦解。但这座小土楼作为仓库，顶端是完全封闭的，为了让人从顶端进入入口，又不能用脆弱的瓦片遮挡，这才采用了这与众不同的砖石结构。而入口处那块颇重的青石板，一方面是用来阻挡野兽和昆虫的进入，另一方面也是为了遮风挡雨。

我站在原地，看着这座设计精巧的土楼，内心久久不能平静。

2

海龙走后,我在小土楼前又站了一会儿,便也离开了。天气闷热难耐,空气中一丝风也感受不到。我看着阴沉沉的天空,原本想去小溪边逛逛的心情也没有了。

正当我准备返回龙凤楼的时候,一道佝偻的身影从土楼的大门里走出。我只是看了一眼,便认出这人正是沈家那位年逾古稀的太婆。今天早上她看向我的那道犀利眼神,此时仍历历在目。只见她一只手拄着拐,另一只手里像是提着一个木盒。在出门的时候,她还不忘用拄拐的那只手将土楼大门掩好。我本以为她会很快就发现我的踪迹,正想着待会儿该怎样跟她交流的时候,没想到她出门直接右拐,往背对着我的方向走去了。我略感好奇,便跟了过去。

虽然这位太婆的步伐很快,可由于她本身腿脚就不是十分利索,所以我只是以正常的速度行走,便足以跟上。没走多远,太婆的步伐慢了下来。我放眼望去,前方出现的是另一座我从未来过的小型土楼。如果我没猜错的话,这应该是和龙凤楼一起存在四百年之久的两座土楼之一。和刚刚我看到的作为粮仓的方形土楼不同,这里的土楼是那种很常见的圆形土楼,土楼直径大概也只有五米。

只见那位太婆在这个土楼前停下。我本以为她会打开土楼的门进去,可她却没有这么做,反而是走到土楼的另一侧。那里有一个圆形通风口,她将手中的木盒放在地上,努力支起佝偻的脊背,向里面张望着什么。然后冲着通风口,她又说了一些话,声音不大,我这里听不见。说完这些话,她弯下腰,将之前放在地上的木盒提起,放在通风口上。这时我才注意到木盒上系了一段很细的绳子,通过这条绳子,木盒通过通风口被缓缓送了进去。做完这些事后,太婆像是有些沮丧,她摇了摇头,拿起拐杖,转身走了。

我怕被看到,便躲在一棵树的后面。等她走远了,我才站起身,缓缓靠近那座孤零零的圆形土楼。这里的圆形通风口直径大概三十厘米,离地面有一人高。我刚想走过去看看,突然有什么东西从通风口里被扔了出来,掉在泥地上发出沉闷的声响。我仔细一看,这不正是刚刚被那位太婆送进去的木盒吗?此时木盒摔在地上,上面的盖子也被摔了出去,里面露出几个瓷碗。由于木盒的保护,这些瓷碗倒是没摔碎,只不过碗里的饭菜却撒了一地。

这时我才明白过来,原来刚刚那个太婆是来送饭的。也就是说,这个土楼里面有人?我顿时收紧心神。这时土楼里又传来其他声响,首先是人的嘶吼声,然后是一些胡乱踢打的声音。就这样持续了一会儿,这阵响声才消停下来。我靠近通风口,听到了一些不清不楚的呓语声。

"雪凤……雪凤……我要见你……"

联想到今天上午发生的那件事,我很快就猜到此时关在土楼里的这人正是沈村长的儿子沈星龙。只不过此时星龙的声音极其微弱,从中听不出一丝生气来,完全不像是上午看到的那番模样。这么说上午他被沈村长叫人带走后,就一直被关在了这里,而刚刚太婆前来送饭正是为了他的这个宝贝孙子。虽说对方并不领情,不过早上这位太婆给我留下的那份冷酷形象在我这儿得到了很大改观。

我站在土楼外,听着通风口传出的这些呓语,一时也不知该如何是好。我正想着离开这里,却一不小心踢到了刚刚打翻的木盒，里面的一个瓷碗稍一晃动，砸在了另一个瓷碗上，发出清脆的响声。

"太婆，我说了，不要再来烦我了！这是不可能的！你就不要再来烦我了！等等……你是谁？"

眼见被土楼里的星龙发现，我只好硬着头皮说："是我，陆宇，这两天住在贵府多有打扰了。"

我也不知道他究竟认不认识我，毕竟昨天晚上我们也只是黑灯瞎火下才见了那么一面，但现在我也顾不了多少。

也许是对我的出现稍感意外，过了一会儿，里面的人才回应道："不管你是不是我那个顽固老爸请来的，都请你现在马上离开这里，我是不会听他那些鬼话的！"

"鬼话，什么鬼话？"

话一说出口，我就后悔了。这么直接问的话，只会引起对方的戒心，而不会有任何的结果。果然，在听到我的疑问后，土楼里再也没有传来任何回应。

许久，里面才传来一声冷漠的回应："你走吧。"

没办法，既然对方已经下了逐客令，我自然也不能赖在这里。可刚一转身我又想起了一件事，这也是刚刚郑佳离开时才得到的消息。

"雪凤好像已经醒了。"

听到我的这句话后，空气像是瞬间静止了，随后这份寂静便被一声呐喊所打破。

"真的？真的吗？！你没骗我？"

"真的，我也是刚刚才得知的消息。"我如实说道。

"那就好，那就好……"土楼里传来如释重负的声音，随后那声音又说道，"陆先生，您能帮我向雪凤带句话吗，一句话就成。就说我一定会想办法的,大不了我们一起逃走,让她千万不要再想不开了。"

"让我帮忙也可以,不过这种话,你自己当面去说,不是更好吗?"

听到我的这句话,墙内的人顿时泄了气,有气无力地说道:"您也知道我们两家人的态度,他们是不会让我见到雪凤的。再说了,你也看见我现在的处境了,没有他们的同意,我是绝对离不开这里的。"

沈星龙说完这句话,又叹了口气。我再次打量起眼前的这座土楼,与刚才的方形土楼一样,这里的土楼也是封闭的。只不过它不是用作仓库,而是有着"牢房"的用途。通风口太过狭窄,普通人根本钻不进去,所以唯一的出入口只有土楼入口处的那扇门。而这扇门的钥匙显然是在其他人手上,没有那人的许可,沈星龙是断然不能出来的。

"那好,我可以帮你去见雪凤,并且把你刚才的那段话告诉她。但是在此之前,有件事你必须告诉我。"

"什么事?"沈星龙问道。

"你们沈温两家为何会对你和雪凤的事如此反对?"

"这个……你问我,我又能问谁去?"说完他又叹了一口气。

沈星龙的回答确实有些出乎我的意料。我本来以为,这其中还有更深一层的隐情,没想到现在连沈星龙本人都不清楚。

这时沈星龙再次说道:"陆先生您可能已经听说过了,我们沈温两家自建村以来,一直都不和睦。为了那所谓的村长之位,两家人都互相看不惯。所以在外人看来,我们两家人会如此反对我和雪凤的事情,都是这个缘故。"

"难道事实不是?"我好奇地问道。

"当然不是。"土楼里的沈星龙发出一声惨笑,"这只是外人的看法罢了。其实从三十年前,我的爷爷接过村长之位时,我们两家的关系就已经得到极大的缓和。我们两家人本来就住在同一栋土楼里,虽然有红墙的阻隔,但也都是抬头不见低头见,久而久之也都不那么在意了。那时国家正值开放之初,我们这个封闭的龙凤村也终于迎来转机。这里很多人都听说沿海有个地方叫深圳,那里能赚到大钱,于是便都跑出去打工去了。当时我二叔也想出去,就找到从小玩到大的雪凤父亲,两人想要一起出去闯荡闯荡。我们两家的长辈自然是极力反对,但没想到他们年轻气盛,竟瞒着两家人偷偷溜了出去。没过多久,竟传来两人遭遇车祸身亡的消息。二叔走后,海龙哥一直都是我父亲和三叔在帮忙抚养着。可碧凤和雪凤就惨了,父亲走后,她们温家母女三人相依为命,日子过得很苦。我父亲身为村长,当时也想帮忙,可却完全被雪凤的母亲无视了。大概在雪凤母亲心里,还记恨着我二叔吧。要不是他,雪凤父亲也不会离开家,也就不会发生后面的惨案。"

说到这里,沈星龙停了下来,大概也是对雪凤从小就失去父亲感到悲伤吧。

"我和雪凤是同年,她父亲去世的时候,雪凤才六岁大。虽然我们之前也经常一起玩,但实际上却根本不算是朋友。那时我们刚上小学,我还不懂事,只是记得当时突然有一天雪凤不来上学了,老师也不和我们这些小孩说明情况。当时我只知道二叔不在了,海龙哥哭得很伤心,却不知道雪凤家发生的事。有一天放学后,在回家的路上,我看到雪凤在村口的那棵古树下哭,我就走了过去,问她为什么哭。她先是不理我,我看她哭得那么伤心,再联想到海龙哥的事,不知不觉自己竟然也哭了出来。就这么哭了一会儿,她突然抬起头看着我,边哭边问我为什么要哭。我支支吾吾了很久,也没说出个所以然来。突然她就这么笑了起来,脸上的泪水还没擦干,她说我是个大笨蛋,然后就这么跑掉了。我在树下站了很久,也没见她回来。直到我听到我妈喊我吃饭的声音,这才回去。因为到处乱跑不回家吃饭的缘故,那天我被老爸狠狠揍了一顿,可我却一点也不感觉到疼。那时我心里想着的,全是那个在大树下哭泣的女孩。

"后来过了几天,我在班上再次看到雪凤的身影。她扎着一对麻花辫,虽然脸上仍然没有笑容,不过相对于前几天我看到的那番模样,至少这时她的身上没有再被悲伤完全笼罩了。放学后,我和雪凤沿着同一条路回家。我试着向她搭话,起初她不理我,只是一个劲地往前走。也不知道那时我是怎么想的,就只是跟在她的后面,直到村口的大树那里才分开。就这样持续了一周时间,突然有一天,我和之前一样跟着她来到大树下面,本想着等她先走再离开,没想到她却突然转过身看向了我。她只是说了一句话——以后我们一起走吧,这句话直到现在我都记得,而之后我也确实就那样做了。

"那之后的几年里,放学的路上我都一直陪着雪凤。然而由于沈温两家长久以来的嫌隙,家里人根本不愿意我们两家的小孩子互相之间有所来往,所以很多时候我们也只是活动在他们看不到的地方。每次我们都会一直走到那棵大树下,然后分开,回到各自的家中。我印象最为深刻的一件事,就是我们偷偷准备了木板和绳子,挂在古树那根唯一的枝干上,做成一个秋千,那是我们最开心的时候。这种状态一直持续到了小学毕业。虽然之后的日子里,我们因为各自学业的关系,再也没有以前那样每天走在一起的机会,可我们还是会经常联系。最开始是写信,后来有了手机就用手机联系,总之我们从来没有分开过。到了大学,我们瞒着家人填报了同一所大学,在远离龙凤村的地方,我们终于重新走到了一起。"

听了星龙所说的这些话,我的心里也是感慨颇多,不过也为他们最终能走到一起感到开心。

"我觉得如果你们真的想在一起的话,你们的父母怎么说也不会不同意的,毕竟都这个年代了。"我说出了自己心里最真实的想法。

"没用的。"星龙的语气突然严厉起来,"我说了多少遍,他们死活都不同意。而且更可怕的是,今年暑假我将这件事告诉父母和太婆的时候,他们都露出了一种像是见到鬼的表情。没错,就是这种表情。然后他们就全然反对我和雪凤的恋情,甚至还把我关起来要挟我。我完全没想到会是这种结果。"

星龙的回答也完全出乎我的意料,没想到家人的阻力是这样的大。

"那雪凤的母亲呢?她母亲是怎么个看法?"

"一样的。雪凤和我说过,她母亲甚至也是以死相逼,绝对不允许我们俩在一起。"说出这句话的时候,星龙的声音甚至都有些颤抖了。

"竟然这样……"虽然我还没见过雪凤的母亲,不过从星龙刚才的描述来看,这件事恐怕是真的不好解决了。

"我当时和父母还有太婆解释了很长时间,我们沈温两家虽然一直以来互相之间都看不惯对方,可这四百年都过去了,再大的仇恨也该早都消散了吧。可父母却还是不松口,到后来连太婆都要以死相逼了,我这才在明面上答应他们,表示不再和雪凤见面。可我的心里却一直放不下雪凤啊!当我听到雪凤自杀的消息后,我的心都快碎了,这一切都是我的错,我不该这么懦弱的……"

说着说着,星龙的声音变得哽咽了,我只好安慰道:"这不是你的错,雪凤这么做,也是因为爱你,只不过她的这种方式实在太极端了。待会儿我去见见雪凤,将你刚才嘱咐我的话告诉她,让她不要再这么想不开了。"

"谢谢陆先生……对了陆先生,我还有一个请求。您能帮忙想想办法,帮我打开这道门吗?我还是想出去见见雪凤,哪怕一面都好……"

面对星龙发自肺腑的请求,我只好暂时答应下来,不过沈村长可不是那么好说话的人。

"我尽量试试吧。"我只得如此回应道。

突然间我又想起另一件事,便问道:"明天就是正式的成人礼了,要是按照今天彩排的情况,你明天不也应该会参加吗?到时不就可以出来了?"

"事情哪有这么简单!"星龙叹了一口气,说道,"刚刚太婆就是来和我说这件事的,父亲虽然同意放我出来,可却要求我必须在列祖列宗前发誓,今后绝对不会和雪凤在一起。你说这样的要求,我怎么能答应嘛!"

没想到沈村长竟然还会想出这种办法。

"不过你不参加的话,那成人礼……"

"他们自然会有其他办法。"星龙了无生趣地说道。

我还想再说些什么,此时一颗豆大的雨滴砸在我的脸上。我抬头望向天空,密布的乌云终于将积攒的雨水洒了下来。附近又没有可以遮挡的地方,没办法之下我只得先行回去躲雨了。

"陆先生,记得帮我看看雪凤!"

临走前，星龙的声音从通风口处传了过来。我回头看了一下，星龙那张稚嫩的脸庞正在通风口处看着我，眼里充满了焦急与期待。我用力点了点头，便回过头跑了起来。

可谁曾想到，那竟是我最后一次看到星龙了。

3

回到土楼的时候，我全身上下几乎完全湿透。这场雨来得太急，我还没跑多远，就完全是一场倾盆大雨了。

我站在土楼门口的檐廊下，一边看着外面的瓢泼大雨，一边用手擦着脸上的雨水。大雨冲刷在屋檐的瓦片上，发出急促的叮叮当当的声响。远处的一棵小树已经被雨水冲弯了腰，似乎随时都会弯折。这场雨实在太大，我能预感到一旁的溪流已经要暴涨了。

这时我才注意到旁边的角落里还站着另一个人，正是之前说要出去逛逛的陈默思。此时他的身上倒是完全没有淋湿的痕迹，看来是下雨前就已经赶了回来。陈默思也注意到我，大概是看到我这一脸狼狈的样子，他脸上露出了一丝笑意。

"怎么，我看你刚才一直在和星龙说话，问出什么来了吗？"

听陈默思这句话的意思，他刚刚竟然一直都在我旁边偷偷观察。面对他这句半带嘲讽的疑问，我虽然脾气很好，但也不是个丝毫没有脾气的人。

于是我便抬起头，说："没有，只是问了一些他和雪凤的事。倒是你，在外面逛了这么久，那隆武帝的宝藏，看出什么名堂了没？"

陈默思像是没有听出我这句话里所带的怨气，他笑了笑，说:"宝藏什么的倒是没看到,只是现在愈发觉得这个村子有些诡异了。说不定接下来还有什么血光之灾,也说不定。"

"等等……你什么意思?什么血光……"

我话还没说完,陈默思就已经转身离去了。我看着他的背影,也只能无奈地摇着头。雨依旧下着,看来去找雪凤的计划也得推迟了。我烦躁起来。

这时,一道人影突然向门口这里冲了过来。由于光线昏暗再加上雨水的阻隔,我一时没看清此人面貌。直到他站在我面前拍打着身上的雨水时,我才看出此人正是不久前遇到的海龙。询问之后我才知道,他是眼见下雨,才一路小跑着从舂米的李老伯家回来了。

"那你回来了,那些米怎么办?"

"没事,李老伯会帮我舂好,待会雨小点了,我再过去。唉,刚刚我还提醒陆先生你注意天气,没想到现在自己倒成了落汤鸡,哈哈!"海龙抹了一把脸上的雨水,竟兀自笑了起来,"对了,刚刚我看到你从我弟那里跑回来了,你们说了什么吗?"

听到海龙这句话,我也忍不住笑了。看来刚才不仅是陈默思,就连海龙也注意到了我的举动。我只好把和沈星龙的那番对话再次重复了一遍。

"唉!我这个弟弟,竟然喜欢上了温家那个小妹!而他还偏偏这么执拗,上午发生那件事后,大伯气得连饭都吃不下了。"海龙的语气中明显有一种恨铁不成钢的感觉,他看了一眼关着星龙的那座土楼,不停叹着气。

"两情相悦,又有什么办法呢!"我半开玩笑似的说道。

听到我的这句话后,海龙苦笑着说道:"我也知道,他这小子就喜欢温家那个小妮子,为了她甚至连自己的命都可以不要。

要不是太婆亲自出面,甚至以死相逼,还不知道这个小子会做出什么疯狂的举动。"

"难道就真的没有调和的余地了吗……"我漫不经心地问道。

"其实我也是有些不理解。"海龙想了想,说,"陆先生你刚刚确实说得很对,现在都什么社会了,哪还那么看重门当户对这些东西。我也不理解这些长辈怎么想的,看着弟弟痛心疾首的样子,我这当哥的心里也不好受。只是……大伯他们态度实在是太过强硬,我也不好说什么。对了,陆先生你刚刚见到星龙的时候,他还好吧?"

海龙的这句话又让我想起了离开时看到的星龙的那张脸,虽然我与他交流不多,但从刚刚和他那短短的几句对话来看,星龙确实是一个很真实的人。不管是对他自己,还是对别人,他都愿意坦诚相待。只不过,现在的他却被关在一个囚笼般的地方,连自己的爱人都不能见到。想到这里,我现在多少也能体会到他心里的那种绝望了。

"陆先生,我看你身上也湿了,跟我来,我给你找条干毛巾擦擦。"

面对海龙的好意,我也不好意思拒绝,只能答应下来,和他一起沿走廊走了起来。没走一会儿,海龙就带着我进了一间屋子。屋子里好像没人,不过海龙很快就冲着里屋喊道:"阿妈,拿两条干净的毛巾过来!外面下雨,都淋湿了!"

海龙话音刚落,屋里就响起了一声回应,是个带有浓重当地方言的女性声音。没过一会儿,就有一个中年妇女从里屋走了出来,同样身穿这里的传统服装,手里还拿着两条干净的毛巾。她身材瘦小,同身强体壮的海龙形成了鲜明对比。

海龙接过毛巾后,将其中一条递给了我。见到海龙的这番举动，我更觉得不好意思了。不过现在也没办法，我只得硬着头皮接过毛巾，和海龙一样，用毛巾擦了擦头发和手臂。

"阿妈，家里的米还够吧？我刚刚扛了两袋稻谷，去了李老伯家，米还没舂好，待会儿雨小点我再过去。对了，陆先生会在我家吃晚饭，阿妈你多准备些菜！"

"啊？这……这多不好意思……"

我还准备说些什么，海龙已经高兴地和母亲说着别的什么了。他说的是方言，我听大意应该是今天晚上多准备哪些菜之类的吧。

"陆先生你先在这等一下，我去帮阿妈准备一下柴火，马上就回来。"

丝毫没有给我留下开口的机会，海龙就已经转身离开了房间。此时海龙的母亲已经热情地递了一杯茶过来，我只好笑着接过，连声感谢起来。之后，海龙的母亲也进了里侧的一个房间，那里应该是厨房吧。我坐在凳子上，喝着海龙母亲刚泡好的山茶。没过一会儿，海龙就抱着一堆柴火从门口走进，径直去了厨房那里。在将柴火放好后，他出来也给自己泡了一杯茶。

"这茶啊，还是家里的好喝！外面的那些名茶，别人都说好，可我却总也喝不惯，哈哈！陆先生，你觉得我们这里的山茶怎样？"

"好，很好喝。"我喝了一口茶后，说出了心里最真实的想法。这山里的茶，确实有一种独特的味道，那种味道尝过一口之后就再也不会忘记。

"我每次离家都会带上一些阿妈亲手焙好的山茶，这样每次一闻到茶香的时候，都有一种家的味道。"海龙说着说着，就凑近杯口闻了一口茶香，然后露出一种十分陶醉的表情。

"对了海龙，这么说你平时也是外出打工去的吗？"从海龙刚才的话中，我察觉到了这一点。

"当然咯！"海龙喝了一口茶，说道，"我没有像星龙那样的好头脑，大学没考上，就只能出去打工了，赚点钱回来养家糊口嘛！只不过阿妈身体不好，所以我只是在县城找了份工作，这样也能经常回来看看阿妈。"

看得出来，海龙是个十分孝顺的孩子。我环视一下整间屋子，家里虽然没有什么值钱的家具电器，却也收拾得干干净净。再加上今天和海龙的几番交流，这确实是个很有教养的家庭。我把自己心中的想法向海龙说了出来。

海龙笑着摆了摆手说："陆先生说笑了，我们的年龄差不多，我小时候也是十分调皮捣蛋的。只是阿爸去世后，我不忍心阿妈一个人操持家务过于劳累，就让自己变得成熟了点儿。虽然不能像同龄的孩子一样玩耍，但我也因此早点成长起来，倒也不是坏事，至少帮阿妈分担了许多。看到阿妈脸上的笑容，我比什么都开心。"

在海龙提到自己父亲去世的时候，我的心里也有些难受，便说道："如果你的父亲能在远方看到你们母子如今的幸福，应该也会十分高兴吧。"

"也许吧。"海龙放下茶杯，"其实我已经快要忘记父亲的长相了。他去世的时候，竟然连一张相片都没有留下来。这些年我也很少想起他，毕竟是他当初抛弃了我们母子。可以说，我们母子今天的生活，全是他造成的。我还记得当初他执意要离开家的时候，我才九岁，夜里听到母亲哭着求他不要走，可他后来还是走了。班上的同学都说我爸不要我了，整天嘲笑我，母亲也整日以泪洗面。更后来，他甚至直接永远不见我们了。

不过我也不恨他,人都已经不在了,再说这些又有什么用呢?"

没想到海龙对他的父亲会有这样的一种看法,看来十几年前的往事对他还是产生了很大影响。不过毕竟骨肉至亲,海龙这么孝顺的孩子,也不会真的怪罪他的父亲吧。

"你阿爸之所以会离开,或多或少也是为了整个家庭考虑吧。毕竟只有出去,才能赚到更多的钱。"

听我这么说后,海龙苦笑一声。

"你说得不错。钱,还有外面那新鲜的世界,有多少人能抵得住这份诱惑呢?那时村子里很多人都出去了,他想出去也很正常。只是我想知道的是,他当时离开的时候,心里究竟有没有想到我和我妈,只要他心里哪怕装着一点,我现在就已经完全原谅他了。可惜的是,我现在再也没有确认的机会了。"

我能感受到海龙心中那股悲伤的心情,于是便没打算在这个话题上继续下去。我随后说道:"现在龙凤村在沈村长的带领下,即将发生翻天覆地的变化。如果旅游业真的发展起来,整个龙凤村应该会重新焕发生机吧。"

海龙点了点头,喝了一口茶,似乎正是这口茶将他刚才的心情压抑下去,然后他说道:"大伯的做法我是十分赞同的,龙凤村就是太穷了,所以年轻人都喜欢往外面跑。再这样下去,龙凤村恐怕就要变成一个死村了。如果龙凤村的旅游业真的能发展好的话,我也能回来找份工作,这样就能天天照顾阿妈了。"

海龙说的确实不无道理,我内心其实也更倾向于这种想法。但那个倔老头的"歪理"却始终萦绕在我的心头,让我不能完全相信自己的判断。

与海龙聊了这么久,我突然有了一个大胆的想法,便向海龙问道:"海龙,龙凤村这里,有关于什么财宝的说法吗?"

"你说什么,财宝?"面对我的提问,海龙显然也是吃了一惊,之后在我再三确认下,他才相信了自己的耳朵。

"你说真的?好吧……龙凤村这么穷的地方,哪有什么财宝啊!不过,如果真的要说什么财宝的话,我这两天也确实听说到了一些类似的说法。"

我本来只是随便问问,并没有抱什么希望,可没想到海龙却说出这样的话,着实超出我的预期。

"什么消息?"我连忙问道。

"其实也没什么。"海龙挠了挠脑袋,说,"前两天我有事去找大伯,刚想敲门进去,却发现大伯的房间里已经有了别人。我本来心里想着待会儿再来,却偶然间听到里面那人在房里说着什么。他语速很快,具体的意思我没听清,只是听到了财宝之类的词,还有什么明朝……都是一些我听不懂的东西。"

财宝,明朝……海龙的这番话看似寻常,却在我的心里掀起惊涛骇浪。如果海龙听得没错,那么村长果真是知道财宝的事情。但现在整个村子表面上平静得没有一点风声,这就不得不让人生疑。

"我在那里听了一会儿,察觉里面的人要出来,我赶紧躲在一边。那人出来后,我才看清他的脸。"

"是谁?"我赶紧问道。

"这个人我认识,好几天前就来到我们村了,就是旅游公司的那个人。"

"王先生!"我大声说了出来。

"对,就是王总。这么说陆先生你也见过他了?"

何止是见过。其实来龙凤村之后,我也和这里的很多人都打了交道。唯独这个人，我一直都看不透，我不相信他来这里的目的只是旅游开发这么简单。听了海龙的这番话后，我才终于确定了一件事，那就是这个人的目的果然和相传的隆武帝的宝藏有关。

我思前想后，还是决定待会儿把这件事告诉郑佳，和她商量之后，也许能有什么新的收获也不一定。我正在思考这件事的时候，海龙却拉着我站了起来。海龙母亲此时也走了过来，她手里端着一盘菜，梅菜扣肉，是当地常见的一道菜。

此时我才注意到，原来已经到了开饭的时候，时间也确实过得很快。我看了一眼门外，此时雨已经小了很多，原本昏暗的天井也再次明亮起来，光溜溜的青石板上覆盖着一层晶莹的水膜，空气中也弥漫着湿润的泥土芬芳。

恍然间眼前的一景一色，竟让我有些如痴如醉了。

第五章　土楼命案

1

当天晚上，我找到郑佳，将从海龙那听到的消息告诉了她。她似乎并不感到意外，恐怕也是对此早有预料了吧。

和郑佳分开后，我想着去见一下雪凤，但一看到温家那紧闭的门扉，我又打起了退堂鼓。这么晚上门打扰，似乎有些不妥，再说雪凤仍然需要卧床休息，于是我便退了回来，心想着第二天再说。当晚我很早就睡了，一天的奔波劳累在一瞬间就将我袭倒。第二天将近八点我才醒，窗外早已是锣鼓喧天。

好不容易从床上爬起来，我拿着洗漱用具往外走，没想到竟在二层的走廊上遇到了陈默思。此时的陈默思正趴在栏杆上抽着烟，看他这副悠闲的样子，倒不像是我认识的那个家伙了。我正想打个招呼，却突然发现自己的手被拉住了。回头一看，站在我身后的竟是晓龙。我本以为晓龙这是又找我来要糖了，正想着回房去拿一些，可没想到晓龙拽着我的手就要往楼梯口处跑。

我回头看了一眼陈默思，他此时正笑着看向我这里。我苦笑起来。没想到晓龙的力气还不小，没过一会儿就把我拉到楼梯口的那个房间里。我以为他还要带我下楼,没想到他却直接停下来,然后往我手里塞了一个什么东西。

"这是星龙哥哥让我给你的,你把这个给雪凤姐姐。记住,不要让别人看到。"晓龙说出这句话的时候,还故意压低嗓音,甚至往四周看了看,完全是一副小心谨慎的模样。

看到晓龙这人小鬼大的模样,我忍不住笑了出来,"刚刚你去见了星龙哥哥?"

"嗯嗯。"

"他现在怎样?"

"星龙哥哥很好啦!对了,这个。"

说完,晓龙向我伸出他的小手。很明显,这是又在向我讨要糖果了。我本来想着身上应该没带糖,可随便一摸,竟又让我在上衣的口袋里摸出一块来,随后我便将这块糖果交给晓龙。晓龙拿到应得的东西后,蹦蹦跳跳地走了。

我看着晓龙的背影,内心竟有一种哭笑不得的感觉。晓龙走后,我这才仔细看了看刚刚晓龙交给我的东西,这是一块心形的琥珀。细心观察的话,能看到心形的左右两侧分别有龙和凤的纹路。如果我所猜不错的话,这应该是星龙和雪凤两人定情信物之类的东西。星龙想让我把这个信物交给雪凤,也正是想表明他决绝的态度,绝不因为长辈的压力而低头。我将这块琥珀收好,决定待会儿找个机会一定要交给雪凤,这才不会辜负了星龙的嘱托。

洗漱好后,我稍微准备一下,便起身去往土楼的另一侧,也就是温家。让人感到奇怪的是,一路上我都没见到沈村长家的一个人,甚至连刚刚还活蹦乱跳的晓龙都不见了。出门后,村子里也没见到什么人,只是这周围的锣鼓声仍不停响着,我却不能确定它的源头在哪儿。

我抬头看了眼天空，今天的天还是阴沉沉的，仍然像是要下雨的样子。我加快脚步，沿着土楼外围绕行，很快就找到了温家的大门。让人惊喜的是，我在温家门口竟看到了郑佳。她的胸前挂着一个相机，正要往里面走去，我赶快喊住了她。

"你也要去温家？"我向郑佳问道。

"是啊，成人礼，你忘了吗？"郑佳吃惊地看向我。

"成人礼……不是在村长家吗？"

郑佳的这句话倒是提醒了我，今天应该是正式举办成人礼的日子，可早上我起来后，沈村长家却极为安静，甚至连一个人影都看不到，着实让人费解。此时听到郑佳这么说，我就更觉疑惑了。

"已经改了，现在是在温家举行。别在这儿磨蹭了，再不进去就来不及了。"话还没说完，郑佳就已经催促着我赶紧一起进去。

我也来不及多想，便紧跟着郑佳走进温家大门。这还是我第一次走进这里，第一印象和土楼另一侧村长家的布置基本相同。唯一有所区别的是，这里很多道房间的门都是锁着的，而且一眼看去就是常年没人居住的那种，很多地方都积满了灰尘。这大概是温家现在只有母女三人居住在这里的缘故吧，这么多的房间，根本顾不上打扫。不过从这数不清的房间和头顶鳞次栉比的瓦片，也可以大概窥见许多年前温家的枝繁叶茂。只是近些年来，这里也和沈家一样，都一起衰落了。

穿过两道门后，那锣鼓的声响愈发大了起来。原来我刚才听到的锣鼓声，其源头就是这里，同在一座土楼，我竟没有想到这一点，真是有些失策了。和昨天一样，这里祖堂前方的天井处，也聚集了很多村民。大家三三两两聚集在一起，都在聊着什么。而我的目光却全都集中在旁边一处。这里的村民都穿着明黄的衣服，头上包着同样颜色的头巾，整齐地排成一排，正是前天晚上我看到的那支舞龙队伍。为首的正是海龙，我一眼就认了出来。

我正想过去打个招呼，这时一声鼓响，村民们顿时安静下来。紧接着另一个鼓点响起，以海龙为首的舞龙队顿时将硕大的龙头和龙身举起，摆出一副龙腾万里的架势。我这才意识到，舞龙表演开始了。

之后在密集的鼓点下，舞龙队的动作有条不紊，前后闪转腾挪，不一会儿，便将整条龙的气势完全展示出来。村民们自动在中间让出了一条道，整个舞龙队伍在海龙的带领下，气势磅礴地向前迈进。我正站在人群的前端，如此近距离地观看舞龙表演，对我而言还是第一次。郑佳看起来也是颇为兴奋，她举起相机，将镜头对准舞龙队伍，一下子接连拍了好多张。

在村民热烈的欢呼声中，我找到正忙着到处拍照的郑佳，在她耳边大声喊道："今天不是正式的成人礼嘛，怎么没看到游客之类的人？"

刚刚的这句疑问从刚才开始就一直在我心中。从昨天沈村长的讲话中也可以知道，这次的成人礼之所以弄得如此正式，就是要吸引更多的游客前来参观，从而将龙凤村的名气打出去。但是今天在我看来还是和昨天的彩排差不多，只不过多了一项舞龙表演罢了。我刚刚四处留意了一下，确实没有看到类似游客的存在。

听到我的喊声后，郑佳放下相机，大声向我回应道："昨天那场暴雨，村口唯一的通道发生滑坡，现在什么人都进不来。

所以这次的成人礼还要推迟,等通道疏通了再说。"

"那现在这个呢?"

"还是彩排!哎呀,你待会看看就知道了!"

郑佳说这句话的时候,鼓点突然密集起来,然后在人群的欢呼声中戛然而止,整个舞龙表演终于结束了。郑佳赶紧向前挤了过去,又抓拍了几张照片。紧接着沈村长走到前台,手里拿着话筒。本来我以为和昨天一样,他也要讲很长一段话。不过今天不一样的是,他只是简单讲了两句话,就从台上走下去。

然后,人群再次安静下来,成人礼终于开始了。

2

天空还是阴沉沉的,说不定什么时候就会下起雨来。空气也是一种湿漉漉的感觉,附着在皮肤上让人感到黏黏的,很不舒服。

我擦了擦额头,突然感受到来自背后的那一道道目光。虽然我知道这些目光的目标不是我,但此时身处前方的我还是感受到了一种无形的压力。在这些充满期待却又有所敬畏的眼神下,我将头抬起,看向了舞台正中央。在众人的注视下,祖堂大门缓缓开启。

这是我第一次亲眼见到龙凤楼里祖堂打开时的情形。昨天在村长家时,我也只是见到了祖堂的外侧。据说只有在沈温两家举办家族重要仪式的时候,这里的祖堂才会打开,比如这次的成人礼。而上一次打开祖堂,还是三年前海龙和碧凤分别举行成人礼的时候。也就是说,能亲眼见到祖堂打开,是多年才难得一见的机会。我睁大双眼,仔细盯着前方缓缓打开的大门。

伴随着木料摩擦的吱呀声,祖堂大门终于打开了,里面的种种摆设也在多年后重见天日。出乎我意料的是,祖堂里的家具,竟都是上了红漆,而且雕刻十分精美。虽然我不知道这些家具用的是什么木料,不过想来应该都是十分名贵的品种。而且无一例外地,都给人一种经过无数岁月洗礼的感觉。整个祖堂显得十分庄重典雅,完全不同于这里其他建筑那种简单朴素的格调。

惊讶之余,我将目光上移,祖堂正中央是一条长案,上面摆放了数十上百个灵位。不过这也在我的预料之中,毕竟这里是祖堂,有这些灵位也不是什么反常的事情。在这些灵位上方,并列有三幅巨大的画像。左右两侧的画像上分别画有一位身着古代盔甲的军士,身材高大,威武不凡,甚至让人不敢直视他们的双眼。

之后我的目光移向最中间的那幅画像。这幅画像上画的明显是一位帝王,而且看其服饰,应该是明代的一位皇帝。画像中的这位帝王面容端正,甚至有些粗犷,他目光直视前方,竟让人感到一种一往无前的气势。这在以往的帝王画像中可是不常见的。紧接着我看到了这幅画像正上方的那些字,直接愣住了。

画像正上方用正楷书写了这样几个大字——配天至道弘毅肃穆思文烈武敏仁广孝襄皇帝。如果我没记错的话,这正是南明永历帝给之前被清军所害的隆武帝的谥号。也就是说,这幅画像上所画的正是隆武帝!看着画像上这张熟悉而又陌生的面孔,我再次惊住了。

没等我缓过神,有人在一旁扯了扯我的衣袖。我回过头,看见郑佳,此时的她很明显也是处于震惊的状态。郑佳看了我一眼,像是确认似的点点头,一句话也没说,目光便再次移向那张画像。

　　许久，我的内心才渐渐平复下来。这幅画像给我们的震撼实在是太大了。如果说之前关于隆武帝宝藏和这座龙凤村的关系，全都是出于猜测的话，那现在这张隆武帝画像的出现，则完全像是给这个猜测砸出了一记实锤。如果我没猜错的话，隆武帝两侧画像中的那两位军士，或者说军官，应该是建立龙凤村的沈温两家的先祖，所以他们的画像才会被置于祖堂上，受沈温两家的后人祭拜。但隆武帝为何也会出现在祖堂的画像中，这就不得不引人深思。没等我继续思考下去，成人礼的下一步便开始了。

　　一片安静中，一个身着黑衣的女子从侧门走出。由于我刚好背对她，所以并不能看清她具体的面容。不过这件衣服我倒是有点熟悉，和昨天星龙穿的那件很像，只不过星龙穿的那件是白色的，而眼前这个女子穿的却是黑色的。

　　黑……白？一刹那间，我似乎明白了什么。前天晚上，我看到的那两个无常鬼，也是分别穿着黑色和白色衣服的，难道……不可能！我在心中顿时打消了这个想法。此时这个黑衣女子已经来到了祖堂正中央，她就这样站了一会儿，面对着灵位和画像，然后跪拜下去，很是仔细地磕了三个响头。之后沈村长走了过去，手里拿着一本古代的那种线装书册，他打开那本书，将上面的文字读了出来。

　　村长读的这些文字都是文言文，我听不太懂，不过大意应该是庆祝子孙长大成人，希望列祖列宗保佑之类的意思。整个过程大约持续了五分钟，村长说完这些话后，向灵位的方向鞠了一躬，便退了出去。之后就响起了一阵乐声，听起来像是古筝之类的弦乐器。不过我环顾周围，除了锣鼓，其他什么乐器都没有发现。也许，是通过音响之类的设备放出来的。不过就算音响之类的东西，我在现场也没有看到。

过了一会儿，乐声停了，现场出现了一些村民说话的声音，不过这些声音也只是转瞬即止。现场安静了一会儿，随着村长大声说出的一句"及笄"，仪式再次继续下去。只见侧门处再次出现一个人，是一个中年妇女，她的打扮和我之前见到的海龙母亲很像，身上穿着的也是这里的客家传统服装。只是和海龙母亲相比，这个中年妇女身材更高，但同时也更为瘦弱。她脸色苍白，让人有种她随时都可能倒下的感觉。

这个瘦弱的中年妇女径直向跪在灵位前的黑衣女子走去。她的手上拿着什么，由于手掌的遮挡，我看不清是什么。直到中年妇女接近黑衣女子，并最终停下来后，她抬起手，我才看清了她手中所拿的物件，是一个玉质的发簪。如果我没记错的话，村长刚刚所喊的"及笄"，意思就是用发簪将束好的头发固定，这在古代就代表着女子成人达到了可以结婚的年纪。不过在古代女子及笄的年龄通常都是在十五周岁，那个年龄的女子一般就可以结婚了。

所以按照我目前的观察来看，龙凤村的成人典礼，大部分还是仿照古代的传统礼仪，与本地的客家风俗倒并没有很深的联系。我不知道这次的成人礼是经过特殊安排的，为了达到宣传效果，还是一直以来龙凤村的传统就是这样。不过根据周围村民的反应来看，他们对此似乎并不感到十分新奇，所以刚刚的第二种猜测可能更为准确。

在中年妇女一番熟练的操作后，黑衣女子已经被打扮好了，她原本那头笔直的黑发已经被高高盘起，那个玉簪正稳稳地穿过发丝的间隙，将这头黑发牢牢地固定住。黑衣女子向一旁的中年妇女微微鞠了一躬,就在这一刻,意想不到的事情发生了,这个中年妇女竟突然哭了起来。黑衣女子显然也是没有想到这一幕,她向中年妇女说了一些什么,然后又像是要站起身来,仪式眼看就要被这突发状况所打断。这可让站在一旁的沈村长惊出一身冷汗,他赶紧放下手中的东西,毫不犹豫地冲了过去。

沈村长对黑衣女子说了句什么,黑衣女子愣了一下,刚才还要起身的她像是顿时泄了气,身子塌跪下去。另一边,沈村长已经扶起中年妇女,向一旁走了,很快就消失在侧门处。这突如其来的插曲让现场的村民陷入了短暂的混乱中,各种窃窃私语瞬间挤满了我的耳窝。

没过一会儿,沈村长再次出现,他让大家不要慌乱,并宣布成人礼的仪式继续。只不过接下来的仪式是祖堂静坐,也就是说那个黑衣女子需要在祖堂里面对着列祖列宗,一个人待上一整天,直到日落时分,整个仪式结束后才能出来。而在这期间,任何人不能进入祖堂,自然也不能有人进去送吃送喝。她唯一能用来充饥的,就只有放在一旁的那些糕点。

在沈村长这样说明后,村民们也都十分自觉地散了去。我和郑佳走在最后,我突然回头看了一眼。就在这时,那位黑衣女子也回过头,我第一次清楚地看清了她的容貌。

"雪凤!"我在心中大声喊了出来。

3

雪凤的出现着实让我吃了一惊,不过回头想来,倒也不是完全不能预料。星龙因为不肯答应和雪凤分手的条件,所以被关在那座圆形的小土楼里。但同时星龙又本该是这场成人礼的主角，按理说缺少了星龙的成人礼是不可能继续下去的。可让人万万没想到的是，这场成人礼的主角突然又变成了雪凤，看来这就是当初沈村长口中的那个解决办法。

关于这一点，其实我早就该想到了。星龙和雪凤同年，甚至连出生日期都十分接近，所以今年他们同为二十一岁，都符合成人礼的条件。如果星龙不能参加这场成人礼的话，最好的解决办法自然是让雪凤代替了。不过雪凤昨天才刚刚自杀未遂，身体还十分虚弱。本应该躺在床上好好休息的她，为何会强撑着出现在今天的成人礼上呢？而且雪凤的话，不应该也是十分痛恨拆散她和星龙的沈村长吗，为何又会答应村长的这个请求呢？再者，沈温两家一向水火不容，甚至都规定互相之间不能来往，可这次温家竟然破例让沈村长进入了温家祖堂，这也是我百思不得其解的地方。还有刚刚出现在祖堂给雪凤插上发簪的那个中年妇女，如果我没猜错的话，应该就是雪凤的母亲秀凤，但她为何又会在举行成人礼的现场情绪失控哭了出来？是因为心疼原本就身心俱疲的雪凤，还是有其他什么原因，我不得而知。

见到雪凤的瞬间，我突然想起了早上晓龙交给我的那件星龙的信物，此时就躺在我的侧兜里。可没等我将它掏出来，祖堂的大门就已经关上了，同时消失在我眼前的，还有雪凤那道瘦弱的黑色身影。我叹了一口气，看来只能等傍晚成人礼结束的时候，才能将信物交给雪凤了。虽然星龙没有告诉我这件信物所代表的含义，但我能感觉到，他们之间可能是产生了什么误会，也许这件信物就是解决一切问题的关键吧。

可惜的是，直到最后，我也没能将信物亲手交到雪凤手上。直到整件事结束，我再次回想，如果当初我能不顾一切地将这件信物交给雪凤,那后面一连串的悲剧很可能就不会发生了。

可这世上没有如果,该发生的早已发生,除了尽力弥补,我们其实什么也做不了。

离开祖堂后,我本想回房间给手机充一下电可却被告知进入成人礼祖堂静坐这个环节后,不光是祖堂,整个龙凤楼都要被封闭。除了参与成人礼的人之外,任何人都不能进入。也就是说,今天日落之前,我是不能回到自己房间了。我们这些住在龙凤楼的人都只能赶紧回到自己房间,简单收拾一下就必须离开。

离开之前,我想抓紧时间去上个厕所,结果发现竟然停水了。问了人之后才知道,昨晚暴雨冲垮了地底埋藏的水管,导致整个龙凤楼都停水了,不过龙凤村的其他土楼却没事。沈村长今天上午已经组织村民去排查漏水点了,可什么时候恢复供水还是个问题。这么说,我现在不光要被赶出去,甚至连厕所都上不了。一想到这个我不禁唉声叹气。不过最终我还是按照规定离开了龙凤楼。

我正为不知道去哪儿而犯愁,和我走在一起的郑佳说她有一个好去处,于是我便跟在她身后,往西边的那条小溪走去。出门之后,我看到沈家这一侧的门是开着的,沈家的那位太婆正坐在门边。她坐在一个蒲团上,手中拿着一块木鱼不停敲击,嘴里念念有词。

问过郑佳之后,我才知道,原来这也是成人礼的重要环节。当即将成年的孩子在祖堂静坐,面对列祖列宗的时候,土楼东边最外层的门会被打开,寓意紫气东来、英灵回归,从而让即将成年的孩子能够得到祖先的庇佑。同时,两家最为年长的长辈会一直守候在门边，通过敲打木鱼，引导先祖的灵魂回归，同时阻挡恶灵进入。现在，沈温两家最为年长的就是这位沈家太婆，这一任务自然就交给她了。

离开龙凤楼没多久，我们来到西边的小溪旁。周围除了农田并没有什么，她想带我看的是上游那个水车？那里我早已看过，她的期待恐怕要落空了。让我意外的是，郑佳走的方向并不是小溪上游，而是下游。小溪在流经大片农田后，突然左转，绕过一座座土楼，之后向村口的方向流去。所以，小溪的下游我其实并没有去过，对于郑佳口中的去处，我突然有些好奇了。

我们沿着小溪往下游方向走去。没走多久，转过一个弯后，一个凉亭便出现在视野里。见到凉亭后，郑佳双眼一亮，如果我没猜错的话，这里应该就是她所说的那个去处。下过雨后溪水暴涨，原本离小溪还有一点距离的凉亭，眼下几乎要挨着岸边了。我和郑佳一前一后，注意着脚下泥坑中的积水，在小心不要滑倒的同时，还要避免泥水溅到自己身上。就这样，克服了种种困难，我们终于来到凉亭中。

凉亭地上还有些积水，不过石凳上基本干了。我找了个没有水渍的石凳坐了上去，郑佳紧接着坐在我对面。

"没想到这里还有个凉亭。"我先开口道。

"刚进村的时候我就注意到了，毕竟离村口不远。你进村的时候应该一直在车上，没注意到也不奇怪。这个凉亭也是最近才建好的，当然是为了观光需求，不然一个普普通通的偏僻乡村，不会无缘无故建造这种东西的。"

听完郑佳的话，我再次环顾四周，最后得出一个结论，这里确实是一个观赏风景的绝佳地点。如果说沈温两家所在的龙凤楼是龙凤村北侧的制高点，那么这个凉亭所在的位置，就是地势较低的龙凤村南侧的最高点。坐在凉亭里,整个龙凤村的土楼和旁边绿油油的水田尽收眼底。

不过郑佳带我到这里,肯定不是为了看风景的。简单聊了几句之后,我率先切入正题。

"祖堂的那幅画,你怎么看?"我向郑佳问道。

郑佳自然明白我指的是哪幅画,说道:"一般来说,祖堂里挂的都是家族某个先祖的画像,而且这人一定得是光宗耀祖的。直接将帝王像挂上去的并不多见,但也不是没有,不过上面画的一般都是该朝的开国皇帝,作用自然是为了显示君王的文治武功。隆武帝是一个不被承认的南明小朝廷的帝王,称帝仅仅一年就身亡。试想一下,谁会将这样的画像放在自家祖堂上?更需要注意的是,南明败亡后,将近三百年的时间里,此地都是处于清朝的统治下,很难想象一个普通的村子将前朝隆武帝的画像挂在祖堂里,接受村民供奉。如果被发现的话,整个村子恐怕都要遭殃。我的问题是,这个龙凤村究竟与隆武帝有着多大的关联,才能让整个村子甘愿背负屠村灭族的风险。"

郑佳说得没错,龙凤村与隆武帝之间肯定是有着某种特殊联系的。在隆武帝画像的两侧,还挂着其他两张画像,那才应该是龙凤村的先祖。想到这里,我突然有了一个新的想法。

"小佳你之前说过,几个月前,在龙凤村出土了一堆几百年前的白骨,结合现场残留的一些甲片和刀刃,可以确定这些白骨是明朝后期普通士兵的遗骸。再加上现场留有隆武帝时期的铜钱,可以进一步确定这些士兵生活在隆武帝时期,他们也是在那时被害的。而龙凤村恰恰是在那之后出现的。我们一直不能确认龙凤村和这些士兵的关系,但刚刚在祖堂里看到的那三幅画像,却给出了最为直接的证据。"

听到我的这些话后,郑佳笑着点了点头。我继续说道:"我们首先可以明确的是,龙凤村的先祖就是隆武帝画像旁的那两个军官,而龙凤村发现了无名士兵的尸骨,我们可以据此大胆地猜测,这两个军官和那些士兵应该隶属同一阵营。再联想到隆武帝财宝的传说,我们可以进一步做出这样的猜测:当年汀州城破后,隆武帝让手下的两个军官带领一部分士兵护送财宝离开。这些士兵最终成功地将财宝转移出汀州城,可不幸的是,在半途中,也就是到了现在龙凤村所在的位置,这个护送财宝的小队可能遭遇了什么变故,一部分士兵身亡。带队的两位军官则做出决定,不再带着财宝向广东转移,而是驻扎下来,将财宝藏好,以备将来的需求。这两位军官和活下来的其余士兵,就成了龙凤村的第一代先祖。"

郑佳接着我的话说道:"其实我和学长想的基本一样。如果隆武帝的财宝真的留存到现在,那最可能的去处自然就是当时还未被清军攻破的广东了。可之后的十几年中,关于隆武帝财宝的消息就像是完全断绝了一样,不管是正史还是野史,都没有任何记载。唯一留下的,就是我们之前听过的那则隆武帝财宝的传说。根据这一点,我们也可以大胆猜测一下,如果隆武帝的财宝真实存在,而且被转移出了汀州城,却又没到永历帝手中,甚至在之后的岁月中一直没有再出现,这就说明,在财宝转移的过程中一定是出了问题,导致财宝被隐藏起来,一藏就是将近四百年。"

"如果龙凤村的祖先真的是护送财宝的那些士兵的话,那财宝又被藏在哪里了呢?"

这句话我既不是问郑佳,也不是问自己,我知道目前为止还找不到答案。所以,我只是想说出来而已,并不期待获得任何答案。

"也许，有个人能知道答案。"

郑佳的回答完全出乎我的意料。我正想问什么，她突然抬起头，双眼直直地看向我的身后，脸上露出职业性的笑容。她朝我身后的方向摆了摆手。我也回过头，这才注意到身后有人。我下意识地皱起了眉头。来者不是别人，正是最让人头疼的那个倔老头。看到我之后，原本满面笑容的倔老头显然也是有些不高兴了。他收起笑容，咳嗽一声。

"黄教授，您刚才是从村口过来的？"为了缓解尴尬的气氛，郑佳首先开口问道。

"这是自然，这里的土楼这么美丽，不好好研究怎么行？不像某些人，为了一些蝇头小利，欺师灭祖的事都能做得出来。"说出这句话的时候，倔老头还特地看了我一眼。

我这才明白过来，原来倔老头是把我当成和旅游开发商一伙的人了。也许是我和王磊说话的时候被他看到了，或是其他什么原因，这个误会一直到现在还没解开。我不知道自己究竟做错了什么，但我知道的是，人的第一印象十分重要。既然我在这个倔老头心里已经成了"欺师灭祖"的恶人，恐怕以后也很难再改观了。

倔老头继续无视我的存在，对郑佳说道："小佳啊，刚刚沈村长他们搞的那个所谓'成人礼'，你去了？"

郑佳点了点头。

倔老头哼了一声，随即用不屑的语气说道："就知道搞这些华而不实的东西、噱头！真正的传统文化，从来都不流于表面，而是用心去实践的。他这样搞只是哗众取宠罢了！哦，对了，我还差点儿忘了，我们的沈村长要的正是这种效果。不'哗众取宠',怎么获得开发商的喜爱,又怎么能吸引大批的游客?不将这些游客骗过来,又怎么赚大笔的钱呢?哈哈哈,这么说倒还真像回事了!小佳,你说是不是?"

面对倔老头的反问,郑佳不好说是,也不好说不是,只得尴尬地点了点头,算是糊弄过去。也许这就是身为记者的本能吧,对待采访对象,既不能完全顺着对方的思路走,也不能随便出言反驳对方。这种中庸之道,才是做出客观报道的不二法门吧。

"昨晚暴雨引发了泥石流,将进村的唯一道路给堵住了,车子开不进来。今天的成人礼只算是一次彩排吧。"郑佳实话实说道。

一听到这个,倔老头的脸上露出了少有的笑容。

"这我已经知道了。刚刚我本打算去村口看看,可被泥石流挡住去路。看起来,这是老天爷不让他们的图谋得逞了,哈哈!"

倔老头口中的"图谋",自然是指沈村长和开发商王磊推动的龙凤村旅游项目了。也许是昨天成人礼的彩排现场,众多村民的激烈反应让他多少有些下不来台,所以现在他才在我们面前冷嘲热讽了几句。这种欺软怕硬的性格,还真是很多高级知识分子的通病呢。

果然,一谈到沈村长和开发商,倔老头就滔滔不绝地讲了起来。当然,他嘴中所说的,大部分都是对他们的调侃甚至中伤。说到最后,面对江河日下的社会风气、见钱眼开的势利小人,他长叹一口气,用一句"人心不古"来作为这段长达二十分钟"诉衷肠"的结语。

整个过程中,郑佳倒是沉得住气,一直在认真听着倔老头胡言乱语。一开始我多少在听着,可到后来这些牢骚话我便一句话也听不进了。我只是坐在石凳上,看着绿油油的水田,竟发起了呆。又不知过了多久,我突然听到了有关财宝的字眼,这才重新打起精神,回过头仔细倾听起来。

"你说隆武帝的宝藏?哈哈,传说也仅仅是传说罢了,当不得真!小佳啊,你是个聪明的孩子,不要被外面的那些风言风语给迷惑了。"

"可龙凤村的那些白骨,可是您亲手挖出来的啊!那些隆武通宝,难道还会是假的不成?"郑佳锲而不舍地追问道。

"我亲手做的鉴定,自然不假。可话又反过来,就算这些是真的隆武通宝,那些人也的确是隆武时期的南明士兵,可又有什么证据能表明,龙凤村和隆武帝的财宝有关?我看你也是被所谓'财宝'给迷了心窍。小佳,放下这些吧,不要再纠结这些事了,不值得,不值得啊!"

说完这些,佝老头接连叹了两口气,便不再说话。没过一会儿,他就转身离开凉亭。我和郑佳继续坐在石凳上,只是此时我的心里一直回荡着刚刚佝老头离去时重复的那句话。不值得——究竟是不值得什么呢?

还是说,这其中另有什么其他的隐秘?我正思考着,远处突然跑过来一个人。等那人走近,我才注意到,来人正是海龙。

海龙气喘吁吁的,像是跑了很长的路。他弯下腰,双手撑在膝盖上,好不容易缓过来,说出了那句让我至今难忘的话:

"不好了,雪凤妹子她……被害了!"

4

没错,不是"自杀",而是"被害"两个字。我向海龙再三确认,最终确信自己没有听错。我虽然极不情愿,但还是不得不接受了这个现实。

雪凤死了,这次是真的死了。

我站在原地愣了好几秒,才在郑佳的提醒下回过神来。在海龙的带领下,我和郑佳快速往沈温两家所在的龙凤楼赶去。土楼外面已经被围观的村民团团围住,我正想挤进去,就听见陈默思的声音从人群内部传了出来。

"大家不要挤!你们这样做会破坏现场的,知道不知道?大家都后退,现在暂时不要进这座土楼,等警察来了再说!"

陈默思的声音我再熟悉不过。这家伙先前一直见不到人,一出人命案子他就跑出来了,真是嫌热闹不够大。村民显然没见过这种情况,陈默思的这番话并不能完全消除大家的恐慌。

人群中响起一个洪亮的声音:"大家不要慌,我已经报警了!警察很快就会赶来,事情的真相也会很快查明!请大家相信我,先散了吧!都先散了吧!"

说话的人是沈村长,以他在龙凤村的威望,话一出口,人群立刻就安静下来。没过多久,大部分村民就都散了。剩下的一部分仍想看热闹,又发现似乎没有什么可看的,也就很快离开了。我和郑佳这才走上近前。

"默思,到底发生什么事了?"关于雪凤被害的具体细节,我想向默思确认一下。

"温家的小妹雪凤刚刚被害了,就在祖堂里。"陈默思的声音一如既往的冷漠。

"什么?!在祖堂里……"

也就是说,雪凤是在祖堂静坐时遇害的。我看了眼时间,现在是下午两点钟。按照规定,祖堂静坐从中午十二点开始,要一直持续到日落时分,也就是六点钟前后,仪式才会结束。这才刚过了三分之一的时间,就发生了这种事……

"沈村长,里面情况怎么样?"

沈村长叹了一口气说:"唉,虽然我报了警,但刚刚接到电话,说村口的路都被泥石流堵住了,他们进不来。没有直升机,现在只能紧急疏通道路。警方让我们保护好现场,条件允许的话,让我们在不破坏现场的情况下拍一些照片。唉,是我的不对,今天早上就知道泥石流的问题,可一直没重视,整个龙凤村可就这一条与外界相连的通道,周围荒郊野岭、荆棘密布,不熟悉地形的人根本就进不来。要是我当初重视起来……"

也许是第一次遇到命案这种事,平时十分冷静的沈村长竟也有些慌了神,嘴里不停念叨着自己的不是。即使此时再问他,得到的信息也十分有限,于是我再度将视线投向陈默思。

"碧凤和雪凤的母亲知道这件事了吗?"

陈默思没有直接回答我的问题,而是看向焦虑地站在一旁的海龙。在注意到我们的视线后,海龙赶忙解释道:"你不知道,正是雪凤的母亲秀凤阿姨发现了雪凤的尸体啊!当时秀凤阿姨立刻就昏倒了,什么时候醒来还不知道呢!"

这还真是出乎我的意料。

"默思,那现在怎么办?"我下意识地说出这句话。

"怎么办?凉拌!走,我们进去看看。"

"哎,等等等等!你们不能进去,这不是破坏现场吗?警方说了,要我们保护好现场,等他们赶来再……"

没等沈村长说完,陈默思就笑了出来。

"再什么,勘查现场吗?我现在做的不就是吗?"

"哎,你等等,别进去!"

沈村长上前一步,拉住一只脚已经跨过门槛的陈默思。我赶紧走上前去,向沈村长说明陈默思的真实身份。

"原来他不是你的助手啊……"听完我的解释后,沈村长这才恍然大悟。

没错,刚来的时候,为了让我们有个合理的身份进入龙凤村,我们对外宣称是来进行创作采风的。我自然是那个要采风的作家,而陈默思是我的朋友,同时也是助手。这个身份倒是出奇的好用,这两天都没有特别引人注意。只是现在,为了利于查案,我不得不将陈默思的真实身份说了出来。

与此同时,我又耍了一个心眼,只说陈默思是警方的顾问。至于这个顾问究竟是个怎样的身份,我也没明说。不过在沈村长看来,警方顾问至少也是警察体系里的人吧,所以他的眼睛立马瞪圆了。

看着有戏,我趁热打铁道:"现在我们能进去了吧?"

沈村长没有回答,算是默认了。我和陈默思便准备迈步进去——

"等等,你们还是不能进去。我怎么知道你这个所谓警方顾问的身份是真是假,现在假警察也不少。"

没想到沈村长对我们还是有所顾忌,这种情况下我也没有什么办法了,只好问道:"那你觉得我们怎样才能进去?"

"这个嘛……"沈村长想了想,随后说道,"你等我打电话问一问警察。"

沈村长说完就掏出手机打起电话来。我心里急,看向默思,他却仍是一副轻松的神态。陈默思虽然在我们市的警察局吃得开,可现在到了别人家的地盘上,人家可不认他这个所谓警局顾问的身份。

可让我十分意外的是,沈村长放下电话后,却笑嘻嘻地走了过来,直接放我们进去了。陈默思向沈村长道了谢,率先走了进去,我和郑佳一头雾水地对望一眼,也跟了进去。

进去后我问道:"默思,这……是怎么回事?这边的警察你也认识?"

陈默思停下脚步,回头看着我说:"没什么,只是上个月来这边出差的时候,顺便帮这里的警方破了一起杀人藏尸案。当时这边的王队长还非要留我做两场讲座。不过后来因为没时间,我就婉拒了。王队长人挺豪爽的,有时间还真想和他再喝几杯,哈哈!"

我看着这样的陈默思,忍不住尬笑了一下。

土楼内部的几道门都是开着的,我们毫无阻碍地看到了最内部祖堂的情况。此时,土楼里应该是一个人都没有,除了祖堂里躺着的雪凤尸体。我毫不犹豫地向祖堂走去,不过在跨过第二道门槛的时候,似乎听到了水流声。

原来,左侧不远处靠墙的地方有一个洗手池,水龙头竟没有关上,水流正从那里不停冲溅出来。沈村长也察觉到了,率先一步走过去,将水龙头重新拧紧了。上午土楼里停水,可能有温家人拧开水龙头之后忘记关上了。刚好在祖堂静坐的时间段来了水,土楼里的人全都离开了,所以才没人将水龙头拧上。

经过这段小插曲后,我们来到祖堂前。和之前的热闹不同,此时的祖堂显得十分冷清,在进门的一刹那,室内的温度仿佛都低了几度,令我不禁一哆嗦。

祖堂里传来一阵犬吠声,我们进去之后,只见一条大黄狗朝着祖堂中央狂吠。沿着大黄狗狂吠的方向,我一眼就看到了倒在地上的雪凤。不知什么时候跟进来的海龙,在我们身后吃惊地叫出声来。沈村长一脸悲痛地看着雪凤侧躺在地的尸体。在短短两小时之前,雪凤还活生生地站在我们面前。

"阿宇,拍几张照片。还有,这条狗怎么回事?"

听到陈默思的问题后,沈村长赶紧上前,将大黄狗牵到一旁。即便在远离尸体之后,这条狗还是朝着尸体的方向狂吠不止。

"我们家大黄对血腥味特别敏感,每次宰鸡杀猪,它都要狂吠。刚刚它可能也是闻到血腥味之后才跑过来的。"

听了沈村长的解释,陈默思什么也没说,只是转过身,再次观察起死者来。我掏出手机准备拍照,却发现它不知什么时候就已经因为电量过低自动关机了。正当我不知所措时,身边响起了相机的快门声。我回过头,只见郑佳正拿着照相机,对着现场一张张地拍照。不愧是记者,专业方面的准备还是很到位的。

"这些照片待会儿先发给警察,不要外传。我说的你应该很清楚吧?"

面对陈默思的提醒,郑佳郑重地点了点头。虽然郑佳是记者,但在大是大非面前,我相信她还是分得清的,不然警方也不会如此相信她,甚至杨副局长都主动接受她的采访了。

陈默思蹲下身子,掏出随身携带的橡胶手套,开始检查尸体。

"阿宇,你记一下。死者女,年龄二十一岁,身体侧卧在地面,胸部中刀,凶器为一把匕首,仍留在死者伤口处。刀口笔直没入死者左侧胸腔,推测她是因心脏被刺破,直接毙命。尸体周围有大量血迹,已接近凝固,案发时间应该距现在半小时到一小时之间。现场并未发现脚印等明显痕迹。"

我掏出随身携带的笔记本,将陈默思说的大致内容记下。与此同时,郑佳拿出录音笔,同样将这段话详细录了下来。在检查完尸体后,陈默思又在祖堂四周查看。我再度看了一眼倒在地上的雪凤,她仍和之前一样,全身被一袭黑衣包裹,只不过上身已经被大片血污沾染。她双眼圆睁,似乎在死前看到了令人吃惊的东西,也许是她不相信自己会死吧。我好像听说过,人临死之前的求生欲往往是最大的。

我环视祖堂,这里的陈设很是简单,除了最中央上侧的灵位和三幅画像之外,也只有祖堂两侧摆放的古朴的椅子。这些椅子靠墙依次排开,上面一丝灰尘都没有,应该是经常打扫的缘故。而死者的尸体就倒在祖堂正中央摆放的唯一一块蒲团上,蒲团也被死者流出的大片血迹浸湿了。现场没有明显的打斗痕迹,唯一值得注意的是,摆放灵位的几层架子上,下面两层的一些灵位掉在了地上。但这些灵位离血泊还有一些距离,因此都没有沾上血迹。

陈默思显然也注意到了这一点。他走过去,蹲下身子,小心翼翼地检查起来。他虽然戴着手套,却没有动手去碰这些掉下来的灵位,反而是先叫来郑佳,给这些灵位拍了照片,作为证据保存。

这些灵位上连一点儿灰尘都没有,应该是雪凤的母亲秀凤经常来清扫的缘故,恐怕连祖堂里的一砖一瓦她都清清楚楚吧。沈温两家的祖堂一直是禁止子辈进入的,唯一进入祖堂的机会就是成人礼。所以,这应该是雪凤第一次进入这间祖堂,没想到她就丧命于此。我能想象得出,秀凤阿姨第一眼看到雪凤尸体时心中的悲痛,这是任何人都不愿意看到的。

就在我沉浸于悲伤中时,陈默思已经站起身来,继续查看四周。

"沈村长。"陈默思摘下手套,突然向沈村长询问起来,"之前海龙说了,案发现场最开始是雪凤母亲发现的。如果我没记错的话,祖堂静坐要持续到傍晚,这期间任何人都不得进入。那雪凤的母亲又为何在两点左右进去呢?"

"这个……我也不知道啊!中午的时候,我将祖堂大门锁上,之后又依次将整个土楼所有出入口的门都锁上了。做好这些事情之后,我就去村口的李老头家坐了一会儿。直到刚才海龙来通知我,我才知道坏了事。秀凤为什么要强行进去,这我也不清楚了,反正钥匙在她手上,我管不了啊!"沈村长两手一摊,把自己撇得一干二净。

"海龙,你知道是怎么回事吗?"郑佳向海龙问道。

"其实我也不是很清楚。"海龙想了一会儿,说,"我当时确实和秀凤阿姨待在一起。你们也知道,在举行成人礼的时候,秀凤阿姨不知道为什么突然哭了起来。之后离开土楼的时候,我看到秀凤阿姨精神状态不太好,怕她出事,就和碧凤两个人轮流陪着她。大约两点的时候,秀凤阿姨突然叫喊起来,说她要见雪凤,就这样重复了很多遍,我们怎么说她都不听。再后来,我们实在拦不住,同时也不忍心,就随着她去了。我们跟在秀凤阿姨后面,亲眼见到她掏出钥匙,打开土楼的大门走了进去。我和碧凤两人站在门口,等了将近五分钟,还没听到里面有任何动静,也没见秀凤阿姨出来,实在放心不下,就一起进去了,之后就……就发现祖堂里晕倒在地的秀凤阿姨,还有倒在血泊中的雪凤……"

说到这里,海龙的眼圈又红了。看得出来,对于雪凤的死,他的内心还是接受不了。

"等等，你是说，是雪凤的母亲亲手将土楼里几层大门的锁给打开了？"在得到肯定的答复后，陈默思继续问道，"那我再多问一句，大门的钥匙都在谁身上？"

"我们沈温两家一直都有个规矩，大门的钥匙两位家主各自保管一把。我们沈家大门的钥匙就在大伯身上保管着，温家在雪凤的父亲意外去世后，钥匙应该就在秀凤阿姨身上。"海龙回答道。

"你的意思是，只有雪凤的母亲一人有打开通往温家祖堂那几扇大门的钥匙，对不对？"

海龙点了点头。

"这么说，现场就是一间密室了，而且还是一个多重密室。"

陈默思平淡地说出了这句话。我仔细想了想，发现他说得果然没错，现场确实是一个彻彻底底的密室。

"密室……什么意思？"郑佳问道。

"你应该看过我最近出版的那本书，里面的死者全都死在了雪地上，现场没有任何脚印。但凶手如果杀害了死者，离开的时候必定会留下他的脚印，可实际情况却是，现场并不存在这样的痕迹。换句话说，死者处于一个相对密闭的环境中，凶手不可能接近死者，却能够犯下罪行。像这样的不可能犯罪形式，我们称为'密室'。而呈现在雪地上的密室，就叫作雪地密室。"

"那我们这次遇到的又是什么密室呢？"

"就叫作密室啦！"面对郑佳的提问，我哭笑不得，"如果要进一步分类的话，可以叫多重密室。"

"多重密室？"

"如同字面意思所述，多重密室的意思就是有多个密室嵌套在一起，光解决其中一个密室是不够的，必须一次性解决所有密室才行。比如我们这次的案件，死者在土楼最内部的祖堂里被害，当时祖堂的门是锁着的，而环绕在祖堂外围的三层土楼也依次被上了锁。凶手要接近被害者，必须依次通过这些被锁的大门，而唯一的钥匙却在死者母亲手上，也就是说这是个不可能完成的任务。所以说现场是一个由层层高墙环绕的多重密室，更准确来说的话，这是一个四重密室。"

"不愧是大作家，虽然头脑不太灵光，理论方面确实高于普通人啊！这一点不服不行！"

陈默思这家伙，不知道他是夸我还是损我。我略显尴尬地挠了挠头，接着手插进口袋里。这时，我才注意到口袋里的异物，是星龙交给我的那块心形琥珀，这本来是要交给雪凤的。可现在斯人已逝，我也没办法了。

想到这里，我突然想到一点，大声喊了出来："星龙，星龙在哪儿？！"

"星龙……星龙不是关在……"

话还没说完，海龙顿时愣住了，他似乎也明白我刚才这样喊的用意。昨天雪凤自杀未遂的时候，星龙闹成那个样子，现在雪凤真的死了，这个消息要是让他知道了，以他那偏激的性格，还不知道会掀起怎样的波澜。

我正要说话，沈村长已经方寸大乱，一句话没说就冲出祖堂。我们几人紧随其后，向关着星龙的那座小土楼奔去。

然而当我们赶到的时候，看到的却只是一座空空如也的土楼。

星龙不见了。

第六章　人去楼空

1

雪凤死了，星龙不见了，沈温两家甚至整个龙凤村，都陷入了前所未有的混乱中。然而现在进村道路受阻，等警方疏通道路赶来，又不知要花多少时间，谁也不敢确定在这期间会不会有其他危险发生。更为关键的是，杀死雪凤的凶手至今仍逍遥法外，这犹如一把达摩克利斯之剑悬在众人心头。发现星龙不见后，沈村长就病倒了，群龙无首的龙凤村顿时处在风雨飘摇之中。

当天下午，我和郑佳两人前去探望沈村长。在我们进去之前，村里的赤脚医生已经给沈村长诊断过了，说是劳累过度，再加上刚刚所遭受的打击，气血攻心，才一时晕倒。虽说沈村长没什么大碍，但他也得躺在床上好好休养，短时间内是不能下床活动了。我们进去的时候，原本面色苍白地躺在床上的沈村长强撑起身子，用尽所有力气一般和我们说了一句话——找到星龙。见我们点头答应之后，他紧绷的眉头才稍稍舒展开。不过我想，在我们找到星龙之前，他那颗悬着的心是一直放不下来了吧。之后他重新躺好，我们合上门退了出去。

星龙是沈村长的独子。虽然在他的眼里，星龙一直是个不成器的孩子，甚至成了他口中的"不肖子"，两人之间矛盾颇深。但哪有父亲不疼爱自己孩子的道理，只是更多时候，父亲会将对孩子的爱深藏在心底。也许年轻的时候，孩子会对这种父爱有一种误解，但当孩子也长大成家、当上父亲之后，才会明白父爱的伟大。

想到这里，我不禁看了一眼正靠在廊柱上吸烟的陈默思。刚刚我和郑佳商量着去看望沈村长的时候，陈默思这家伙明明来了，却一直不进屋。按照他的说法，他不想去看一个傻瓜。我不知道他口中的傻瓜是指什么，但我很清楚，这不是智商层面的意思，而是另有深意。

虽然陈默思没有明说，但我还是从他的眼神里看出了很多东西。陈默思的父亲是一个警察，小时候因为工作繁忙，很少有时间陪他，这也间接造成了他如今这种十分孤僻的性格。青春期的陈默思非常叛逆，甚至经常因为打架斗殴被抓进公安局，这也多少让身为警察的父亲有些难堪。不过我想，这大概就是陈默思的目的，也许只有这样，他才能多少引起父亲的注意。

高考那一年发生了很多事，陈默思的父亲则因肺癌去世。据我了解，也正是在那短短的一个暑假，陈默思成长了许多，也多少原谅了自己的父亲。至于他现在怎么想，我就不清楚了。我所知道的关于陈默思的这些信息，也是大学期间从小绪那里得知的，至于陈默思和小绪之间那种说不清道不明的关系，则又是另一段往事了。说起来，自从小绪离开后，我也有好几年没再见到她，也不知道她现在怎样。而陈默思，则几乎没有在我面前提起过她，两个人的关系似乎成了一个新的谜团。

就在我胡思乱想时，陈默思的一句话将我的思绪拉回现实。

"走吧，再去那座土楼看看。"

陈默思将烟头熄灭，直接走了出去。我和郑佳跟在后面，一路上一句话也没说。郑佳似乎是有些累了，一向活泼的她现在也没了生气。她只是耷拉着肩膀，一步一步地跟着。身为记者，郑佳本应对这些突发事件充满兴趣，可不知什么原因，她现在似乎完全没有这个心情了。

没多久，我们便来到小土楼旁，就是之前关押星龙的地方。只不过现在这里早已人去楼空，星龙不知去了哪里。陈默思直接走向土楼门口，那道木门也是在刚刚我们闯入时沈村长用钥匙打开的。后来由于村长突然晕倒，我们无暇顾及其他，所以这道门仍然开着。

陈默思站在门前，蹲下身子，眼睛盯着门上的那把铜锁，开始仔细检查。或许是这里的风俗，龙凤村的锁都是非常大的铜锁，锁头穿过环扣之后，轻轻一按就能锁住，之后只能用钥匙打开。因为铜锁的锁头很粗，仅仅用普通的钳子难以破坏。现场的这把铜锁十分完整，看起来并没有任何破坏甚至剐蹭的痕迹。

"这把锁的钥匙都在谁身上？"陈默思回过头，突然问道。

我刚刚的注意力全在这把锁上，所以陈默思的提问着实吓了我一跳。

"沈村长吧！"我随口说道。

陈默思显然不相信我随口说的话，紧接着把目光移向郑佳。郑佳愣了一下，很快说道："这座土楼有些特殊，它的钥匙通常由龙凤村的村长保管，所以应该一直在沈村长身上。"

听完郑佳的解释，我看了一眼陈默思，意思是我说得没错吧。不过他好像根本没注意到我，只见他站起身，直接走进土楼。我们也紧跟他走了进去。

和想象中的一样，土楼里的空间并不大，设施也很简单，简单到只有一张床一个马桶而已。这样的情景，让我莫名地想到了监狱。一想到星龙曾被关在这种地方，我全身都起了鸡皮疙瘩。除此之外，整个土楼里只有两个圆形通风口，分别在南北两侧，只不过直径大小有些许不一样。陈默思显然也注意到了这一点，他站在北侧的通风口前，仔细检查。

突然，陈默思的声音响了起来："对了，你刚才说这里有些特殊，是怎么个特殊法？"

我随即将目光转向郑佳，发现她从刚才开始就一直站在门口，一副心思颇重的模样。在听到陈默思的问题后，她这才走近一些。

"其实和你们想的一样，这里就是一个类似监狱的地方，是龙凤村的私监。"郑佳略作停顿，看了我和陈默思一眼才继续说道，"据我采访了解，这座小土楼和沈温两家所居住的那座龙凤楼一样，也是四百年前就已经建成。四百年的时间里，龙凤村的人换了一代又一代，数十座新的土楼接连盖起，而这座小土楼的主人一直就只有一个，那就是龙凤村的主人——村长。龙凤村的村长之位一直在沈温两家之间轮换，这座土楼的归属权也一直发生着变化。但毫无疑问，只有村长才有资格保管这里的钥匙，也才有资格使用这里。"

"使用？你是说用来……"后面的几个字我最终还是没有勇气说出来。

郑佳看了我一眼，说："没错，就是用来关押罪人的。你们也知道，龙凤村位置偏僻，官府很难管到这里。四百年来，只要龙凤村有村民犯了错误，都会被关在这里接受惩罚。具体要关多长时间,就要看他所犯罪行的轻重了。"

"最长会被关多长时间?"我不知哪根筋不对劲,突然问出了这句话。

郑佳抬起头,盯着我说:"到死为止。"

我不禁感到脊背一阵发凉,在如此闷热的天气里,一股寒气从脚底升起。我下意识地缩紧了身子,眼睛看向四周,总觉得哪里有人看着我一般。这股恶寒过了许久才散去。

"那这些人究竟犯了什么错,才会遭受这么严重的惩罚?"我不禁问道。

"不知道。"

"不知道?"我对郑佳的回答感到意外。

郑佳向我点点头,继续说道:"不管是县志,还是我采访的那些村民,关于这一点都没有提供任何有价值的信息。一方面是因为这个地区原本就是荒凉之处,近百年来才渐渐有了人烟,县志自然是不会关心小小的龙凤村了;另一方面,现在的村民很多是因躲避战乱才迁过来的,待的时间不长,对龙凤村的历史确实不是非常知晓。所以后来,我还特地问了村长。"

"沈村长他怎么说?"

"他说他也不知道。"

"不可能!"我断言道。

郑佳看着我,说:"你别这么看我,沈村长的确是这么说的,至于他有没有隐瞒什么,我就不知道了。不过我觉得,他身为村长,沈温两家又统治龙凤村将近四百年,他不可能什么都不知道。"

"肯定是这样……现在既然发生了这么多事情,我想沈村长也不会再瞒着我们,待会儿咱们再问问就行了。"

说完这句话我就后悔了，我竟然忘了沈村长现在正因病躺在床上。不过这也不是什么重要的事情，以后有机会再问不迟。

"默思，你有什么发现没有？"

我将目光转向陈默思。刚刚在我们说话的时候，陈默思一直在南北两侧的圆形通风口之间走动，目光一直盯着这两处地方。看他的表情，似乎对这两个通风口十分在意。

"发现倒是没有，不过却知道了一件事。"

"你知道星龙去哪儿了？"我顿时高兴起来，连忙问道。

我本以为陈默思这家伙这么快就知道了星龙的下落，可没想到等来的却是他的一顿嘲讽。

"要是知道的话，我们现在也不用待在这里了，直接去找他岂不是更好？"

"那你说，你知道了啥？"我不禁给了他一个白眼。

"你有没有发现，现场是个密室。"

默思的话直接让我愣住了。

"密室……又是密室？"

"怎么，怕了？"

"怕倒是不怕，只是你说的密室，是真的吗？"

虽说我基本上接受了陈默思的这一看法，不过还是想听一听他怎么说。陈默思后退两步，来到北侧通风口前。

"现场是个半封闭的环境，唯一的出入口就只有门和这两个圆形通风口。但我们发现星龙失踪的时候，这里的门是从外面锁住的，唯一的钥匙就在沈村长身上。看他当时发现星龙不见时惊慌的模样，不像是故意装出来的。也就是说，村长应该是真的不知道星龙的下落，星龙不可能是村长自己开门放走的。"

"那这两个通风口呢？"

我依次看向南北两侧的通风口,北侧的通风口直径约有三十厘米,普通人是肯定钻不过去的。但问题就在于南侧的通风口,它的直径足有五十厘米,普通人只要不是身材过于壮硕,肯定可以从这里钻出去。

"阿宇,你似乎只看到了事物的表面,没有看清它的内部啊!你现在出去看看。"

见陈默思这么自信的样子,我没有片刻犹豫,直接从门口走出去,绕到南侧通风口。再次看到通风口的那一刻,我一下愣住了。

"怎么可能……"

我抬起手,用手背擦了擦眼睛。再看也是一样的结果。原本应该是直径五十厘米的通风口,从外面看竟只有三十厘米。也就是说,通风口内部是锥形结构的。

"怎么样,现在你还认为有人能从这里钻出去吗?"陈默思笑着问道。

圆形小土楼结构示意图

我没有看陈默思,而是转过身,绕着土楼向北侧走去。果然，原本从里面看直径三十厘米的北侧通风口，从外面看竟有五十厘米，内部结构也是个锥形，只不过它的内外径刚好和南侧的相反罢了。

正当我吃惊不已时，郑佳也叫了出来："竟然是这么奇特的结构！"

"你们也看到了，不论是南侧还是北侧的圆形通风口，内部都是锥形结构的。其最大直径为五十厘米，确实可以让一个人轻松通过。但光看一侧是不够的，因为锥形的最小直径却只有三十厘米，而决定一个人能不能通过的关键就在于这个最小直径。显然，这对普通人来说是根本不可能通过的，更不用说像星龙这样的大小伙子了。"

陈默思的话确实有道理，他说的这些我刚刚也亲眼所见，绝不会有看漏的情况。排除了门和通风口的话，现场就真的是一个彻头彻尾的密室了。

但如果现场是密室的话，星龙又是如何消失的呢？我无奈地看着陈默思，不知道该说些什么。

2

小土楼总共就那么大，翻来覆去就那些东西。而我们目前发现的所有线索，看起来对解决星龙失踪之谜都没有很大的帮助。所以没过多久，我们就暂时结束了调查。刚出土楼不久，我们听到不远处传来了争执的声音。

似乎是有两个人扭打在一起。我本以为只是村民之间的日常争吵，毕竟现在发生这么多事，村民情绪都有些激动，发生争执也在所难免。然而当我定睛细看时，却发现事情并不是想象的那样。扭打在一起的两人中，其中一位是那个倔老头，也就是黄剑平黄教授。

更准确地说，这不是扭打，而是单方面的压制。占据上风的那人我也认识，正是昨天祖堂见到的村民大彪。只见大彪单手揪住黄教授的衣领，几乎要将他提起来。大彪看起来十分生气，冲着黄教授不停地吼着什么，另一只手握成拳头，在黄教授面前不停挥舞。而倔老头也因为那种不服输的倔脾气，面对大彪的威胁竟然毫不示弱，瞪大双眼盯着对方。

"臭老头，你以为我不敢打你吗？"

"君子动口不动手，有本事你放我下来！"

"你真的以为我不敢？"

"有种放我下来！"

看两人越吵越凶，我真的怕大彪的拳头落在倔老头瘦小的身子骨上，到时可就真的出大问题了。我吓出一身冷汗，想都没想就冲上前去，将大彪的拳头夺下。

"有话好好说，都是年轻人，别欺负老人家！"

不过他大彪的名字可真不是白叫的，那力气不是一般的大，我费了九牛二虎之力才堪堪将他的拳头按下。

"我呸！他也配？不给他点颜色瞧瞧，还真当自己是这里的贵客了！你个臭老头，告诉你，我们龙凤村不欢迎你！请你从哪来回哪去，不送！"

"谁让你送了？再说我为什么要走，你说了算？笑话！我黄某人吃的盐比你吃的饭都多，还会被你这小兔崽子吓到？"

眼见大彪的暴脾气又要发作，我赶紧拦了下来。

"有话好好说，有话好好说……"

见两人稍微一消停，我马上将身子横插在两人中间，以防两人再起冲突。郑佳和陈默思也赶到了，陈默思还是一如既往对这种事保持漠不关心的态度，郑佳可就完全不一样了。

她满脸怒气地看着大彪，大声说道："你在这欺负一个老人家算什么？有意见光明正大地说啊！"

没想到听到这句话后，大彪反而冷笑一声。

"我倒是想光明正大，可有些人却不这么想。你以为这个老头就有那么光明正大吗？告诉你，这个世界上不是每个老人都配得上老人家这个称呼！"

"你这怎么说话的，说清楚！我怎么就不光明正大了？！"

一听到对方这么说自己，极其在乎声誉的黄教授立马就炸了毛。如果不是我在中间拉着，两人很可能又要动手。

"哼！你自己做的什么自己心里清楚，别以为我们什么都不知道！雪凤怎么死的，你自己心里没谱吗？"大彪俯视着对面的黄教授，以一种极尽嘲讽的语气责问道。

"雪凤？这丫头怎么死的，我怎么知道？又不是我害了她！你们可别瞎说！"一提到雪凤的死，黄教授似乎有了一丝忌惮，说话的语气也不像刚刚那么有底气了。

"我瞎说？这可不是我一个人说的，龙凤村可都传开了。你去打听打听，没一个人会觉得你是好人。听我一句劝，别以为我们村好欺负，你早点儿自首，不然到时让你横着出去！"说完，大彪狠狠瞪了黄教授一眼。

"你们……你们凭什么！我又没杀人，你们别胡说！"黄教授的气势似乎比刚才更低了。

"好，那我问你一句，雪凤的死，对谁最有好处？沈家、温家、我们这些村民，还是说他们这些没事干的外人？"说到这里时，大彪特地瞟了我们一眼，随后又接着说，"你也知道，雪凤死了,对我们这些人都没好处。可只有一个人,偏偏希望这种事发生。雪凤死了,我们龙凤村的旅游项目估计要泡汤了,而那个什么狗屁土楼保护计划就可以继续下去了。我说得对不对,嗯?黄教授,你猜我说的那个人是谁?"

听到这个的时候,黄教授是真的急了,他极力辩解道:"不是我,真的不是我!我虽然反对你们开发旅游,可也是为了龙凤村好啊!我为什么要杀害雪凤?那可是一条活生生的人命啊,你们不要乱说!"

"不是你还能是谁!别狡辩了老家伙,拿命来!雪凤妹子可不能就这么不明不白地死了,你得拿命来偿!"

在听到拿命来偿的时候,黄教授突然蔫了。大彪将手一挥,吓得他差点儿蹲下。我适时地挡在黄教授前面,制止大彪说:"在案件调查清楚之前,不要乱下结论!再说了,你们有证据证明他作案了吗?"

"证据,这还需要什么证据?这不是明摆着的事吗!凶手就是他,为了他自己那份可笑的利益,残忍地杀害了一个花季少女,你说这种人该不该死?!"

"该不该死不是我们说了算,要看证据,要由警方说了算。在找到证据之前,任何人都是无罪的!"

"你!好了,我知道了,你也是在帮这个臭老头是吧?你们这些外人果然都靠不住,都是一伙儿的!那就休怪我不留情面了!"

说着,大彪的手又举了起来,我看他这次是连我都想揍。我下意识地做好抵挡的准备,可心里也清楚,自己这小身板,肯定没两下就要被打趴下了。陈默思这家伙竟没有一点要上来帮忙的意思,而站在一旁的郑佳此时也露出一脸惊恐的表情。

额头上方硕大的拳头很快就要落在我的脸上了。我闭上双眼，等待命运的救赎。

就在这时，奇迹发生了。我等了一会儿，脸上还是没有感受到任何疼痛，便睁开双眼，看到大彪的目光正盯着另一个方向。

"碧凤，你怎么来了？"大彪吃惊地说道。

碧凤和雪凤是亲姐妹，长得很像。她的出现让在场所有人都吃了一惊，毕竟雪凤才刚刚出事，她现在应该陪着伤心过度的母亲才是。

碧凤没有回答大彪的问题，直接走上前来。更准确地说，她是朝黄教授走来。刚刚黄教授已经被大彪的暴力恐吓行为吓破了胆，现在一看到碧凤那并不友善的眼神，他竟直接躲在了我身后。

"你这个老家伙，躲什么躲，还说事情不是你干的，快给我出来！"

碧凤还没开口，大彪就再次吼了起来。可无论大彪怎么喊，黄教授就是躲在我的身后，死活都不出来。我的身高刚好能够将他挡住，大彪一时竟也拿他没办法。

"够了，大彪！"

碧凤突然开口。她的声音不大，却有足够的威严。大彪一听到她的声音，果然不敢再有过多的举动。他哼了一声，瞪着黄教授，也不再说话。

我不知道碧凤为何出现在这里。不过我唯一可以确信的是，她的情绪正处在悲愤交加的顶点，任何不经意的举动都会成为引爆这颗炸弹的导火索。我不敢轻举妄动，只好静待下文。

现场的气氛紧张到了极点。我看了身边的郑佳一眼，她和我一样,静静地看着碧凤,没有想要说话的意思。我本以为碧凤的目标就是黄教授,可没想到她的目光只是扫过了黄教授。接下来的举动让人大感意外,她径直走向了陈默思。

"查出凶手了吗?"碧凤的这句话很短,我很害怕陈默思的回答会令气氛更僵。

"没有。"陈默思倒也没有回避,看着眼前刚失去至亲的碧凤说,"我现在还不能给你一个确定的答复,因为我现在确实不知道凶手是谁,也不清楚凶手如何犯下这桩罪行。"

听到陈默思的回答之后,碧凤愣了一下,眼神变得黯淡了一些。然而,陈默思接下来的回答,却又重新点亮了她的目光。

"凶手确实很是狡猾,让我直到现在都还停留在案件表层,无法看清本质。但同时,他留下的破绽也有很多,只要耐心推敲,肯定能推理出有用的东西。我可以向你保证,明天天亮之前,我会给你一个答复。"

"真的吗?那拜托了。请你一定要给我妹妹一个公道,真的十分感谢!"

说完,碧凤竟郑重地向陈默思鞠了个躬,而且这个姿势保持了好几秒钟。等她再次直起身子,我发现她眼中已经噙满泪水,与刚刚的强势判若两人。我之前只见过碧凤一面,对她了解不深,但我很清楚,她绝不是那种性格软弱的女子。在亲历妹妹的死亡后,就算她再坚强,内心也有脆弱的时候。陈默思刚刚的那番话,恰恰击中了她内心柔软的地方,将她压抑的情感释放出来。

在碧凤哭泣的时候,大家都一言不发地站在一旁,连一直在我身后藏躲的黄教授也安静下来。黄教授看了我一眼,又将目光移向不远处正伤心不已的碧凤,没过一会儿便低下头,不知心里在想着什么。郑佳走到碧凤身旁，轻轻拍拍她的后背，小声安慰她。悲伤的气氛似乎是能传染的，我的心情顿时变得沉重起来。

过了一会儿，碧凤才停止哭泣。经过刚刚的释放，虽然眼眸仍十分红肿，但她看起来精神好了许多。我向她询问其母秀凤现在的状况，在得到肯定的答复后，众人的心情都轻松不少。碧凤仍处在刚刚丧失亲人的痛楚中，所以我们只简单聊了几句，她就先回去休息了。在得到陈默思的那番保证后，碧凤的心情似乎好了许多，走之前还特地多看了他几眼。

碧凤离开后，我突然发现身后的黄教授竟然也不见了。刚刚趁我们没注意的时候，他竟悄悄溜走了。堂堂教授竟然有这种行径，不禁让人哭笑不得。在发现黄教授不见之后，气没处撒的大彪忍不住啐了一口，悻悻地离开了。现场又只剩下我们三人。

天色已晚，我的肚子又发出了熟悉的咕噜声。想来今天发生了很多事，我竟没有好好地吃过一顿饭。听到我肚子发出的抱怨声后，郑佳笑了笑，说要给我们做顿好吃的。我虽然很高兴，但心里却被另一件事占满。

刚刚默思说，会在天亮之前给碧凤一个答复，可现在天已经黑了。也就是说，留给默思的时间，满打满算都不到十二个小时。我很难相信，在这么短的时间内，默思这家伙真的能给出一个答案。

我看了一眼总能创造奇迹的陈默思。他似乎也注意到了我的目光，却只是满不在乎地瞥了我一眼后，扭头走开了。

我无奈地笑了笑。这家伙，你永远都搞不清他脑子里到底在想着什么。你唯一能做的，就是在答案揭晓的那一刻，给他送上惊讶的目光和长久的掌声。不知不觉间,这已成了几年来我对他最为直观的感受。

3

晚饭是郑佳亲手做的,虽然只有农家常见的当季蔬菜,也没有多少油荤,但她的手艺着实不错,看得出来经常做菜。按她自己的话来说,没有男朋友照顾,自然什么都需要自己动手才行。不过我也没客气,也许是肚子实在过于饥饿的缘故,我和陈默思都吃得很香。

吃完这顿久违的饱饭后,我心满意足地靠在椅子上,一点儿都不想动弹。陈默思比我更不堪,坐在椅子上的他竟一直毫不掩饰地打饱嗝,真是让人无话可说。在郑佳洗好碗筷回来之后,陈默思像是早有准备似的,适时地停止打嗝。见我们两个都一副吃饱了不想动的样子,郑佳还贴心地给我们分别倒了茶水,递到跟前。

接过水杯后,我对郑佳表示了感谢,却没有喝,只是将水杯放在桌子上。紧接着,我向陈默思问道:"刚刚你为什么将黄教授放走了?"

默思喝了一口水,随即答道:"是他自己跑的,和我有什么关系?"

"我的意思是,你为什么不怀疑他?如果当时你有一点点的犹豫,我想碧凤和大彪都绝不会放过他的。"我看着陈默思,十分肯定地说道。

"哦,你说的是这个啊!是,我是没有怀疑他。"默思将水杯放下,"因为他真的不是凶手啊!"

"你这么肯定黄教授不是凶手？"

"这不是很明显的事嘛，难道你们不知道？"陈默思摆了摆手，一脸吃惊地望着我们。

不知道他是真的吃惊，还是故意假装的。不过我是真的很想知道答案，也就不在意这些。我正想说话，郑佳已经替我回答了。

"不知道，你就快说说吧！"

也许见自己的目的已达到，陈默思笑了笑，随后说道："好，那我就说说吧。其实推理过程很简单，只需要稍微思考一下，就能很清楚地知道答案了。首先我来问你，今天下午，我们检查死者尸体的时候，她身上的伤口是怎样的？"

"她当时身体侧卧在地上，胸口插着一把刀。"在提到刀的时候，郑佳的声音明显有一丝颤抖。

"刀口的方向呢？"

"垂直地插在胸口上。"郑佳想了想，回答道。

"准确地说，是刀刃朝下，刀背朝上，以一个近乎垂直的角度，刺入了被害人的左侧胸腔，直接导致被害人因心脏破裂而亡。"

"是的……"听到陈默思这么详细的描述后，郑佳似乎回忆起当时案发现场的情形，脸色顿时变了。

陈默思没有管这些，继续说道："要形成这种伤口，最大的可能就是凶手握住匕首，举起手，面向被害人朝她直接刺去。匕首的高度和死者心脏的位置相近，才会形成这种近乎垂直的伤口。但同时你们想想，当时的雪凤她正在做什么？"

"当时是成人礼的祖堂静坐环节，所以她应该……"说到这里，郑佳似乎也发现了什么。她瞪大双眼，直直地看着陈默思。

"没错，当时的雪凤应该正跪坐在祖堂灵位前的蒲团上。凶手如果是趁雪凤不注意偷偷接近雪凤，再施加谋害，是断然不可能留下这种伤口的。"

我在脑中想象着这样的画面。如果按照陈默思刚才所说的偷袭手法，确实很难形成那种垂直的伤口。毕竟雪凤当时是跪坐在蒲团上的，就算凶手偷偷接近的时候雪凤没有发现他，可凶手是站着行凶，持刀的位置肯定高于雪凤的胸口。这样的话，当匕首刺入雪凤胸腔时，刀口的方向一定是向下倾斜的，绝不会形成这种近乎垂直的角度。想到这里，我却有了另一种想法。

"如果凶手是从雪凤背后接近的呢？"

"阿宇你说得很对，确实可能会是这样。凶手从背后接近雪凤，然后蹲下身去，用手臂勒住她的脖子，控制住她。之后再用另一只手掏出匕首，环在雪凤胸前，用力刺去。这样的确可以形成近似垂直的伤口。但你可别忘了，这样会造成另一个问题。"默思停了下来，看向我。

"什么问题？"我问道。

"刀刃的方向。如果凶手是从被害者身后接近的，那么他控制住被害者之后，用手持刀，横于被害者胸前。此时刀刃的方向，应该是左右横向的。准确地说，是刀刃朝左，刀背朝右，最后形成的伤口也是这样。这可和我们检查的死者伤口完全不一致。"

没想到是这样的……陈默思的这番解释确实让我心服口服。我刚刚只是考虑到了匕首是怎样垂直刺入被害者胸口的，却忽略了刀刃的方向。

"既然我们刚刚提的方法都行不通，那默思你的意思是……"

陈默思又喝了一口水说:"我的意思很简单,我说这么多就只是为了证明一件事。凶手接近被害者的时候,被害者一定是站着的。也就是说,雪凤当时一定发现了凶手,并且站了起来,之后才被杀害的。"

"好,就算是你说的那种情况,可这又怎么能排除黄教授的嫌疑呢?"我对此还是十分不解。

"阿宇,你还是不明白吗?如果雪凤发现有人要对她行凶,她断然不可能束手就擒,肯定会和凶手有一番打斗。但是你看,当时的现场十分干净,除去那些掉落的灵位,现场基本没有发现打斗的痕迹。而且我也不觉得灵位掉落是打斗造成的。如果是在打斗的过程中,有人不小心碰到了摆放灵位的架子,但这几层架子都是连在一起的,就算撞到也不可能只有最下面两层的少数灵位才会掉落。至于具体是怎么掉的,我们之后再说。"

陈默思看了我们一眼,继续说道:"反正说了这么多,我的意思是,当时雪凤不仅看到了凶手,而且对凶手还十分熟悉,甚至说是亲近也不为过。所以,看到有人出现在祖堂时,她虽然有所吃惊,却丝毫不觉得对方有行凶的可能。之后凶手接近雪凤,出其不意掏出匕首行凶,才令现场没有留下打斗的痕迹。我们还可以继续推测,雪凤当时正处于祖堂静坐的环节,但是看到这个人之后,她却打破规矩站了起来,说明她对这个人是颇为敬重的。你想想,你口中的嫌疑人黄教授,他符合这些条件吗?"

很显然,黄教授是完全不符合条件的。虽说黄教授这几天住在温家,雪凤对他多少有些了解,但也绝不可能熟到这种程度,更不可能毫无防备地让对方接近自己。还有一点也很重要,以黄教授的年龄来看,他的体力定然没有年轻人好。他真的能在雪凤完全清醒的情况下,成功杀害一个正值青春壮年的她吗?从陈默思刚刚给出的推理,再结合我自己的思考,我进一步肯定了自己得出的结论。

"默思,除了这一点,还有其他证据吗?"我继续问道。以我对陈默思的了解,光凭这么一条线索,他是不可能这么果断地排除黄教授的嫌疑的。

果不其然,陈默思笑了笑,当即说道:"当然有,而且这也是最容易发现的一点。死者左侧胸腔中刀,而凶手当时应该是正面对着死者。如果凶手是此时掏出匕首施加伤害的话,他必定是右手拿着刀具,才会刺入死者左侧胸腔。也就是说,凶手的惯用手是右手,但黄教授恰好不是。"

陈默思的这句话着实提醒了我。印象中,我们第一次见到黄教授的时候是在村口。当时我们迷路了,他虽然给我们指了一条路,却一副不愿搭理人的样子。也正是在那时,我才在心里将他称为怪老头的。如果我没记错的话,他当时指路的时候用的正是左手。后来我们再次见面,是在昨天的成人礼彩排现场,当时他冲上台夺走话筒。如果我没记错的话,他拿话筒的那只手也是左手。种种迹象表明,黄教授是个左撇子。

"综合以上两点,我才排除了黄教授的嫌疑。"陈默思看着我们,给这段推理画上了圆满的句号。

紧接着,陈默思又说道:"好了,既然饭吃饱了,休息得也差不多了,接下来我们该做些事情了。"

"事情?做什么事情?"我问道。

"去揭开雪凤被害的真相。"陈默思目光灼灼地起身,向门外走去。

我盯着陈默思的背影,心里突然有了一种没来由的自信。

在天亮之前揭晓答案，对常人来说也许是个不可能完成的任务。但既然说出这话的是陈默思，或许真的有奇迹也说不定。

面对自己近乎荒诞的想法，我苦笑着摇了摇头，随即跟了出去。

4

跟在陈默思后面走了没多久，我就知道他想去的地方了：不是别处，正是雪凤被害时所在的温家祖堂。要揭开雪凤被害的真相，我们确实应该探查现场，寻找可能被遗漏的线索。

雪凤被害后，温家这一侧的祖堂就完全封闭了。我们要进去，就必须先拿到钥匙。原本温家的钥匙是由雪凤的母亲秀凤掌管的，但自从雪凤被害后，秀凤一直卧床，钥匙此刻应该在碧凤身上。碧凤的情况倒还好，唯一需要担心的是她母亲的状况。秀凤还发着高烧，虽然这里的赤脚医生也开了一些退烧药，但一直未见她的病情好转。也许等明天警方疏通好道路，就得立刻将她送到医院治疗了。

从碧凤手中拿到钥匙后，我们准备前往祖堂。离开前，我见她一直盯着我们，目光迟迟不肯挪开。我知道，她是把所有的期望都寄托在我们身上。不过反过来说，正因为是陈默思给了她那个看似不可能实现的承诺，才暂时稳住了她的情绪。同时这也是一把双刃剑，如果明天天亮之前，陈默思不能兑现这个承诺，我真的不敢想象会面临怎样的局面。一步错，步步错，实在大意不得。

来到祖堂门前，陈默思掏出钥匙，找到铜锁，小心地插进锁孔中。伴随一声清脆的锁簧弹起声，铜锁打开了，我们再次踏进案发现场。为了不破坏现场，我们几人都戴好手套，尽量少碰到现场的东西。

找到电灯开关后，一按下去，视野立刻亮了起来。现场最触目惊心的，还是祖堂正中央的那一大摊血迹。经过几个小时，地上的血迹早已凝固，呈现暗红色。血迹上方，雪凤的尸体还在那里，只不过了尊重死者，我们在尽量不破坏周围痕迹的情况下，在她身上盖了一层布。

我回过头，发现郑佳一直站在门口，一副犹豫不决的样子。虽然她是个记者，也多少接触过刑事案件，但这样近距离地靠近案发现场，恐怕也是头一回吧。不过她最终还是鼓起勇气走了进来。我向她示意一下，便转过身，视线移回到陈默思身上。此时，陈默思似乎对地上掉落的那些灵位很感兴趣，目光一直盯在上面。

我想起刚刚陈默思的推理，他说这些灵位不可能是打斗过程中掉落的。因为打斗时碰撞到的话，不可能只有最下面两层的灵位掉落。但具体原因是什么，默思当时也没有多说。此时我又想起这一点，便将自己的疑问说了出来。

听到我的疑问后，默思转过身，笑着说道："阿宇，没想到你还记得。没错，刚才我的确说过这个，之所以没说透，是因为某些关键地方我还没有想通。这也是我决定再来现场看看的原因之一。"

"那你现在想通了？"

默思点了点头说："至少那些关键的地方，终于理顺了。"

"这些灵位究竟是……"

"很简单，既然不是打斗过程中掉下来的，就只有一种可能：这是凶手故意弄掉的。"

"故意的？凶手为什么要这么做？"我追问道。

"在凶案发生时，凶手进入案发现场，也就破坏了现场的空间稳定性。案发前后，现场一定会有很多的变化。而勘查现场的一个重要步骤，就是找出这些变化。这些变化就是我们通常所说的，凶手留下的蛛丝马迹。即使是一些看起来没有用处的线索，也可能在最后成为决定性的证据。关键就在于，怎样理解产生这些变化的原因。任何一个变化都是有原因的，凶手不会做无意义的事。你刚才的问题很对，凶手为什么要这么做，他为什么要故意打落这些灵位？来之前我对此也很疑惑，但来到这里之后，我对此有了一些了解。"陈默思顿了一下，接着说，"阿宇，你有没有发现，现场掉落的这些灵位，少了一个。"

"什么……少了一个？"

我大吃一惊，赶紧仔细数了起来。前后数了两遍，掉在地上的这些灵位，一共是十一块。

"你再看看架子上的那些灵位，一共缺了多少个？"陈默思提醒道。

我抬头看向祖堂正上方的那些灵位。这些灵位一共六排，最下方两排有一些空缺的地方，正是地上那些灵位掉落之前应该摆放的位置。我前后数了好几遍，才终于确认，结果正如陈默思刚才所说，空缺的灵位位置一共有十二个，比地上掉落的灵位多了一个。也就是说，有一块灵位不见了。我略显吃惊地看向陈默思。

陈默思说道："这就是我的答案。凶手之所以要将架子上的灵位打落在地，正是为了掩盖缺少一块灵位的事实。"

"这么做真的有用吗？只要事后比对一下，就肯定会发现少了一块吧？"我不禁感到疑惑。事实摆在眼前，刚刚我只是简单数了一下,就发现了这个事实。

"你说得很对,阿宇,凶手的这个小伎俩,最后肯定会被发现的。但你想一想,同样是缺少一块灵位,地上有没有灵位对我们的判断究竟有什么影响?"

没等我仔细思考,陈默思继续说道:"如果地上没有这些灵位的话,祖堂正中央这一排排的灵位中,唯独缺少了一块灵位,我们发现命案现场后立刻就会意识到这一点。与此相对的是,如果这时地上也有很多灵位,我们只会认为架子上缺少的那些灵位是掉落在地上的,绝不会立刻就怀疑少了一块。也就是说,凶手的目的很简单,就是拖延我们发现这一点的时间。显然,凶手的目的达到了。"

默思说得没错,从中午两点案发,到现在八点钟我们发现缺少一块灵位,这中间已经过了整整六个小时。不管凶手想要做什么,他都有足够的时间去完成了。我正想说些什么,陈默思却突然转过身,朝另一个方向走去。我放眼看去,那是祖堂右边的侧门,通向祖堂里面的一间侧屋。如果我没记错的话,进行成人礼仪式的时候,在及笄环节,雪凤和她的母亲秀凤都是从这个门里出来的。所以说,里面应该是为成人礼进行准备的场所。

事实正如我猜测的那样。进入侧屋,首先映入眼帘的是正前方的一张大梳妆台。和祖堂里摆放的那些椅子一样,梳妆台也是老式的格调,木质面板上有各种精心雕刻的花纹,正中央的那块玻璃镜子,则表明这应该是一件仿古家具。此时,梳妆台的台面上仍放着一些简单的化妆品,不过都是现代的产物,看来要完全仿照古代的成人礼,对现代人来说还是有些难度的。至少梳妆这个环节已经完全现代化了。

梳妆台的右侧放了一个洗脸用的架子，架子上有一个铜脸盆，里面还有一些清水。除此之外，再右侧有一个颇为现代化的洗手池。我拧开水龙头，真的能放出水来。这么说的话，铜脸盆里的清水应该就是从这里接的了。这种古代与现代风格的杂糅，着实让我感到别扭。

陈默思的目光则被吸引到左侧的一整面红墙上。看到那面墙的时候，我也吃了一惊。没想到在土楼走廊见到的红墙，竟也出现在这里。在昏暗灯光的映照下，墙面呈现出离奇的猩红色，让人不寒而栗。

陈默思走过去，伸手在墙面上轻抚。很快，他注意到隐藏在墙内的一道门。和之前我在土楼外侧走廊里见到的红墙一样，这里的红墙上也嵌有一道门。只不过由于门和墙体都是红色，色差不明显，不容易被发现。唯一显眼的是门上挂着的一把大锁。和这里其他地方的锁都一样，这也是一个铜质弹簧锁。

陈默思随手摆弄着铜锁，随后问道："这道门是通往哪里的？"

"如果我没猜错的话，应该是通往另一侧沈家的祖堂的。"我答道。

"哦？"陈默思顿时闪现出好奇的眼神。

其实这只是我的猜测而已。沈温两家自四百年前就一直住在同一座土楼里，但由于他们素有矛盾，为了彼此之间井水不犯河水，就沿着南北走向，在土楼的正中央修建了数道红墙，将两家人分隔开来。既然土楼内部的走廊上有红墙，那位于土楼正中央的祖堂里也应该会有。只不过由于红墙位于祖堂的侧屋内，我们才一直没有发现。

"这么说的话，另一侧的侧屋也应该有对应的红墙了？"

陈默思说着便往左边的侧屋走去。左边的侧屋貌似是一个杂物间，里面空间不大，却塞了不少东西。不过里面没有多少灰尘，应该是近期清扫过吧。和陈默思说的一样，在这间侧屋里，我们也发现了红墙。红墙内也有一道和人等高的门，只不过门上没有锁。按照我之前所发现的规律，这道锁应该位于对面沈家的祖堂侧屋里。

沈温两家所在的龙凤楼，外侧总共有三层结构，再加上最中央的祖堂，形成了三层一中心的格局。每两层之间，有一条青石板铺成的走廊，走廊与南北中轴线的交会处，都被红墙阻隔。土楼总共内外三层，红墙呈南北对称分布，也就是说内外三圈走廊上总共有六道红墙。每道红墙内都有一道门，每道门只有其中一侧持有铜锁。南边红墙门上的铜锁在温家一侧，而北边红墙门上的铜锁则在沈家一侧。

祖堂也一样。右边侧屋位于土楼中轴线以南，红墙门上的铜锁位于温家一侧，就是我们看到的那一个。而左边侧屋位于土楼中轴线以北，红墙门上的铜锁就位于沈家一侧，我们自然看不到了。

默思在这间侧屋里看了一会儿，就出去了。穿过祖堂，我们直接来到祖堂外面。之后他又绕着祖堂走了起来，直到他看见祖堂外面的那道红墙。这里的红墙位于南侧，我们能看到门上也挂着一个大铜锁。

"这些锁的钥匙在哪儿？"陈默思看着门上的铜锁，突然这样问道。

"这个……我就不知道了。"我实话实说道。

陈默思又把目光投向跟在我们身后却一直没有说话的郑佳。看到陈默思的目光，郑佳也摇了摇头。

"这些铜锁不知道存在了多少年,也许在这几百年的岁月里,它更换过很多次。但最近一次更换也是在好些年前了,所以钥匙具体在哪儿,谁也不知道。我之前问过沈村长,他还瞪了我一眼,说这些门根本就用不着打开,让我别管这些闲事。"

郑佳的这句话倒是让我想起第一次看到红墙时的情形,当时沈家太婆也是死死盯着我。那眼神中的意思,大概就是让我不要靠近这面红墙。也许几百年来,这些红墙早已成为两家人眼中的禁忌,自然是不愿外人触碰了。

我正这样想着,陈默思的手却已经碰到铜锁,他大概只是想拿起铜锁,但稍微一用力,铜锁就发出一声清脆的响声,锁扣竟然滑开了。

原来这里根本就没锁……

我们三人面面相觑。这意料之外的状况,让我们一时愣住了。过了一会儿,陈默思放下铜锁,后退一步,见他的样子竟是要打开这道门。然而他的手刚碰到门表面,身后就响起一道熟悉的喊叫声。这是海龙的声音,上次我们听他这样喊,还是雪凤出事的时候。

果然,又是坏消息。

"星龙他……他吊死了!"海龙发出了一声悲呼。

第七章　古树吊影

1

星龙的尸体是在村口那棵古树上发现的，这也是之前雪凤自杀未遂的地方，只不过星龙这次显然没有雪凤当时那么幸运。他的尸体吊在树上，不知过了多久才被一个路过的村民发现。古树离村口很近，虽不算偏僻，可村里一到晚上就基本没什么人出来走动了，所以尸体就算在古树上吊很久也不容易被发现。

我们赶到时，现场已经围了一些村民，但不是很多，看来消息还没有传遍全村。当然这也许是海龙他们刻意控制的结果，在警方赶来之前，让恐慌扩散显然不是一个很好的选择。刚刚海龙特地前去找我们，可能也是为了控制住现场的局势，陈默思这个警队顾问的身份，多少还有一些震慑力的。

只是这次的现场让人感到有些意外，围观村民所站的位置竟都离古树有一些距离。手电筒的灯光四处舞动，人影散乱，让人眼花缭乱。我跟随陈默思赶到后，就有人大喊警察来了，人群立刻安静下来。看来这里的村民还真把陈默思当成警察了。默思肯定是不会想着去纠正什么的，现在是怎么方便怎么来。

于是陈默思顺势大喊一声："你们谁来和我说说这里的情

况？还有就是，现场是谁发现的？"

很快，就有人答了一声"我"，走上前来。灯光一照，我们都吃了一惊，这不是大彪吗？难道现场是他发现的，不会这么巧吧？我在心里嘀咕起来。

陈默思问道："现场是你发现的？"

"是的。"大彪回答得十分爽快，全然没有下午咄咄逼人的气氛。

没想到陈默思此刻却沉着脸，问："这么晚了，你在外面闲逛什么？"

"这个……长官，长官，你可别冤枉我啊！我可是个大好人。"大彪瞬间露出了一脸委屈，"刚刚我也是想睡觉来着，结果有人敲我窗户，我出去看了看，就收到了这个。"

说着，大彪递过来一张纸条。我将手电筒递给陈默思，借着光看清了纸条上所写的内容。

村口大树有人吊死了，你去看看。另外，注意泥地。

字体写得歪歪扭扭，应该是有人故意用左手写的，以此来掩盖自己的笔迹。

"难道这才是凶手？"我不禁问道。

陈默思不置可否地看着我，随即又将目光投向大彪，说："你拿到这张纸条的时候，注意到周围有什么人没有？"

大彪摇了摇头，说："没有。我出去后，只在门口的地上看到这张纸条，没发现周围有什么动静。再说了，外面那么黑，就算敲我窗户的人还在附近，我也看不见。"

"那之后呢，你怎么做的？"陈默思继续问道。

"之后我就按照纸条上面写的去做了啊!"

"你就这么相信这一看就有问题的纸条?"

"这个……你们不要总是怀疑我好不好?你们想想嘛,村口这棵树上昨天才发生了温家小妹自杀未遂的事情,今天下午她又被害了。这纸条上写树上又有人吊死了,我肯定要重视啊!"

"那你为什么不先报告给村长,或者我们?"

眼见陈默思步步紧逼,大彪也是被逼急了,一边擦拭额角的汗水,一边不耐烦地说道:"我的姑奶奶哎!我这不是也怕这张纸条上写的东西是假的吗,到时我被嘲笑是小,麻烦你们可就不好了。这不我一确认这里真的吊了一个人,就立马去找村长了嘛!"

"那现场是怎么回事,村民怎么都站这么远?"陈默思显然注意到了这一不同寻常的地方。

"这个呀,也是我吩咐的。纸条上不是写了注意泥地吗?我来的时候,就特地留意了一下。你们还别说,这张纸条提醒得还真对。昨晚下的那场雨过后,村口这棵古树周围十几米的范围内全是泥巴,人踩上去鞋底板都要陷进去。我当时想,写这张纸条的人目的不可能只是想提醒我小心泥巴,一定有更深层的含义。你还别说,我用手电筒在周围照了一圈,立马就发现了一个疑点。"说到这里,大彪故意停下,算是卖了个关子。

"哦?"陈默思反倒是笑了一声。

大彪轻咳一声,有模有样地说道:"其实很简单,我用手电筒照了一圈之后,发现这片泥地中只有一排脚印,从外面延伸到古树下。长官大人,我的发现对您来说应该很有意义吧?"

大彪说完,脸上立马露出自傲的神情,仿佛在表示这一切都是他的功劳。

"不错,你的确是个合格的现场第一发现者。"

陈默思的这句话,我听着怎么像是有一丝讽刺的意思呢。不过没等我多想,他又向大彪问道:"之后呢,你怎么处理尸体的?"

"我当时站在泥地周围,先是按照纸条上说的,确认过泥地上的情况之后才走进泥地,靠近古树,然后赶紧将星龙从树上放下,测了一下脉搏,已经没了心跳。之后我才又跑出去,通知了村长。"

我看向泥地,果然有一来一回两排相邻的脚印,这应该就是大彪留下的。不远处则是只有一排往里走的脚印。也就是说,这个脚印只可能是死者留下的,所以才没有出来的痕迹。

"你说这村长的儿子怎么会自杀呢?"大彪明显话里有话,他看了我们一眼,接着说,"会不会和温家那个小妹的死……"

"你胡说什么?我弟怎么会自杀!"

大彪话还没说完,就被一旁的海龙打断了。海龙怒气冲冲地走来,一只手直接将大彪的衣领给揪住了。上次见到这种情形,还是大彪揪住黄教授的时候,只不过现在被揪的轮到大彪自己了。

大彪立刻不干不净地骂了一句。但他刚说出"干吗"两个字,就注意到揪住自己的是身材更强壮的海龙,便赶紧闭上了嘴巴。在如此强势的海龙面前,恐怕没人有胆子动太多反抗的心思吧。

虽然没做多余的动作,大彪嘴里倒是不闲着。

"你弟为什么自杀,他自己心里清楚,他干了什么事,自然就要接受这个后果。"

"你再说一遍?他究竟干了什么事?!"海龙大声吼道。

这番表现倒是完全颠覆了海龙在我印象中的温和形象。看来亲人遭遇了不测,就算是性情温顺的海龙也有些情绪失控了。

"我……"

大彪还想嘴硬,陈默思打断了他。

"现在就下结论还为时尚早。真相究竟怎样,我们自然会调查清楚。在此之前,还请不要妄下结论,传播谣言。另外……"陈默思将目光转向海龙,"海龙,你放开他吧。对于你弟的死,我们也很悲痛,不过你放心,我们一定会找出真相。"

听到陈默思这么说之后,海龙也只好暂时先放过大彪。在他喊出"滚"之前,大彪就已经吓得逃走了。

"陈警官,陆先生,你们一定要查出真相啊!我弟一定不是自杀的,肯定有人谋害了他,将杀害雪凤的脏水也泼到他的身上。要是让我知道是谁干的,我一定不会放过他!"

说完,海龙像是要释放心中的悲痛,大声吼了一下。

"放心,我们一定会给你一个交代。对了,沈村长怎么样?刚才大彪说他发现尸体之后,就跑去通知了沈村长。这么说,沈村长已经知道了?"陈默思问道。

听到沈村长的名字,海龙恢复理智,沉住气说:"还没,我怎么可能让大伯知道。大伯现在卧床不起,要是让他知道星龙的死,他还不得疯了。还好当时我在照顾大伯,就和大彪说我来传话,让他先回去。之后我就直接来找你们了。我本来不想声张,可没想到大彪嘴巴这么不严,他前脚刚走,后脚消息就传开了。"

"好,现在大体情况我们已经了解,你先回去照顾沈村长吧。记住,千万不要让沈村长知道。"

"好……"

"这里我们自然会调查的。天亮前一定会给你答复。"

在得到陈默思的保证后，海龙虽将信将疑，不过最终还是走了。毕竟照顾沈村长也十分重要，海龙自然知晓这一点。

"默思，天亮前真的能有答案吗？"我向一旁正准备戴上橡胶手套的陈默思问道。

陈默思看着我，笑了一下。他没有说话，而是转过身，朝尸体所在的方向走去。过了一会儿，他突然停下，背对着我说了一句："不管结果如何，该做的，还是得做不是？"

2

从下午到晚上，短短几个小时之内接连发生了两起命案，这对本来还沉浸在成人礼庆典当中的龙凤村来说，无疑是个沉重的打击。当星龙之死的消息传遍全村，原本寂静的村庄再次热闹起来。

人们讨论最多的一种猜测，就是沈村长的儿子杀害了温家小妹，然后畏罪自杀了。这个说法就像草原上的野火，立刻烧遍全村。各种类似的说法也凭空冒了出来，很多都是以讹传讹。像什么因爱生恨，沈家公子一怒之下杀害温家小妹，后又愧疚不已因此自杀。还有人将重点放在了沈温两家的世仇上，说星龙的死是温家人的报复。更有甚者，直接将两人的死归结到了上天对沈温两家的诅咒上，甚至还联系到十几年前沈家老二和温家家主的那起车祸，说这是上天都不满意沈温两家在龙凤村的所作所为，才降下这些惩罚。

我们从村口古树那里回龙凤楼的路上，着实没少听到这些说法。这些道听途说的故事改编成充满爱恨情仇的话剧简直绰绰有余。直到我们躲进龙凤楼,耳边才消停了些。

"小佳,我想喝水。"

"自己倒去。"

没想到我的满腔热忱竟被无情地怼回来,我只好拖着疲惫的身子,给自己倒了一杯水。这时我注意到坐在一旁的陈默思,他的状态似乎从刚才回来就有些不太对。一路上他也没怎么说话,只顾着低头思索什么。

我给陈默思也倒了一杯水,开口问道:"怎样,想到什么了?"

听到我的声音后,陈默思愣了一会儿,随即苦笑着摇了摇头,说:"暂时没什么想法。"

陈默思接过水杯,并没有喝,而是再次陷入思索。我给郑佳也倒了一杯水,随后便端着水杯,坐回自己的椅子。在这个空当,我仔细回忆起刚才的调查。

当时我们靠近古树,很快就看到了倒在地上的尸体,旁边还放着一根麻绳。按照大彪的说法,是他将上吊的人从树上放下的。拿手电筒照过去,我们终于确认死的人确实是星龙。虽然我来之前已经知晓,但亲自确认时,心里仍不免悲伤。

陈默思开始检查尸体。我知道,很快他就会让我进行记录,可现在笔记本不在身上,我只好掏出手机,开启录音模式。我这才意识到自己之前找到插头给手机充电的决定是如何的正确。

果不其然,很快陈默思就开始说道:"阿宇,你记一下。死者男,二十一岁,颈部有一道索沟勒痕,在前侧呈水平状,并于两侧向斜上方延展,交汇于颈部后侧。前侧红褐色瘀血最深,两侧次之,后侧再次。索沟纹路与死者身旁所置麻绳基本吻合。

死者面色青紫，舌骨骨折，舌尖外露，有唾液从嘴部流出。除此之外，并无其他明显外伤痕迹。"

默思停顿一下，紧接着又说道："死者索沟在水平处着力，并于两侧斜行向上形成提空，且有生活反应，初步判定为缢死。死亡时间距离现在很近，不足一个小时，具体结果需要等法医进行解剖。"

"你的意思是……自杀？"我插嘴道。

"我可没这么说，我的意思只是说很可能而已。尸体的状况固然很重要，但并不代表全部。要判断一个人究竟是不是自杀，还得参考现场的其他线索。死者自缢时所用的绳索、垫脚物等，都是十分重要的参考线索。"

听陈默思这么说后，我将目光投向尸体旁。除去那团用来上吊的麻绳，尸体不远处还有一个石块，如果我没记错的话，昨天雪凤自杀的时候，这个石块也在这里。也就是说，仅仅相隔一天，有两个人站在同一块石头上，相继上吊。一想到这里，一股莫名的痛楚涌上心头。

"默思，这些物证有什么疑点吗？"过了一会儿，我向陈默思问道。

"没什么疑点。真正的疑点在这里。"

陈默思说完，手电筒的灯光便照在一旁的古树上。这棵古树颇为粗壮，两个人都不一定能环抱。只不过让人感到奇怪的是，不知什么缘故，这棵树的枝丫都不见了，只留下一根长达十五米的光秃秃的树干矗立在这里。唯一留下的枝干，竟还被后人用来自缢，令人唏嘘。

"默思，疑点在哪？"

"这里。"默思将手电筒的灯光靠近，我这才看清树干表面的痕迹。已经接近腐朽的树皮上，部分地方竟有一些摩擦脱落的痕迹。

"会不会是死者悬吊在半空时，双脚乱蹬时碰到的。"我提出自己的看法。

"不太像。你看看死者悬吊的位置，离树干还是有些距离的，不太能碰到这里的样子。"

我借灯光看去，死者自缢时悬吊的那根树枝上有绳索摩擦的痕迹，确实离树干有两米多的距离。大彪将其放下时，也没有过多地挪动位置。

"更重要的是，死者手脚等部位也没有对应的刮痕。所以说，树干上这些摩擦的痕迹，应该不是死者留下的。"陈默思总结道。

"那会不会……是凶手留下的？"我问道。

"不知道，也许这个痕迹在很早之前就有了，只不过我们没注意而已。这些痕迹看起来很多，甚至有些超过了死者上吊的位置，更像是……有人攀爬留下来的。"

"难道是凶手爬……"

"阿宇，不要过早下结论。现在我们连凶手有没有都不知道，你应该明白的吧……现场可是个不折不扣的泥地密室。"

又是密室……我心里不住嘀咕，嘴上却说："可这不正是凶手精心策划的吗？如果不是凶手干的好事，那递给大彪那张纸条的人又是谁？难道还会是鬼不成！"

说到最后，我竟有些激动了。

陈默思注意到我情绪的变化，随即说道："阿宇，你冷静冷静，我只是站在警方的角度说出自己的看法而已。你应该明白，现场的所有证据，目前都表明这是一起自杀。不说验尸的症状了，就单说现场泥地上的这一排脚印，就足以将凶手的存在排除。"

"所以说，树干上的这些痕迹很重要啊！如果是凶手爬上去时留下的呢？"

"凶手爬上去又能怎样，难道他还会飞不成？泥地外围，最近处离古树都有十几米，凶手就算爬到古树最高点跳下来还不死的话，也绝不可能跳这么远。"

说完，陈默思转过身继续勘查现场。被他接连否定之后，我一时说不出话来，只能站在一旁，看他打着手电筒，在现场来回走动。

这时，现场的围观村民大概是觉得再待下去也没什么意思了，便渐渐散去。又过了一会儿，除了我们，现场竟只剩下少数几个比较执着的村民了。这时，陈默思向泥地外围走去，不知道通过什么办法，竟成功劝说了其中两个村民留下来保护现场。之后，我们就离开了这里。

我看着陈默思陷入沉思的模样，一时没了主意。看来这家伙现在也没什么新的发现。关键是他之前还承诺，天亮前就要给出解答，可现在我们还是一头雾水。一想到这个，我就头疼不已。

"等等，我好像有了一个想法。"郑佳突然说道。

"什么想法？"虽然我并不抱什么希望，但还是问道。

一看到我竟然有些兴趣的样子，郑佳明显变得兴奋了。

"你们看，泥地上不是还留下一排脚印吗？如果凶手先是背着昏迷的星龙走到古树底下，将现场伪造成自杀现场后，再沿着原来的脚印倒着走回去，这样一来，不就造成了泥地上只有一排脚印的假象吗?"

原来是这个……还没等默思说话,我就反驳起来:"你说的方法,其实是很多推理小说中已经用烂了的诡计。这也仅限于小说里写写罢了,真要用到现实中,还是有很多问题的。比如凶手和死者的鞋需要是同样的尺码和型号,这样泥地上留下的脚印纹路才会和死者鞋底的纹路吻合。另外,凶手如果真的沿来时的脚印倒着走,其实是很难将脚放在完全符合原来的脚印位置上的,只要稍有偏差,就很容易被发现。刚刚我检查过,现场的脚印中,没有任何一个有这种痕迹。"

"不行吗……"郑佳顿时泄了气。我正想去喝杯水,又听到郑佳一惊一乍的叫声。

"我知道了,我又想到新的解答了!"郑佳高兴地大叫出来。

我只好耐住性子,放下正要去倒水的水杯,向郑佳说道:"那你再说说吧。"

郑佳深吸一口气,按捺住心中的激动,说:"就是树干上留下的痕迹啊!你们之前不是说,凶手很可能是爬到了树上嘛!我就在想,如果凶手真的爬到树上,他能用什么办法穿过那片泥地,还不留下脚印。"

"你想到了什么?"

"很简单,用绳子啊!凶手只要事先将绳子绑在泥地外的某个固定物上,然后爬到树顶,将另一端绑在古树的树顶,这样就形成了一条斜拉索。之后,他只要沿着这条斜拉索滑下去就行了。"

没想到郑佳竟提出了这样的推论。这个想法我在一些推理小说里也的确看过,不过一时没有想到。现在想来,倒也确有几分可行性。

"可惜现场并没有发现绳子的固定物。"陈默思突然说道,"你的推论我之前也想过。不过最关键的地方在于,凶手一定要在泥地外围某处,找到可以固定绳索的地方。可是刚才在现场,我大概看了一圈,周围都是普通的沙地,并没有能够固定绳索的地方。"

陈默思的说法直接给郑佳的想法判了死刑。郑佳显得很是失望,喝了一口水后便不再说话。这也不行,那也不行,一时间,我的思维似乎走进了死胡同。加上之前发生的那些事,我感觉自己的脑袋都乱成了一锅粥。

"要不这样,我们将今天下午以来发生的事情都梳理一遍吧。"陈默思突然提议道。

我点了点头。也好,在梳理的过程中,说不定还能有新的发现。

"那你来说说看吧,阿宇。从今天下午雪凤的死开始。"

陈默思看着我,给了我一个鼓励的眼神。

3

第一个发现雪凤尸体的人,是她的母亲秀凤。当时,雪凤正在祖堂静坐,整个土楼完全封闭,任何人都不准进入。

原本祖堂静坐的时间应该是从中午十二点一直进行到日落时分,但下午两点左右,秀凤因为担心雪凤的身体状况,贸然闯入祖堂,并且发现了雪凤的尸体。发现女儿被害后,秀凤因承受不了打击而昏倒,随后赶来的其他人随即将晕倒的秀凤抬走、安顿好。与此同时,沈村长等人得到消息立刻赶到现场。此后不久,我和郑佳也得知消息,来到现场。

雪凤被害一案的最大疑点就在于现场是个多重密室。首先，祖堂本身被锁，窗户也都从内部锁住，这形成了第一重密室；其次，祖堂外部有三层土楼，这三层土楼的大门通道，也都被锁死，这些铜锁的钥匙一直都在秀凤身上，这构成了外部的三重密室。也就是说，雪凤被害的时候，现场竟是一个不折不扣的四重密室。

最可能的一种情况就是，凶手一直躲在土楼里，这样密室便不存在了。但这样的话，凶手从成人礼仪式一开始就必须躲在祖堂里，否则祖堂的门一锁，他就很难再进去了。关于这一点，我们之前也问过沈村长。他说，祖堂里不可能藏着一个人，因为在锁上祖堂离开前，他将祖堂里里外外都检查了一遍，并没有发现任何人。

而且就算凶手真的采用什么办法瞒天过海，躲过所有人的耳目藏在祖堂里，但他杀害雪凤之后，仍然不能逃离被锁的祖堂，以及外侧三层密闭的土楼。除非凶手杀人之后，仍躲在祖堂里。但这样也不切合实际，因为凶案发生后，只有我们几个进入过祖堂，对现场进行了一番勘查。我们离开后，祖堂又重新被锁，凶手就算真的躲在里面，也没有逃出来的机会。所以综合来看，凶手躲在案发现场的假设可以被排除了。

之后，我们又发现了红墙的秘密。红墙门上的铜锁，竟然从一开始就是可以打开的。也就是说，原本看起来被完全分隔开来的沈温两家，是可以相通的。但就算知道这一点，要解决这个多重密室仍然困难重重。凶手虽然可以躲在沈家那一侧的祖堂，之后再通过红墙的门进入温家祖堂，杀害雪凤。但之后的问题同样存在，他又是如何离开的？要知道沈家祖堂也是一直被锁起来的，直到现在都没打开过。发现红墙的秘密，只是让我们将密室的范围从半座土楼，扩展到整座土楼而已，并没有实质的作用。

另外还有一种可能，那就是凶手持有通过祖堂和土楼通道大门的钥匙。土楼大门的钥匙只存在于两个人身上，那就是沈家家主沈村长和温家家主的遗孀秀凤阿姨。沈村长之前已经表示过，自己的钥匙一直随身携带，从未交给别人。后来我又问过碧凤，她也主张自己的母亲对保管的钥匙一直十分在意，从不允许任何人触碰。因此，有人偷取钥匙甚至复制钥匙的可能性应该也不存在。那会不会凶手是个开锁高手，不用钥匙就能将锁打开呢，毕竟这里的锁就是一些看起来很普通的弹簧锁。后来我们对这些锁进行检查，并没有发现用铁丝之类的尖锐物体撬过的痕迹。这个假设也可以被排除了。

唯一值得注意的是，案发当时，沈家土楼最外侧的门是开着的，祖堂静坐环节一直都是这样。但这一发现仅仅能解释最外层的一个密室，内层的多重密室仍然存在。而且，沈家太婆一直坐在门口，如果凶手真的从这道门里出来的话，她不可能察觉不到。雪凤被害后，我们也照惯例询问了太婆，可她只是冲我们摇头，一句话也不说。后来星龙遇害，太婆更是直接病倒在床。就算凶手真的通过了那道门，可内部的多重密室又如何解释呢？

另外在作案动机上，我们也遇到了不小的麻烦。雪凤只是一个二十一岁的女孩，会有谁对其有深仇大恨，并且布了一个这么大的局将其杀害？会不会仅仅像大彪之前怀疑的那样，凶手只是想破坏龙凤村的成人礼，从而让龙凤村的旅游开发项目暂停？这个动机听起来很疯狂，但也不能完全否定。这样想的话，一直反对龙凤村旅游项目的黄教授，自然成了头号嫌疑人。

可惜的是，在之前陈默思的推理中，黄教授已经被排除了嫌疑。

关于动机，后来我又有了一个想法。会不会是有人为了阻止雪凤和星龙在一起，才先后杀害他们？最反对两人在一起的，就是沈温两家人了。但问题是，就算他们为了不让雪凤和星龙在一起，甚至不惜犯下杀人的罪行，也不应该将两人都杀害。如果凶手是沈家的人，那只需要杀害雪凤一人就行了，为何之后还要害死星龙呢？反过来也一样，如果凶手是温家的人，那么只需要杀害星龙就行，多此一举杀害雪凤的行为，着实让人想不通。

之后，我甚至还联想到隆武帝的宝藏。这次的案件会不会和隐藏在龙凤村的隆武帝宝藏有关？正如之前郑佳所说，龙凤村看似风平浪静，实则各方势力已经接连渗透进来，暗流涌动。所以我在想，雪凤和星龙的死，会不会是各方势力博弈所酿成的惨剧？不过关于这一点，由于我目前得到的信息也不多，所以并不能做更深层次的考虑。

雪凤的死仅仅是我们遇到的第一个难题。发现雪凤被害之后，我们因为担心星龙，就赶到他被关押的那座小土楼，发现他已经消失不见了，现场又是一个密室。关于星龙为何消失以及他究竟与雪凤被害一案有多大关联，这个我们暂且不提。单说这个小土楼吧，是一个接近于完全封闭的环境，星龙究竟如何出来的呢？

小土楼呈圆形，直径大约五米，壁厚接近三十厘米，有三处地方与外界相通，分别是一道高两米宽一米的木门，以及位于南北两侧的两个圆形通风孔。木门被锁，钥匙在沈村长手里。南北两侧的圆形通风孔都是锥形，北侧直径五十厘米，南侧直径三十厘米。按照最小直径三十厘米来算的话，体形正常的成年人是根本通不过去的。也就是说,要进出这座小土楼,唯一的途径就是那道木门。

但现在问题在于,木门唯一的钥匙在沈村长手里。当得知自己的儿子星龙不见时,沈村长急火攻心,已经倒下了。看他的样子,不像是会谋害亲生儿子的。所以从木门出来这条路,看起来也行不通。

之后是第三个密室——泥地密室。在星龙消失六个多小时后,他的尸体出现在村口的古树上,乍看是自缢的。由于昨晚的暴雨,尸体所在的古树周围有一圈半径十几米的泥地,人踩上去就一定会留下深深的脚印。尸体被发现的时候,现场的泥地上只有一排脚印,从泥地外围延伸到死者脚下。经过我们后来的调查,这个脚印和死者穿的鞋底纹路相符。也就是说,是星龙自己走到古树下后上吊死亡的,所以才没有留下走出泥地的痕迹。

但问题在于尸体第一发现人大彪的证词。他说,是有人给了他一张纸条,他才会特地跑去村口古树察看的。纸条里还明确提到让大彪注意脚下的泥地,这才让我们确定了泥地上只有一排脚印。更为合理的想法是,给大彪纸条的人正是凶手,他在杀害星龙后,又采取了某个方法从泥地密室中逃脱,没在泥地上留下脚印。凶手制造了这个泥地密室,精心伪造了自杀现场,还递纸条给别人,让对方来做现场的第一发现人。凶手为了不让现场被破坏,甚至特地提醒对方,这样一来现场便只有星龙一个人的脚印了,自杀的说法就可以坐实。

现场我们发现的唯一疑点,就是树干上有一些摩擦痕迹,说明有人爬过这棵树。至于是不是凶手爬的,还不能完全确定。后来经过我们的测量,古树的高度有十五米,直径一米左右,而泥地边缘最近离古树也有十五米。也就是说，凶手就算是能爬上十五米高的古树，仍面临着跨越同等距离的考验。直接从古树上跳下肯定行不通，一个普通人不可能跳那么远。而且从十五米的高处跳下，足以让任何一个普通人受重伤。当然，凶手也可以借助绳索之类的工具，比如利用绳索从树干高处滑下，但随后这个想法就被我们否定了。总的来说，要证明星龙不是自杀，同时要证明凶手的存在，这个泥地密室也是必须得解决的问题。

最后一个问题就是凶手杀害星龙的动机。之前我们已经讨论了凶手杀害雪凤的动机，也列举了几种可能，但星龙之死，确实让人有些意外。现在想来，凶手杀害星龙，或许其唯一可能的动机，就是将雪凤被害一案嫁祸给他。这也是星龙之死被伪装成自杀的原因。

但凶手究竟是谁，我们现在仍毫无头绪。整件事就像一团乱麻，只有厘清线索，才能推理出所有真相。

4

听完我的叙述后，陈默思没有说话，反而是深深叹了口气。

"怎么了默思，我哪里说错了？"看到默思的反应，我的心里一时没了底。

"你没说错，而且说得相当精彩，不愧是大作家！假以时日，或许你也可以成为优秀的侦探。"

"搞什么嘛，你现在怎么还有心思开玩笑……"我看着突然改变画风的陈默思，顿时有些无语。

"学长，你刚才确实说得很好啊！"一旁的郑佳也附和道。

我看着郑佳那双诚实的大眼睛，不知道该说什么才好。过了一会儿，我苦笑着问道："通过我刚刚说的这些，你们想到了什么吗？"

"没有。"

郑佳的话直截了当，却让我把刚要说的话咽了回去。此时，我的脸上应该是一副扭曲的表情吧。

"哎，你别急嘛！你刚刚确实说得很好啊，我都当故事听来着，所以……所以就没怎么想。"说着，郑佳露出委屈的小表情，"话说，我好想听结局啊……"

废话，知道结局我还用问你吗？我差点儿就把这句话说出口，还好忍住了。我把目光转向陈默思，想向他询问有没有什么新的看法。

"你觉得，宝藏会藏在哪里？"

出乎意料的是，陈默思突然看着我，竟说出了这么不着边际的话。

"四百年前，隆武帝在福建汀州被害，他的财宝被侍卫转移出汀州城。之后不久，同样位于闽西地区的龙凤村诞生了。"

"默思，这个……和案子没什么关系吧？"

我话刚说完，陈默思就突然用一种犀利的眼神盯着我，那样子着实吓了我一跳。过了一会儿，他的目光才变得柔和。

"我一直隐隐觉得，隆武帝的财宝才是龙凤村这些案件的起源。"

"怎么说？"我感到很好奇。

"如果没有隆武帝的财宝，也就不会有龙凤村；没有龙凤村，就不会有公司会来开发旅游项目；没有旅游项目，就不会有这么隆重的成人礼；不举行成人礼的话，自然也就不会发生这两起命案了。更何况我们这些外人,不都是寻着隆武帝宝藏的线索才来到龙凤村的吗?"

"你是说,凶手很可能是我们这些外人?"陈默思的说法让我感到惊讶。

"现在还不能确定。不过可以肯定的是,这两起命案绝对和宝藏脱不了干系。"

默思的话倒是给我提了一个醒。我们现在的一切思考,都是基于星龙和雪凤的死来进行的,却并没有得到合理的答案。也就是说,我们可能正是缺了某个线索。如果能找到这缺失的一环,想必我们下一步的推理就会顺利很多。

正当我们三人在茶水间思考时,屋里却突然闯入一个不速之客。我向门口看去,竟是许久不见的旅游开发商王磊。他看起来行色匆匆,低着头闯进来,肯定也没想到这么晚了这里竟然还有人。他站在门口看着我们,显然进也不是退也不是,陷入进退两难的境地。

"王先生,这么晚了,您这满头大汗的样子,是从哪来的啊?"郑佳的话打破了僵局。

王磊抹了抹额头的汗,慌乱中不忘用眼角的余光扫向我们。也许是发现我们没什么特别的意思,他看起来放松了许多。郑佳赶紧倒了一杯水递过去,招呼他坐下。

王磊接过水后喝了一口又一口,很快就杯中见底,郑佳赶紧又给续上。他又喝了几口,才将杯子放下,用手背擦了擦嘴。

"我刚刚是去村口看道路疏通的情况,发生这种事,我可比你们着急啊!"

看他焦虑的样子不像是假的。我随口问道:"那现在状况如何?"

不管怎样,道路疏通也是我们很关心的事情。

王磊叹了口气说:"不容乐观。昨晚的雨太大了,村口的那条路几乎全被泥石流冲毁了。就算能将土石及时清走,可等路面整平,又不知要到何年何月。"

看来王磊在意的还是他的旅游开发项目,所以才这么关注路面整平的时间,这样大型施工车辆才能开进来。可我们就不一样了,我们只要等道路疏通,警方能进来就行。

"对了,沈家和温家那两个孩子,真的……死了?"王磊突然压低声音问道。

我点了点头,同时注意观察他的反应。

得到我的确认后,王磊的眼神先是变得黯淡了许多,随即又突然亮起来。

"那……凶手呢,抓住了没?!"

我摇了摇头。"还没有,案子有些复杂,我们刚刚也在讨论。"

"唉,都怪这场大雨,要不然警察早来了,凶手肯定逃不了!啊,这个……我不是怀疑你们的能力哈……只是警察毕竟是专业的,在气势上就……"

"王先生,"陈默思突然开口打断对方,"我想在这个案子上,警方不一定比我们更有优势。"

也不知是相信了陈默思的话,还是仅仅被他的气势给震慑住,王磊不自觉地点了点头。

这时,陈默思喝了一口茶水,又说道:"您作为一个商人,对'奇货可居'这个成语可不陌生吧?大商人吕不韦看上了当时仍在赵国做人质的秦国公子异人,将大笔的金钱花在了贿赂、笼络秦国的达官贵人上,最终成功将异人扶持成秦国国君,权倾天下，富可敌国。也就是说，只要目标选得好，一本万利也不是不可能啊。王先生，您说对不对？"

"陈先生说得很对，商人嘛，都是逐利的，哪能赚钱，自然就会往哪去……"

"那龙凤村又是哪个地方入了您的法眼呢？"

王磊看着陈默思，突然像是明白了什么，说："龙凤村有这么好的自然环境，还有土楼这种独特的建筑。我是一个旅游开发商，和沈村长聊过后便一拍即合，由我们来对龙凤村进行旅游开发，不是双赢的局面吗？"

"双不双赢我不知道，我只是知道你一定赢不了。"

"哦？怎么说？"王磊皮笑肉不笑地问道。

陈默思一边喝茶，一边随口说道："虽说土楼文化之前确实热过一段时间，可现在已经冷却了不少，游客渐趋理性消费。加上前有著名的永定土楼，后有同样名气不小的南靖土楼，可以说土楼旅游这一块的蛋糕已经基本被瓜分殆尽。如果我没说错的话，最近几年很多地区尝试进军土楼旅游的项目，貌似都没有很大的进展，甚至有的还亏损了不少。龙凤村这么偏僻，交通方面不说了，周围也没有其他可以发展的特色景点。单靠龙凤村的话，恐怕形成不了多大的规模吧？这投资和产出可不是一个数量级的。在见到王先生之前，我一直都觉得你是个十分有魄力的人，不然也不会抓住龙凤村这个'奇货'不放了。"

说完，陈默思看了王磊一眼，便不再说话。反观王磊，在听完陈默思的这番话后，表情僵硬了许多。虽然他的脸上仍挂着笑容，不过笑容里的尴尬还是瞒不过在场者的眼睛。

王磊拿起杯子又喝了一口水，随后说："我就是尝试尝试罢了，就像陈先生你所说的，万一成功了，一本万利也不是不可能。"

"是啊，要是能找到龙凤村里藏的财宝，自然所有投资都能收回来了。"陈默思突然冒出这么一句。

"陈先生你这……是从哪里听来的？"王磊显然惊出一身冷汗，瞪大双眼看着陈默思。

"你的意思是，我说对了？"

王磊刚想摇头否认，陈默思又说："那你和沈村长在屋子里所说的隆武帝宝藏，又是怎么一回事？"

"你偷听我们！"王磊激动地叫起来。

"我可没偷听，这是沈村长亲自说的。"

"这不可能！"

"没什么不可能，沈村长新近丧子，更是急火攻心，几度晕厥，发誓一定要找到凶手，将其挫骨扬灰。我们只是对他说了一句话，他就把所有的事都告诉我们了。"

"什么话？"

陈默思笑了笑，说："我是这么说的，凶手很可能是冲着龙凤村隐藏的财宝而来。找出凶手的前提，就是要让我们知道关于这些财宝的事。沈村长一开始和你刚才一样大吃一惊，极力否认，不过后来在我的言辞诱导下，还是把一切说了出来，当然也包括他和你的交易。"

听完陈默思的话后，王磊愣住了，随即像放弃了似的叹了口气。

"既然你都知道了，那还说什么……"

"沈村长只是说出了部分真相，很多事关财宝机密的关键却没有多说。我也没有多问，毕竟他是龙凤村的村长，肯定有什么古时留下来的规矩要遵守。所以……"

"所以你们想让我说？"王磊苦笑一声，"我其实知道的也不多，不然就不会花这么大的代价了……"

"没事，我们想知道的也不多。你应该明白一点，我现在不是求你，而是命令你。"说着，陈默思向王磊亮出了他的警方顾问证。

和之前村民的反应一样，王磊显然也没想到陈默思竟然和警方有关系。他端着杯子，愣了几秒，最终还是点了点头。

陈默思和王磊对话时，我和郑佳一直坐着旁听，没有插话。没想到这个看起来一直隐藏很深的王磊，竟然被陈默思三言两语就击溃了，这可完全出乎我的意料。不过默思究竟想从王磊的嘴里问些什么，和这件案子又有多少联系，我还摸不着头脑。

陈默思这时喝了口茶水，继续说道："关于这些财宝怎么从隆武帝手中转移到龙凤村的经过，我们已经知道的比较详细了，所以这一点不用你来说。我们想知道的是，这些隆武帝的财宝转移到龙凤村之后的事，这个你多少应该有些了解吧？"

"这个……"也许是没想到自己要坦诚相告，王磊吞了吞口水，说道，"你们应该知道，沈温两家的先祖曾经是隆武帝身边的侍卫这件事吧？如果都知道的话，接下来的事就好说了。"

见我们都点头后，王磊闭上双眼冥思了一会儿，随后睁开眼，像是终于下定了决心一般，开始了讲述。

第八章　迷宫尽头

1

沈家先祖沈天龙与温家先祖温九凤武艺高强，行侠仗义，江湖中有"人中龙凤"的美誉。后来清军南下，国破家亡，两人为了保家卫国，便投靠了当时素有声誉的唐王朱聿键。

后来朱聿键在福州称帝，这里便成了反抗清军的第一线。为了保障皇帝的人身安全，两人成为隆武帝的贴身侍卫。隆武帝对两人信任有加，将禁卫军的指挥权悉数交给他们。两人也不负众望，在时局动荡的情况下，仍然一直护着隆武帝的周全。直到汀州被围，即将城破的那一刻，隆武帝给他们下达了最后一个命令，那就是将国库里的财宝转移，不可被清贼所获。

两人当时含泪离开，历经千辛万苦，终于将财宝成功转移出汀州城。与此同时，外界也传出隆武帝被俘的消息，至此隆武帝生死不明。沈温两人当时对天发誓，一定要杀灭清贼，重整河山。但隆武帝当时只下达了将财宝转移的命令，并没有具体指出将财宝转移到哪里。两人带领一队士兵，护送着隆武帝的财宝一路西行，一直向清军势力薄弱的广东境内转移。

然而当时的闽西地区仍然是一片荒芜之地，一路上更是山路险阻，危险不断。再加上运输财宝的交通工具接连损坏，两人带领的小队行进月余，仍被困在崇山峻岭之中。此时，众人携带的干粮即将告罄，二十余人的队伍士气全无，几乎陷入绝境。无可奈何之下，队伍只好暂时停止行进，沈温两人带领众人找到一个山谷，暂且驻扎下来。

还好山谷里物产丰富，野果很多，也有不少兽类，食物问题暂时得到解决。之后，他们又砍伐树木，搭建了很多临时住所。过了一段时间之后，他们已经补充好了食物，准备继续出发。然而，就在出发的前夜，变故陡然发生。

有一部分士兵竟趁着夜色，想要将财宝偷偷带走。沈温两人发现后，这些士兵见事情败露，便想拼个鱼死网破，求得一线生机，结果被沈温两人带领其他士兵纷纷诛杀。事后，他们的尸首被草草掩埋。

虽然动乱最终被镇压了，但也给沈温两人敲响了警钟。就算他们对大明忠心耿耿，但士兵却并不一定始终跟他们一条心。这次参与叛变的士兵虽然都被诛杀了，但谁又能保证接下来的日子里，不会发生同样的事情呢？而且，接下来的路途只会更加险恶，难免有人吃不了苦想要逃跑。这种人一旦多了，便很难保证财宝会不会有什么损失。

沈温两人思考再三，决定先在原地驻扎下来，待打听好外界消息，再将财宝送到需要的朱家后人手上，这样也许效果会更好。两人决定之后，队伍便真正地驻扎下来。这便是龙凤村的起源。

之后又有很多逃难的人误打误撞进了龙凤村。这些人大部分都厌恶外界的动乱纷争，于是留了下来，龙凤村也因此渐趋壮大。沈温两人被推举为村中首领，龙凤村也在他们的带领下发展得越来越好。

留下的这些士兵,还有逃难而来的难民,很多都是客家人。闽西地区本来就有建造土楼的习惯,加上土楼本身的防御属性,龙凤村最终形成了以土楼为主的建筑风格。第一个建造完成的土楼便是龙凤楼。即便如此,就算集合全村之力,建好整栋楼也花了将近两年时间。龙凤楼建好之后,全村所有人都暂时住在里面。再之后,随着周围兴建起一座座土楼,很多村民搬了出去。当时,沈温两人都已经分别与逃难而来的女子成家,膝下各有子女,最终龙凤楼完全成了沈家和温家的住所。

在这期间,不断有逃难过来的人进入龙凤村,这些人也带来了外界的新消息。虽然从这些人口中,他们得知了永历帝登基这样的好消息,但大部分的消息都是不好的。在清军的猛烈攻势下,明军虽然偶有胜仗,但大都以败退收场,最后甚至蜷缩到了广西、云南境内。与此同时,沈温两人一直派人出去打探外界的消息,但得到的消息基本上差不多。这时,沈温两人才意识到,他们的村子已经成了一座孤岛,外面几乎被清军所占。现在再想出去,已经难上加难。况且还要考虑到财宝的安危……

当时,隆武帝的财宝只有最初来到这里,与他们一起行动的士兵知晓。沈温两人暗中下令,不能将消息散播给后来的村民,否则军法处置。与此同时,他们将财宝置于龙凤楼内的隐秘场所,严加看管。

但天下没有不透风的墙,很快就有一些村民知晓了这个消息。人性本贪,没过多久,第二次叛乱终于发生了。幸运的是,沈温两人又成功保住了财宝。不过他们也知道,这样下去迟早会出问题,但他们却没有任何解决办法。这次事件之后,参与叛乱行为的部分士兵和村民得到严惩。不过沈温两人却不想再随便夺走他人性命，便特意在龙凤楼附近建造了一座小土楼，把他们关在那里。

后来又发生了几起小型叛乱，虽然都被镇压，但他们意识到，长此下去，就算财宝能保住，龙凤村好不容易凝聚起来的人心也要分崩离析。这时，他们想到一个好主意，与其将财宝的秘密藏着掖着，不如公之于众。

于是有一天，他们召集全村的人开了一场大会，当众将财宝的秘密说出，并且将财宝悉数取出，放在广场上。这些财宝有金银玉石，更有数不清的稀奇宝贝，只要看上一眼，便会让人心动不已。

沈温两人的举动无疑出乎所有人的预料。但随后，他们却做了一件更加出乎意料的事。他们在广场上架起高炉，铸造了一个壁厚三寸有余的铁箱，将所有宝物都塞了进去。之后他们将铁箱完全用铁水封死，整个箱子最后竟重达一万斤。

所有人都知道，这么重的箱子，仅靠人力是无论如何也不能轻易搬动的。何况龙凤村周围全是崎岖的山路，运出去更是难上加难。这便是两人的算计，就算所有人都知道财宝的秘密，那又能怎样？破不开铁箱这道枷锁，任何人都不能将财宝带走。之后，这个铁箱便被沈温两人藏在龙凤楼的隐蔽之处。此后数年，龙凤村相安无事，即便仍有人对财宝心怀贪念，却再也没有发生过一起偷盗案件了。

之后，沈温两人在龙凤村的威望越来越大，明朝复国的希望却越来越小。直到最后永历帝被害，两人算是彻底断了这个念头。这之后又不知过了多少年，龙凤村终于被外界发现，所有人都被强制性地剃掉头发。这一切都像是再平常不过的事情，没有一个人反抗。虽然上面改了朝换了代,下面的人该怎么生活还得怎么生活,这是亘古不变的规律。可让沈温两人没想到的是,他们两家遭遇的磨难才刚刚开始。

此后某一天,突然有一大批清兵冲进龙凤村,什么也不问就冲进龙凤楼大肆搜刮起来。年迈的沈温两人被带走,再也没有回来。同时消失的还有龙凤村里的一户村民。有人说,他们全家搬离了龙凤村,也有人说,他们全家都被杀害了。

许多年后,沈温两家的后人中有人猜测,当时应该是龙凤村的这户村民,向官府密报了前朝财宝之事,所以官府才带人前来搜查,结果却一无所获。之后,沈温两家的家主被带走,严刑审问,致死也没有松口。没有查到线索的官府自然认为是村民谎报,定要报复,而那户村民显然也意识到了这一点,便提前逃走了。当然,这也是最好的一种结果。

虽然官府没有搜到隆武帝财宝的下落,但问题是,自从沈温两家的家主被害后,隆武帝的财宝就像是真的失踪了一般,就连两家的后人也不知道它的下落。唯一可以确定的是,财宝一定还留在龙凤村,它就在某处等待着,等待着重见光明的那一天。而沈温两家的后人也一直坚守在龙凤村,守护着财宝的秘密。

沈温两家的第一代家主被害后,其后代分别继任家主之位,而温家没有男嗣,村长之位就由沈家家主继任。然而奇怪的是,后来温家连续出生的小孩都是女孩,沈家则相反,其子嗣都是男孩。没过多久,龙凤村就流传起"龙生龙,凤生凤"的传言。之后,温家为了竞争村长之位,决定采取招赘的做法,让女婿改姓温,担任温家家主,以此来与沈家竞争这个村长之位。

此后的几百年里,除了极少数的例外,一直都是沈温两家的家主轮流担任龙凤村村长一职。不知从何时开始，虽然同住在一座土楼内，但沈温两家的矛盾却是急剧增加。到后来更是采取了一个特别直接的方法，便是在土楼内部砌了一道道红墙，将沈温两家彻底隔开。

而守护隆武帝财宝的重任，一直落在沈温两家代代家主的身上。几百年后的今天，龙凤村的大部分村民已经失去了对财宝的记忆，只有沈温两家的后人，身体里还流淌着当年守卫隆武帝时的热血。而凭着这股热血，他们又将在无尽的岁月里继续守护隆武帝留下的财宝。这个无形的重担，不知让多少代家主在噩梦中惊醒。

好在，揭开这个秘密的日子就快来临了。

2

"没想到隆武帝的财宝，在转移到龙凤村后还引发了这么多动乱。龙凤村发现的那些几百年前的白骨，竟都是被自己人杀害的……"

听完王磊的叙述，我对这一点尤为感慨。千百年来，人类大大小小的纷争有多少是起于贪欲，这中间又有多少人因此丢了性命。如今的我们，其实也是陷入了隆武帝宝藏的陷阱中，甚至已经失去了两个年轻的生命。更可怕的是，接下来将要发生什么也未可知，我们只是被这份贪欲裹挟，等待命运的审判。想到这里，我不禁又叹了口气。

"王先生，你刚才所说的，自从沈温两家先祖被害后，两家的后人就都不知道宝藏究竟去哪儿了，对不对？"陈默思问道。

"至少我了解的情况是这样的。"王磊想了想，又说道，"不过这里很多情报都是沈村长透露给我的。至于他究竟有多少东西没说，我就不知道了。但我相信，沈村长应该也不知道财宝在哪儿，不然他也不会来找我们合作了。"

"此话怎讲？"

"非要我把话挑明吗？"王磊露出一个意味深长的微笑，"其实最初是沈村长先来找我的。"

这话倒是出乎我的意料，没想到整件事的源头，竟然是沈村长。不过，王磊的话倒也不能尽信，谁能保证他没有对我们保留甚至篡改什么？

"他来找你，是想和你们合作，一起找到宝藏？"陈默思问道。

"正是。"王磊喝了口水，润了润嗓子，"一开始我也根本不信，觉得他就是个骗子。不过等我有了进一步的了解之后，才觉得真的有可能。尤其是黄教授写的那篇论文，让我对整件事有了全新的认识。"

王磊说得倒也不无道理，在读到黄教授的论文之前，我们对隆武帝宝藏的了解大部分也都只是来自捕风捉影的传言，不足为信。但论文上提到在龙凤村发现的那堆士兵白骨，以及那些罕见的隆武通宝，在一定程度上算是证实了这个传闻。

"后来我又查阅了很多资料，这才觉得沈村长的话说不定就是真的。之后，我才答应他的合作要求。"说到这里，王磊露出了自信的笑容。

"那龙凤村的旅游项目，就是你们的合作？"

"这是沈村长当时提出来的想法，不然他也不会来找我们旅游开发公司合作了。我们合作的目的虽然是为了找出龙凤村财宝的真相，但为了达到这个目的，我们需要一个幌子，这才不会引人注意。"

"你们准备怎么找?"陈默思继续问道。

"这个嘛……在我说明之前,不如先来问你们一个问题。你们觉得,隆武帝的财宝究竟被沈温两家的先祖藏到哪儿了?"

王磊的这句话让我很为难。既然都过去这么多年了,住在龙凤村的人依然没有发现财宝的下落,说明它肯定被隐藏得非常好,一定不会被我们轻易发现。龙凤村方圆近十里,这么大的地方,就算随便找个地方埋了,也是很难找到的。

见我和郑佳一脸为难的样子,王磊将目光转向陈默思。

"陈先生,您有何高见?"

陈默思突然笑了出来,说:"既然王先生心中早有答案,不如尽快说出来吧,也免了我们说错的尴尬。"

"也是也是,现在不早了,我长话短说。"王磊没有继续卖关子,"首先,隐藏财宝的地点应该不易被人发现。几百年前突然闯入的清兵已经替我们证实了这一点。这么多年过去了,龙凤村没有任何发现财宝的传言,这足以说明财宝确实隐藏得非常好。但光隐藏的好可不行,对沈温两家的先祖来说,隐藏地点还需要具备另一个更为关键的条件,那就是便于转移。"

"便于转移?"我对此感到疑惑。

"你没听错。你们应该知道,沈温两家先祖的心中,一直有着光复明朝的想法。可惜当时南明小朝廷已经覆灭,凭他二人无法改变什么,只能等待时机。而这个时机一旦到来,隆武帝的财宝就必须得快速转移出去,避免重蹈之前的覆辙。隆武帝财宝之前被沈温两人当众封在了一个大铁箱子内,整个箱子重达一万斤。这么重的东西,在平地上用车轮滚动运输倒还可以,要抬起来的话就十分困难了。所以我的想法是,隆武帝的财宝一定是被藏在了地面上的某处。"

"地面上的某处……你的意思是，还在这些土楼里？"

"没错，我就是这个意思。"

听起来王磊的语气十分自信，看来他对自己的想法也是很有把握。

"如果在土楼里的话，那应该比较好找了吧？"我问道。

"要是真的这样就好了。"王磊苦笑着说道，"沈村长和我说过，他这些年里不光把龙凤楼内外到处都翻遍了，甚至连龙凤村里的其他土楼也没有放过，可根本没发现财宝的任何痕迹。还有可能是隔层或密室之类的地方。我和沈村长以旅游开发的名义，在龙凤村的各个土楼里到处测量。"

"那结果……"

王磊再次摇了摇头。

"比想象的要难很多。根据沈村长家的族谱记载，装有隆武帝财宝的那个大箱子，长两丈有余，宽高都近半丈。土楼的结构则很简单，很难造出空间这么大的密室却不被识破。我们的测量结果也证实了这一点，根本找不出如此大的空间。"

"墙壁里呢，检查了没有？"陈默思突然问道，"土楼的墙壁一般来说都挺厚的，会不会……"

陈默思还没说完，就被王磊打断了。

"我们当然也考虑过。不过，这里的土楼墙壁一般都不超过半米厚，就算作为仓库的那座方形土楼，壁厚也不过一米，如何能塞得下最窄处也有半丈的铁箱。"

听完王磊的话后，陈默思只得摆摆手，表示自己也无能为力了。

还是不行吗……如此说来，隆武帝的宝藏还真是隐藏得非常之妙了。这时,我却突然有了一个新的想法。

"如果机械测量的方法不行,那采用一些物理的方法呢?那些财宝既然被封在了一个铁箱子里,那么只要能检测出铁这种金属的存在,不就能顺势找出财宝的所在地了吗?"

我对自己的想法颇有信心,现在能检测出金属的仪器也很普遍。而且据我了解,这种仪器已经广泛应用于考古挖掘等领域了。

面对我的提议,王磊只是笑了笑,随后说道:"你这种想法确实很好,我最开始就想到了。只要使用金属探测器,不就能轻易找到财宝了吗?可这个想法很快就碰壁了。"

"碰壁?为什么?"我对此感到不解。

"当我拿着小型的手持金属探测器来到龙凤村时,却发现仪器失灵了。没想到龙凤村刚好处在一大片金属矿脉之上,任何金属探测器接近这里都会失效。"说完,王磊又是一阵苦笑,"你们现在发现了吧,龙凤村简直是一个天然的藏宝之地,吸引着无数人前来寻宝。可它的神秘之处就在于,即便你丢了性命,可能连宝藏的影子都看不到。"

看到王磊的表情,我有些感同身受。我将目光转向陈默思,发现他没有太多表示。陈默思此时也看了我一眼,随后又转向王磊。

"那接下来的打算呢?龙凤村的旅游项目要怎么办?"

"接下来也只能走一步看一步了,等时机成熟的话,我们可能会调一些灵敏度更高的金属探测器过来。或许在对龙凤村进行改造的过程中,我们也会有所发现。当然,如果实在不行的话,就全当用来开发龙凤村的旅游吧。"王磊不无嘲地说道,"怎么样,陈先生,我可是把该说的不该说的全都说出来了,我的这些话算是回答了你的疑问吗？"

"我还有最后一个问题。"陈默思面无表情地看着王磊，一字一句地说道，"你觉得凶手会是谁？"

听到陈默思这个出人意料的问题后，王磊先是愣了一下，随即端起杯子喝了一口水，这才说道："凶手是谁，这不是该你们警方去查吗？我这种普通人就不随便发表言论了。"

"你觉得黄教授会不会是凶手？"陈默思接着问道。

王磊端着水杯的手在半空中停住。他看着陈默思，突然笑了起来。

"陈先生，我想我们还是不要玩这种游戏了吧？我该说的都已经说了，现在天已经不早了，大家不如早点儿休息。等明天道路疏通了，一切说不定就会有转机了。"

说着，王磊放下水杯，站起了身。

"你还没有回答我的问题。"陈默思的语气冷静得可怕。

王磊转过身，看向陈默思。许久，他才吐出两个字——"不会"。随后他转过身，在我们的注视下，平静地走了出去。

我看向陈默思，他低着头，似乎在想着什么。

"默思，你是不是在怀疑他？"我问道，"但你之前也说过，杀害雪凤的人，一定是和她熟识的。王磊才来这里没多久，应该可以排除嫌疑吧？"

听到我的话后，默思抬起头，盯着我看了许久，突然笑了起来。

"怎么，不允许我怀疑啊？"默思的语气听起来有些戏谑。

"也不是……"

"那不就得了？"默思白了我一眼，随即又看向郑佳，"小佳，你来说说，雪凤有没有可能之前就认识这个王磊？"

"这个……"突然被点到名,郑佳也愣了一会儿,随即才说道,"这个我也不能肯定,但我知道的是,星龙在大学里学的好像就是旅游管理专业。"

得到郑佳的回答后,默思看我的目光就更加得意了。

"你看看,人家小姑娘看出来的都比你多!"

"我又不知道这些……"我无奈地辩解道。

"好吧,那我们现在就来理一理。刚才王磊也说了,龙凤村的旅游开发项目,是沈村长最开始去找他的。但这个沈村长虽然名义上是村长,说到底也只是个本本分分的农民,是不可能认识一个旅游开发公司的管理人员。最大的可能性就是,有人将王磊介绍给了沈村长,而这个人很可能就是大学里学旅游管理的星龙。而作为星龙的女朋友,雪凤自然也有可能接触到王磊。"

"你的意思是,雪凤和王磊很熟?"我惊讶道。

"这只是一种可能,要弄清具体细节还需要进一步的调查。不过这个王磊的嫌疑确实不小。"

"哦?这又怎么说?"

"阿宇,你仔细想想,刚刚王磊在向我们确认了星龙、雪凤的死讯后,第一个问的是什么?"

我仔细回想起来,很快就发现了问题所在。

"好像是……凶手。对,他当时是问凶手是谁!"

"没错。可他怎么就知道这个案子还有凶手没被抓到?要知道,现在村子里最流行的一种说法是星龙杀害了雪凤,之后在古树那里畏罪自杀。也就是说,王磊如果真的是一个关心案子的局外人,他当时第一句问的应该是星龙究竟是不是凶手,而不是像现在这样,下意识地就把星龙作为凶手的可能性给排除了。"

"你的意思是,这个王磊或许还知道些什么没说?"我好像多少明白了陈默思的想法。

"没错,就算这个王先生不是凶手,他也不会像他自己所声称的那样,和这个案子毫无关联。至于他究竟陷进去多少,就看我们接下来的调查了。"

"接下来……接下来我们要干吗?"

陈默思看着我,重重地吐出两个字。

"洗澡!"

说完他就头也不回地起身离开,只留下我和郑佳站在原地面面相觑。

3

夜色越来越浓,我看了眼时间,竟然已经晚上十一点了。王磊离开都半个多小时了,我和郑佳仍待在茶水间,时间就这样一分一秒地流逝。

"不行,我们不能再这么耗下去了!"我突然变得焦急,大声喊道。

很快就要到午夜了,留给我们的时间越来越少。而陈默思这个家伙,竟然在这个时候还有心思洗澡……我的心里变得愈加焦躁。

"学长,不如我们来推理一下真正的凶手吧?"正当我苦恼不已时,郑佳突然说道。

"推理?现在一点线索都没有,我们怎么推理嘛……"我看着郑佳那一脸真诚的模样,一时也不知该说什么。

"怎么不能推理？线索也不是一点没有啊！我刚刚突然想到了一点，不知道学长你有没有兴趣听。"

对于郑佳口中的线索，我其实没抱太大希望。整个案子就像一团迷雾，如果郑佳此时能有什么看法的话，那也只能是死马当作活马医了。

"你说吧。"

得到我的回应后，郑佳像是突然来了兴致。她轻咳一声，装模作样地说了起来。

"之前你们不是推理过吗？关于那些掉落在现场的灵位。我记得当初那位沉默侦探是这样说的，那些灵位是凶手故意打落的，为了掩盖缺少一块灵位的事实。那我的问题来了，凶手当时为什么要拿走这块灵位呢？"

郑佳提的这个问题犹如醍醐灌顶，直接让我从纷乱的思绪中清醒过来。没错，凶手当时为什么要这么做呢？这一点其实我从之前默思的推理中也有所察觉，只不过当时刚好错过继续思考下去的机会，紧接着又发生了星龙被害一案，我竟一时给忘了。

见我有了兴趣，郑佳继续说："默思之前说过，凶手在作案时不会做无谓的举动，现场产生的任何变化，一定会有与这种变化相对应的原因。所以我觉得，凶手当时之所以会带走这块灵位，一定有他不得不这样做的理由。"

郑佳说得不无道理。祖堂里摆放的灵位并不十分便携，如果凶手真的非要带走不可，说明他一定有什么理由。这时，我突然想到一点。

"也许，灵位上留下了能指证他的信息？"我试探着说。

"啊，没想到学长你和我想的一样！"郑佳兴奋地叫了出来，

"我刚才也是想到了这一点。凶手之所以会带走这块灵位，正是因为灵位上有他留下的证据。为了消灭这个证据，他才不得不这么做！"

"比如……指纹？"我猜测。

"指纹的确是最容易想到的，不过我觉得在这起案件里可能不太适用。"郑佳一本正经地说。

"哦？为什么？"

"因为凶手已经知道自己在灵位上留下了指纹，他大可以擦去啊！而且学长你想想，凶手既然敢把凶器都留在现场，这更能证明他不怕留下指纹了。"郑佳想了想，继续说道，"凶手不怕留下指纹，有两种可能：一种是他戴了手套，另一种则是他可以确保自己能够将指纹擦去。之前默思推理过，雪凤被害前是和凶手正面相对的，而且毫无防备。凶手如果戴了手套，岂不显得很怪异？所以答案应该是第二种，也就是说凶手早已准备好将所有指纹都抹去，他一定带了可以擦拭指纹的布或纸巾。凶手杀害雪凤时虽然在匕首上留下了自己的指纹，可他随后就直接将其擦掉。灵位也是同样的道理。既然灵位上的指纹可以擦掉，那凶手为何还要将其带走呢？这岂不是有矛盾？"

听完郑佳的这番话后，我竟一点反驳的余地都没有。我只能尴尬地点点头，听她继续道来。

"而且我觉得，整件事还有一个最大的矛盾点，凶手是怎样才会在灵位上留下证据的？要知道灵位可是摆放在祖堂的架子上，平常人是不会随意去触碰的。"

郑佳的这句话倒是彻底提醒了我，这也是我一直都没想到的地方。

"会不会有这种可能，凶手不是因为在灵位上留下线索才将其带走，而是因为他一开始的目标就是这个。"我提出了自己的看法。

"如果说凶手只是单纯想带走一个灵位，这不太可能。最大的可能是，这个灵位上有凶手想要的某个东西。"

"某个东西？"我问道。

"比如……隆武帝财宝的线索。"郑佳看着我，一字一顿地说道。

"可这……真的有可能吗？"我对此仍是有些不太相信。

"我的这个猜测可不是空穴来风哦，学长。"郑佳的语气突然变得自信了许多，"之前王磊说了，沈温两家的先祖去世后，关于隆武帝财宝的下落从此便成了谜团，包括沈温两家的后人在内，没人知道财宝的去处。但学长你觉得这个真的可能吗？沈温两人如此在乎自己所守护的财宝，他们生前真的一点准备都没有？他们难道没有安排好，自己去世后，财宝交给谁来守护？最可能的想法是，他们一定留下了某种线索，以便后人找到财宝。"

"但王磊也说过，沈村长是真的不知道财宝究竟在哪儿，不然他也不会去找外人合作了。"我提出自己的意见。

"学长你说得很对，沈村长确实不知道财宝的下落，但不代表他一点线索都没有啊！"

"你的意思是……"

"我的意思是，当年沈温两人确实给后人留下了财宝的线索，但却被分成两份。一份给了沈家的后人，一份给了温家的后人，两家后人都只知道一半的线索。而单凭一半线索，自然是找不到财宝的。只有当两条线索合并之后，才能找到真正的藏宝地。"

"等等，沈温两家的先祖为什么这么做？这也弄得过于复杂了吧……"我不禁疑惑道。

"很简单，这是为了互相监督。你没听过分权制衡的道理吗？在最开始，就是因为所有人都知道宝藏的秘密，才有那么多人心怀不轨打算偷取宝藏，这才发生了那么多叛乱。所以后来沈温两人将财宝封在一个密闭的大铁箱内，将其隐藏起来，这才打消了龙凤村村民盗取宝藏的念头。但这样还存在一个问题，那就是等沈温两人不在了，隆武帝财宝的秘密还需要他们的后人去守护。他们当然相信自己不会出卖宝藏的秘密，但信不过自己的后人。于是他们才想到了一个办法。"

"你是说，将宝藏的线索一分为二？"

"没错。"郑佳点了点头，"沈温两人将线索分成两个部分，分别交给下一任家主。他们这样做的目的很简单，就是让两家互相制衡，单独任何一家想要背叛都不能取得宝藏。为了达到制衡的目的，沈温两人甚至故意让两家显得不和，从而避免两家后人同流合污的可能。他们的目的也确实达到了，此后几百年间，沈温两家都在重重矛盾中度过。两家人不准交流、不准通婚，甚至还在龙凤楼中间修了墙，彻底断绝两家人的联系。"

没想到沈温两家的先祖，为了守护宝藏的秘密，竟然做到了这一步。我不禁感慨起来。

"虽然沈温两人的做法确实保障了几百年间财宝的安全，但却很难保证两家中没有人对宝藏有着觊觎之心。终于，为了夺取隆武帝宝藏的线索，一起命案不可避免地发生了。"

"等等，小佳你的意思是……"我突然察觉到郑佳这段话里隐藏的意思。

"没错，我的想法就是，沈村长才是杀害雪凤的罪魁祸首！"

郑佳看着我，毫不避讳地说道。

"可后来星龙也死了……沈村长可是星龙的父亲啊！"

"星龙的死，我们接下来再说。"郑佳的话没有丝毫犹豫，"现在我们说的，是雪凤的案子。学长，其实我一直有种想法，雪凤的死不是没有预兆的。"

"预兆？"郑佳的话让我越来越摸不着头脑。

"十五年前，雪凤的父亲因为车祸意外身亡。而十五年后，雪凤又惨死家中，这难道没有一点联系吗？"

"你是说，雪凤父亲的死也……"

"没错，我猜测雪凤父亲也是被谋害的，而罪魁祸首正是沈村长。对了，当时他还不是村长，只是村长的儿子。至于这件事会不会和上任村长有关，我们不能妄加推测。但现任村长沈金龙肯定脱不了干系。学长，不知道你还记不记得，与雪凤父亲一同意外死亡的，还有沈村长的二弟。"

郑佳确实说得不错，我听说当时沈村长的二弟想拉着雪凤的父亲一起出去闯荡，可没想到二人刚出去不久就双双遭遇车祸身亡。

"难道沈村长的二弟也和这件事有关？"我问道。

"都十几年前的事了，我也不敢肯定。"郑佳十分坦率地承认了这一点，不过随后又补充道，"我说的只是一种可能，沈村长的二弟当时也许是和雪凤的父亲有所争执，才造成车辆失控，两人因此身亡。当然，还有一种可能，雪凤父亲的死是早就预定好的。只要他一死，温家只剩孤儿寡母三人，就更不是沈家的对手了，要拿到温家的那一半线索便会易如反掌。可没想到的是，沈村长打错了算盘，温家的这个寡妇也不是好对付的人。他花了十几年，都没能让这个女人屈服。"

没想到中间还有这些隐藏的故事,我几乎要完全相信郑佳所说的了。

郑佳继续说道:"既然软的不成,那只能硬抢了。沈村长作为沈家的继承人,自然知道财宝的线索所在,这个线索便位于祖堂灵位之上。所以,要得到温家的那一半线索,最简单的办法就是将藏有线索的灵位夺过来。但问题就在于,沈温两家的祖堂常年闭锁,平时就算是沈村长也没有办法进入温家的祖堂。"

"等等,小佳,沈温两家的祖堂不是有红墙这个通道吗?沈村长只要能进入沈家祖堂,自然就能很轻易地进入温家祖堂吧?"我找出了一个破绽。

"学长你说得不错,不过你似乎忘记了一点,红墙那里的通道,只存在于祖堂两侧的侧屋里。而在平时,这两间侧屋通往中间祖堂的门也是锁上的。也就是说,就算沈村长能通过红墙的通道进入温家祖堂,也只能进入侧屋,并不能进入灵位所在的祖堂中央。而祖堂侧屋的门只在一个时候会打开,那就是成人礼。"

终于串起来了!刚刚我还有个疑问,沈村长想抢夺灵位,为什么偏偏选在成人礼的时候,这下终于有了解释。

"不过,为了抢夺灵位,就必须杀害雪凤吗?"这是我不能理解的。

"因为真的只有这一次机会。"郑佳说道,"学长你想想,整个成人礼的过程中,虽然祖堂内外都是开放的,但却存在一个至关重要的问题,那就是人太多了。无论何时,祖堂里都有至少两双眼睛在盯着。这个时候下手偷取灵位,自然不是明智的选择。所以,实际上留给沈村长的机会只有一个,那就是祖堂静坐环节。这时，祖堂里只有雪凤一个人，自然是下手的最好时机，这也是沈村长费尽心机所争取到的来之不易的机会。"

郑佳顿了顿，继续说道："首先，往年举办成人礼虽然也会使用祖堂，但都因为流程简化的缘故，没有祖堂静坐环节。对于沈村长来说，自然就没有下手的机会。这也是三年前海龙和碧凤举行成人礼时，他没有动手的原因。这次，他以推广旅游开发为名，举办了一场声势浩大的成人礼活动，这样便可以确保流程的完整了。除此之外，沈村长还要解决一个更为重要的问题。这次的成人礼静坐环节，星龙和雪凤二人要分别在沈家祖堂和温家祖堂内进行。如果真是这样的话，沈家祖堂那里一直有星龙在，沈村长根本没办法在其眼皮底下进入温家祖堂。所以，他才想了个办法，那就是取消星龙的成人礼，只在温家祖堂进行，这样他的计划就完全没有阻碍了。"

经过郑佳分析，之前没有关联的事项似乎全都串在了一起。我不禁对她刮目相看。

郑佳又开口道："但在成人礼临举办之际，却发生了一件让沈村长措手不及的事，这就是雪凤的自杀。还好雪凤被及时救了回来，不然他精心布置的计划恐怕要泡汤了。但雪凤自杀未遂之后，由于身体原因，不能进行接下来的成人礼仪式，这也让沈村长大伤脑筋。"

"但雪凤后来还是参加了成人礼。"我紧接着说道。

不过说完，我就立刻想到了什么，也许，这中间有什么背后的交易也说不定。而郑佳接下来的话像是印证了我的猜测。

"没错，这就是沈村长的厉害之处。他抓住了雪凤的弱点，成功说服了她。而雪凤的弱点在哪儿，就不用我多说了吧？"

"星龙……"我喃喃道。

"没错。我的猜测是，沈村长答应雪凤，如果她参加成人礼，就准许她和星龙在一起。"

"也就是说，雪凤死前，是一直抱有这种想法的……"

我顿时感到心痛。雪凤的心里只有星龙，为了对方她甚至愿意做任何事。然而，她的梦想却被沈村长利用了。更为残酷的是，雪凤永远不会想到，在她梦想的前方，一双魔掌悄然向她袭来。

接下来的事不用郑佳说我也清楚了。在雪凤于祖堂静坐时，沈村长通过红墙的通道，成功进入温家祖堂。之后，他找到灵位，得到了梦寐以求的财宝线索。然后为了永绝后患，他假装接近雪凤，并亲手杀害了她。这样他偷走灵位的事就没有任何人知晓了。

"凶手如果是沈村长的话，那雪凤被害一案的密室自然就不存在了，因为钥匙就在沈村长自己身上。"郑佳强调道。

"这么说，星龙从小土楼里失踪，也是沈村长干的……"

"没错，他有钥匙，想做什么都可以咯！"郑佳不无调侃地说。

"但沈家太婆可是一直待在最外层门口的……等等，你是说……"我突然意识到了什么。

"没错，沈家太婆包庇了她的宝贝儿子。"郑佳很笃定地说道。

听到郑佳的这个解释，我竟没有特别意外的感觉。当初询问那位太婆的时候，她就只是摇摇头，什么也不说。当时我还以为，她是因为受了命案的刺激才会变成这样。现在想来，更可能的一种解释是，她当时真的看到了凶手，但她选择包庇凶手，所以在我们询问的时候，她才会闭口不言，因为她包庇的凶手正是自己的儿子。但真要说起来的话，星龙也是沈村长的儿子啊！

"那星龙……也是沈村长杀害的吗？星龙毕竟是沈村长唯一的儿子啊……他真的下得去手吗？"我对此难以相信。

"谁说星龙就是沈村长杀害的？"郑佳突然反问道。

"什么？！可你刚刚不是说……"

"我刚刚只是说沈村长将星龙从小土楼里带走，可没说星龙就是沈村长杀害的！"

"那你的意思是……"

"星龙是自杀的。"

我看着一脸平静的郑佳，内心泛起波澜。

4

"什么？星龙……是自杀的？！"

见我一脸惊讶的样子，郑佳又略显戏谑地说道："怎么，这就吃惊啦？这不是很明显的事情嘛！谁说现场就非得是什么泥地密室了？我觉得你从一开始就被默思带到沟里去了。"

被郑佳这么一说，我竟有些不服气了，便反驳道："但是你忘了，现场的第一发现人大彪，可是收到了一张疑似真凶留下的纸条。这你怎么解释？"

"很简单，纸条是沈村长留下的。"

"可他又为何……"

我的话还没说完就被郑佳打断了。

"你别急，听我慢慢说。要解答星龙之死的真相，就不得不从雪凤之死谈起。沈村长在杀害雪凤之后，取得了藏有宝藏线索的灵位,他在离开祖堂后便将灵位藏好。不过此时沈村长要做的还有一件事,那就是带走星龙。沈村长这么做的原因很简单,是为了保护星龙。"

"保护?"我对郑佳的说法感到有些疑惑。

"正是这样。学长你想想,雪凤的死迟早会被发现,当这个消息传到星龙那里,又会发生怎样的事?答案无非两种,要么星龙会发了疯似的寻找杀害雪凤的凶手,要么就会想不开随雪凤一起自杀。但以我们对星龙性格的了解,第一种可能性更大,那他就会陷入追查凶手的死结中,这样他的一辈子就毁了。这自然是身为父亲的沈村长所不愿见到的。于是,他提前在给星龙送的食物中加入了安眠药之类的东西,之后趁所有人不注意,打开关押星龙的小土楼的门锁,将星龙带走了。"

"那之后……星龙又为何会自杀呢?"

"因为沈村长的计划出了错,他没有想到星龙的性格如此执拗,即便在数不清的财宝面前,他也没有放下对雪凤的那份爱恋。沈村长将星龙劫走之后,只是找了个隐蔽之处暂时软禁了他,并没有进一步谋害他的打算,毕竟虎毒不食子。紧接着,我们发现星龙从土楼消失,沈村长此时假装晕倒,进一步排除自己的嫌疑。除此之外,他假装晕倒还有另一重好处,那就是躲避众人的视线,这样他也就有更多时间去做另一件事。"

"另一件事?"

"很简单,他唯一要做的事就是说服星龙。关于这一点,接下来就是我的进一步猜测。在沈村长假装晕倒之后,是海龙一直在房间里照顾他。海龙的性格过于耿直,他本人也没什么心眼,很容易就会被沈村长支开。在支开海龙后,沈村长偷偷来到软禁星龙的地方。此时星龙已经醒了,沈村长将外面发生的所有事都说了出来。当然，这其中也包括自己谋害雪凤，并且夺取财宝线索的真相。沈村长之所以这么做，就是为了让星龙认清现实，让他忘了雪凤。之后他们沈家有了隆武帝的财宝，一切就都不一样了。在钱财面前，爱情又算得了什么？可没想到的是，沈村长的如意算盘完全打错了。"

郑佳说完，目光向南侧看去。我知道，那里是星龙离去的地方。在星龙眼里，雪凤就是他的一切，雪凤死了，他活下去的意义也没有了。而且，在他面前还有一个将金钱看作一切的父亲，这个父亲就在刚刚还亲手杀害了他最爱的女人。可面对这个凶手，星龙却什么也做不了。也许，他当时假装答应父亲，等父亲笑着离开、自己恢复行动自由后，他并没有像父亲期待的那样，回到沈家共商寻找财宝的大事。他只是找了一根麻绳，来到村口的古树旁，脑海中回忆着他和雪凤一起待过的最为快乐的时光，同时想起的，还有雪凤因自杀未遂而昏迷后那个解脱似的微笑。他将绳子搭在了同样的位置，让自己解脱了。

不知为什么，我竟突然理解了星龙，理解了他的所作所为。我的脑海中浮现出与他第一次相遇时那个饥饿少年的样子，还有雪凤自杀未遂后那个疯狂少年的样子，更有嘱托我去给雪凤带话的那个悲情少年的样子。然而，这个少年已不在人世，他追随心爱的人走了。

悲伤之情，让我的心猛然一阵疼痛。

"学长，我们不要过于伤感了，这是星龙自己的选择，我们无权干涉。也许，在另一个世界，没有现实的种种限制，他们会过得更开心吧。"郑佳安慰道。

过了好一会儿，我的心里才觉得好受了一些。我看了眼时间，已经午夜十二点了，没想到我们这么一聊就聊了半个小时。

然而奇怪的是,陈默思还是没有回来。

"小佳,那你说说,大彪收到的纸条又是怎么一回事?"

"这个嘛,自然是沈村长自己的打算了。星龙的自杀完全出乎沈村长的预料。在悲伤之余,他却想到了另一个问题。星龙刚好是在雪凤被害之后自杀的,那很有可能星龙之死会被当成凶手畏罪自杀对待。事态的发展也确实如他所料,目前龙凤村流传最广的说法就是这个。虽然这样一来星龙可以替自己顶罪,但骄傲的沈村长却不愿看到这种局面,他不愿看到自己的儿子被当成杀人凶手。于是,他想了一个办法,那就是将自杀伪装成他杀。"

"可……可现场还是一个泥地密室啊!看起来还是像一个自杀现场。"我对此仍感到疑惑。

"学长,正是这个泥地密室的存在,才引出了后面的一切啊。你想想,要破坏这个泥地密室,最简单的方法是什么?很简单,只要在众人到来之前,有人踩进去,泥地密室自然就不存在了。于是,沈村长便亲自在泥地上留下了来回两排脚印。"

"不对不对,大彪明明说他看到泥地上只有星龙留下的一排脚印啊!"

"你别急,我后面再解释。"郑佳看了我一眼,继续说道,"沈村长在留下脚印后,本可以离开,静待第二天一早有村民发现星龙的尸体。但过于谨慎的他,想了想还是觉得这样不妥,因为如果第二天众人一拥而上,不小心破坏了现场,那他的苦心岂不是白费了。于是他想了一个办法,那就是留一张纸条给一个值得信任的人,让那个人做现场的第一发现者。他选中的人就是大彪。大彪看起来粗莽,可实际上是一个十分谨慎的人,沈村长对此自然一清二楚。他给大彪留下了纸条,学长,你还记得上面写的只是'注意泥地'几个字，根本没写泥地上究竟有没有脚印。"

"你的意思是，沈村长写纸条的目的，是让大彪注意到泥地上的那几排脚印？"我吃惊道。

没想到我们一直理解错了，而这恰恰让我们都走上了错误的推理道路。想到这里，我也终于意识到郑佳之前为什么会那样说了。

"可大彪后来却声称，自己只在泥地上看到一排脚印，也就是说，大彪他撒谎了？！"我猛然发现这一事实。

"没错。"郑佳肯定道，"大彪按照纸条的指示来到现场后，仔细观察了泥地，很快就发现了泥地上的三排脚印。但是他仔细考量之后，却做了出人意料的举动。他沿着沈村长之前走过留下的那排脚印，来到古树下，将星龙的尸体放下，随后又踏上沈村长离开时留下的脚印。这一来一回，大彪用自己的脚印将沈村长之前留下的脚印完全覆盖。由于大彪的脚要比村长的脚大上很多，所以就算我们后来检查脚印，也完全没有发现这一点。更何况，我们的注意力全在星龙留下的脚印上，谁也不会注意案发现场第一发现者的脚印。"

"可大彪为什么要这么做？按照小佳你刚刚说的，他与整件事可完全没有关系啊？"这也是我所好奇的地方。

"是啊，如果没有关系的话，那大彪为什么要这么做呢？"郑佳也向我反问一句，随后她正色道，"很显然，大彪这么做也是在为自己的利益考量。表面上看来，大彪与这次的事件一点关系都没有。可实际上，在大彪心里，雪凤和星龙的死，却和自己的利益息息相关。学长你想想，雪凤一死，已经对整个龙凤村的旅游开发计划产生很严重的影响。而如果星龙再遇害的话，这个计划几乎可以肯定会被推后，甚至还有取消的风险。作为龙凤村旅游开发最坚定支持者之一的大彪，自然是不愿意看到这件事发生的。于是，他就想到了一个主意——如果星龙是自杀的呢？

"大彪心里清楚，只要星龙自杀的消息传出去，很快就会有星龙杀害雪凤后畏罪自杀的言论传出。学长你还记得吧，星龙之死发生没多久，这个说法就在整个龙凤村传开了，这其中很难说没有大彪在其中搅和的缘故。毕竟他才是现场的第一发现人，对案子的内情最为了解，也最有发言权，只要他开口，在村民中间就有一定的权威性。大彪这么做的目的在于引导舆论，甚至误导警方的办案。如果警方也被误导，将星龙作为雪凤一案的凶手结案，那么龙凤村的风波很快就会过去，旅游开发项目继续推进起来，赚大钱也不仅仅是一个梦了。不得不说，大彪的这个算盘打得还是很好。只是他的做法，让整件事的始作俑者沈村长完全没了主意。既然舆论已经形成，沈村长就算有再大的能耐也无力回天了。"

郑佳说完之后，我还是沉浸在震惊中久久不能自拔。没想到整件事竟然有这么错综复杂的联系，而这一切，都是从隆武帝的宝藏开始的。也难怪，默思会说整件事和宝藏脱不了关系。

我的脑海中正浮现出默思当初说这番话时的场景，没想到这时他就真的出现了。只见他穿着一件睡衣，不修边幅地出现在我们眼前。

"啊，洗了澡果然舒服多了！"他一边伸着懒腰，一边说道。

虽然这家伙总是这么一副欠揍的样子，不过现在我也管不了那么多，我将刚刚郑佳的那番推理毫无保留地告诉了他。我本以为他听完会立刻激动不已地与我们共同分享破案的喜悦，可现实却狠狠打了我的脸。

"阿宇，你们这段推理可真的是漏洞百出啊！"陈默思打了个哈欠，毫不留情地讽刺道。

5

"什么，漏洞百出？！"没等郑佳发话，我已经吃惊地叫了出来，"默思，你可不要吃醋啊，毕竟人家小佳比你先一步破了整个案子。"

"如果你认为我陈默思是这样的人，那我也无话可说。"陈默思伸了个懒腰，直接在椅子上坐下，还给自己倒了杯水。

"对不起，我认为你就是这样的人。"我实话实说道。

噗！我的这句话让陈默思刚喝进去的水直接喷了出来。

"阿宇，损人也不带你这么损的吧？"

"可我说的明明就是实话啊！这么多年，你吃的醋还少吗？"我假装揶揄道。

"得，得……你赢了你赢了！"陈默思摆出一副投降的手势。

"好了，我们也不要再这么插科打诨了，人家小佳还等着呢。快说说吧，小佳的这段推理究竟哪里有问题。"我赶紧把话题转了回来。

当默思把目光转向郑佳时，我能感觉到郑佳脸上闪现的一丝紧张。和刚才提出那一大段推理时的痛快相比，现在的郑佳判若两人。不过这也不奇怪，毕竟她面前坐着的，是陈默思这朵推理界的奇葩。

"默思，你说吧。"郑佳说完就闭上双眼，像是已经准备好了接受审判。

陈默思笑出声来。

"小佳,你别紧张,刚刚阿宇和我说了你的推理,确实很精彩,甚至很多地方连我都一直没有注意到。在这里确实要表扬你一下。不过接下来我就要说一说,你这段推理中的一些问题。那个,你没事吧?"

"没事……"郑佳点了点头,一副快要哭出来的样子。

显然,陈默思这家伙并没有怜香惜玉的打算。紧接着,他便开始说道:"首先,你这番推理的整个前提就有问题。你在最开始,就假设关于隆武帝财宝的线索藏在温家祖堂的灵位上,之后沈村长为了夺取温家保管的这一半线索,才动手杀害了雪凤。但问题在于,这个线索真的存在于一个小小的灵位上吗?在找出确切的证据之前,这一切都只是你的假设罢了。而且,就算宝藏线索真的藏在灵位上,那也绝不会是命案里丢失的那一块!"

"这个……为什么?"郑佳吃惊道。

"因为宝藏的线索只能是藏在沈温两家先祖的灵位上。"陈默思以一种不容反驳的语气说道,"我们都知道,丢失的那块灵位肯定位于祖堂灵位最下面的两层,这说明这块灵位的主人生活的年代距离我们现在的时间较近,绝不可能是温家的先祖。"

"等等,默思,你说宝藏只能藏在沈温两家先祖的灵位上,这是为什么?也许这个线索一直传承下来,每次都会藏在上任家主的灵位中也说不定啊!"我反驳道。

"一个很简单的道理。"陈默思看了我一眼,继续说道,"如果这个线索是某种能够被轻易取出甚至移动的物件,那么沈村长要想得到这个线索的话,直接拿走就行,为何又非要将灵位也带走,这岂不是多此一举?两者很显然是矛盾的。也就是说,这个线索就算存在，也很可能是不能移动的，这样它就只可能藏在最早的、沈温两家先祖的灵位里。但沈村长带走的却不是两位先祖的灵位，这里又产生了矛盾。"

陈默思的话让我哑口无言。我看了眼郑佳，她看起来也颇为沮丧。我摇摇头，继续向陈默思问道："还有哪些问题呢？"

"接下来是第二点，土楼多重密室之谜。"陈默思的话也丝毫不拖泥带水，直接讲到下一个讨论点。

"按照刚刚郑佳的推理，沈村长如果是凶手，他有土楼各大门的钥匙，这个由各层土楼围成的多重密室自然就会土崩瓦解。但阿宇你有没有想过一个问题，如果村长是凶手的话，他为什么要制造这个密室？"

"密室的话，通常来说不是用来伪装自杀，就是用来摆脱自己嫌疑的，但这里的情况就……"我突然意识到了什么，瞪大双眼看向陈默思。

"没错，看来阿宇你也发现这里的问题了。首先，凶手选择用匕首杀害死者，还将匕首留在伤口上，说明凶手根本不想将死者伪装成自杀。那是用来摆脱嫌疑的吗？如果凶手不是沈村长的话，这个理由倒还行得通。但现在情况刚好相反，在怀疑沈村长是凶手的情况下，现场的密室反而成了一块绊脚石。试想一下，在这个多重密室中，有钥匙的人自然成了嫌疑最大的那个。而龙凤楼大门的钥匙只在两个人身上，分别是沈村长和秀凤阿姨。死者是雪凤，她的母亲秀凤是凶手的可能性便小了许多。说来说去，沈村长他自己成了嫌疑最大的人。如果我是沈村长的话，那我是死也不承认钥匙一直留在自己身上，从来没有被别人拿走过的。至少我得提一下，这个钥匙曾经丢过一段时间，这样就有可能被其他人拿出去复制，从而减轻自己的嫌疑。"

"默思,还有吗……"对他接下来要说的话,我甚至有些害怕起来。

"当然有,而且接下来才是最重要的部分,也是我对你们那段推理的主要反驳点——"陈默思说到这里,突然加重了语气,"就是泥地密室。刚刚郑佳解答这个密室的时候,是以星龙自杀为前提进行推理的。其实自杀是很容易想到的一点,因为几乎所有的密室都可以用被害者自杀来解释。当然,在推理小说中,如果最后的解答真是这样的话,那恐怕要有很大概率被读者唾弃了。但在现实中,自杀案件的确有很多。在星龙这起案件中,自杀当然可以用作一种解释,不过矛盾点在于,大彪收到的那张纸条究竟是怎么一回事?"

陈默思停顿了一下,看了我和郑佳一眼,继续说道:"按照郑佳刚才的解释,那张纸条是沈村长写的,目的是让大彪看到现场他所伪造的脚印,从而将星龙的自杀伪装成他杀,替星龙洗去畏罪自杀的嫌疑。但后来大彪为了自己的利益,却违背沈村长的本意,用自己的脚印将沈村长伪造的脚印给覆盖了,做出现场只有一排脚印的伪证。这就解释了死者既然是自杀,那么凶手为何还要多此一举递纸条的矛盾。这解释看起来天衣无缝,甚至颇为合情合理,但有一个至关重要的环节你们却忽略了,那就是沈村长伪造现场脚印的过程。"

"伪造脚印的过程……这有什么问题吗?"我向默思问道。

"伪造脚印本身没问题,沈村长亲自走进泥地,一个来回就好了。但你们想过没有,沈村长伪造好脚印后,自己脚上的鞋可也沾满了泥巴啊!你们别忘了,此时的沈村长是在支开海龙的短暂时间里,偷偷溜出来的,星龙骤然自杀,沈村长之前也根本没有任何准备。之后他还要立刻回去，重新装成病人，他根本没有时间去处理自己的鞋。如果这双鞋被海龙或其他任何人发现，都将成为指证他的最佳证据。所以，沈村长如果真这么做的话，他将承担极大的风险，这等画蛇添足之事根本没有必要去做。换句话说，为了保证顺利夺取财宝，沈村长根本不会去做这种有害无益的事情。"

听完陈默思的整段推理，我几乎丧失了反驳下去的勇气。郑佳也和我差不多，不知从何时开始，就呆呆地坐在椅子上一声不吭了。想必陈默思的这番话，对她的打击很大。

我看向陈默思，问道："那默思你目前有什么想法吗？"

听到我的话后，陈默思叹了口气，苦着脸说道："想法是有一些，不过还不成熟。而且关于凶手是谁，我目前还不能完全肯定。动机的话，就更一筹莫展了。"

"等等，默思，你是说你已经知道凶手是谁了？"我吃惊地问道。

"这个还是比较容易推理出来的，不过现在我还缺少一样关键性的证据。还有就是……"默思说着说着，突然看向门外，这时他的眼睛顿时亮了。

我顺着默思的目光看去，可视野中却什么也没有。这时陈默思突然站起，只穿着睡衣就跑了出去。没跑多远，他突然又停下身，扭头向我说道："阿宇，我应该很快就能知道答案了。你在天亮前将大家集中到村口古树那里，我会给出一个合理的解答。"

我看着在夜色中消失的陈默思，手脚麻木地坐在椅子上，脑袋一片空白。

第九章　夜尽天明

1

那天晚上我几乎一宿未睡。我躺在床上，脑子里一直有不同的画面闪过，这其中大部分都是雪凤和星龙被害的画面。我看着这些画面，努力在其中寻找着破案线索，可直到我费尽心思，也没有找到丝毫有用的东西。

六点不到天就亮了。昨晚陈默思离开时，让我在天亮之前召集大家。一想到陈默思离开时那兴奋的样子，我就知道，他肯定是有所突破了。我看了看时间，起身离开屋子，一出门就看到了郑佳，原来她也一宿没睡。

郑佳靠在栏杆上，看到我出来后，她一句话也没说，转身就往楼梯口走去。在龙凤村的案件中，几乎所有人都变得奇怪起来。面对这些骨肉相残、尔虞我诈的场面，就连我们这些旁观者都变得有些神经质了。

我下了楼，发现楼下已经有人在活动的迹象。看来在龙凤村里，大家习惯了早睡早起。可一想到默思交给我召集众人的任务，我还是犯了难。这里的"众人"究竟是包括哪些人呢？还是说，要我把龙凤村里的所有人都喊过来，这恐怕又不太现实。

正当我犹豫不决时，海龙出现在我面前，他是来邀请我们吃早餐的。我不好意思地点点头。在沈家因为星龙的死几近崩溃时，是海龙站了出来，勉强撑起了整个家。想到这里，我不禁对他充满敬意。

就在这时，一个念头突然闪过我的脑海。我叫住正要走远的海龙，向他说道："海龙，将在龙凤楼里住着的人都叫到村口古树那里，我们已经知道凶手是谁了。"

在听到我的这句话后，海龙先是难以置信地瞪大双眼，随即又向我确认了一遍。在得到我的肯定答复后，他兴奋地跑了出去。

眼见着海龙的身影在我面前渐渐消失，我也不知道我刚刚的这个做法究竟对不对，因为我已经下意识地将嫌疑人的范围缩小在龙凤楼的住户里，也就是包括原本就住在龙凤楼里的沈温两家人，和我们这些暂住在龙凤楼里的外来者。这完全源自我刚才突然才有的一个想法。

雪凤被害一案中，凶手展现出了极为娴熟的作案手法，他对作案时间、作案现场以及死者都十分熟悉。

首先是作案时间。凶手选择在祖堂静坐这一环节作案，不管他的目的如何，是像郑佳所说的夺取隐藏在灵位中的财宝线索，还是某种我们不知道的原因，他的作案时机选得确实非常好。因为只有在祖堂静坐环节，整座土楼才完全封闭，只会留下雪凤一人，凶手此时作案，无疑风险最低。当然，前提是他能突破围绕在祖堂周围的多重密室。从他事先就准备好匕首作为凶器来看，凶手此番作案必然蓄谋已久，至少不是当天才临时决定的。

问题就在于，祖堂静坐这个环节在龙凤村近几十年来的成人礼上都没有展示过,沈温两家之外的人很难知道。凶手既然敢选择在祖堂静坐环节下手,说明他必定对这个环节十分熟悉,甚至连开始及结束的时间都了然于胸。所以,这个凶手有很大概率是沈温两家的人。

除此之外,对土楼及龙凤村历史极为熟悉的黄教授,应该对成人礼中的祖堂静坐环节也不陌生。王磊作为沈村长邀请前来参加成人礼的重要嘉宾,很可能已经提前将成人礼的各个环节都了解清楚,这样一来也不能排除他的嫌疑。另外就是我们三个,我和陈默思都是最近才了解到龙凤村,我不知陈默思是否知情,反正我是昨天才第一次听说祖堂静坐这件事。至于郑佳,她作为一个消息灵通的记者,说不定也知道些什么。保守估计,现在居住在龙凤楼里的所有人,都不能排除作案嫌疑。

其次是凶手对案发现场的熟悉程度。如果凶手是居住在龙凤楼里的人,除了可以解释凶手知悉祖堂静坐环节之外,其实也解决了我的另一个疑惑,那就是凶手对案发现场十分熟悉,这其中最主要的一点就是现场的多重密室。虽然还不知道凶手究竟是采取的何种方法制造出密室,但很显然,如果对龙凤楼的结构不熟悉,凶手很难完成这个任务。

最后,就是凶手和死者应该认识并且联系密切。这个判断就是基于陈默思一开始的那段推理。凶手如果和雪凤不熟悉,那雪凤就不可能是在毫无防备的情况下被害的,现场几乎连一点打斗的痕迹都没有。

综合上述几点,将犯罪嫌疑人的范围缩小到龙凤楼的住户中间,应该是一个合理的判断。而且我相信,陈默思也和我有着相近的判断,所以才这么放心地将召集众人的任务交给我。想到这里,我觉得现在是时候将龙凤楼里居住的人员再理一理,说不定还会有什么新的发现。

首先是沈家这边，目前龙凤楼里最年长的一位就是沈家的那位太婆。再往下一代则是沈村长这一辈，沈村长的妻子在星龙很小的时候就因病去世，星龙也刚刚遇害，所以他们一家子现在竟只剩下沈村长一人，着实有些凄凉。之后便是沈村长的两位弟弟，二弟振龙在十五年前因车祸去世，留下了海龙和他母亲这对孤儿寡母。三弟泽龙和妻子外出务工，留下儿子晓龙一人在家上学，由沈村长帮忙照顾。

温家这边，十五年前温家家主去世之后，就只剩下母亲秀凤拉扯着当时还未成年的碧凤、雪凤姐妹。如今雪凤遇害，温家也仅剩两人了。

至于暂住在龙凤楼的几人，则包括参与龙凤村旅游开发的王磊、本市大学知名的历史学教授黄剑平、前来报道龙凤村成人礼现场的记者郑佳，还有受郑佳邀请一同前来的我和陈默思。

如果我刚才的这番推测正确，那凶手应该就在这些人当中。至于凶手究竟是谁，我想了许久都没有一点头绪，只能将最后的希望寄托在陈默思身上，不知道这家伙这次靠不靠谱。我叹了一口气，随后叫上郑佳，率先来到村口的古树下。过了一晚，古树周围的泥巴已经干了，踩上去也不会留下脚印。

没过多久，又有一些人陆陆续续赶到，甚至连沈村长都在海龙的搀扶下，勉强来到这里。我大概数了一下，除了年幼的晓龙及遭受打击卧病在床的沈家太婆及雪凤的母亲秀凤之外，其他人悉数到齐了。

"喂，你这小子，这么早把我们叫过来干吗？虽说我老人家早就醒了，可被你这小子使唤来使唤去，还是不痛快！时间就是金钱，知道不？要是没什么事，我可先回去了。"

首先传来的就是黄教授那阴阳怪气的声音。我看着他,倒也不恼,甚至有点佩服他这种阿Q精神。在接连遭遇打击之后,他还能有这样的精神面貌,不可谓不执着了。

我刚想说话,黄教授又用一种讽刺的口吻说:"再说了,这里弄不好还藏着那个表面笑嘻嘻、背后无比冷血的杀人狂魔,要是不小心被杀,那可就划不来了!"

黄教授说出这句话的时候,视线故意朝王磊所在的方向瞥去。显然,黄教授对这个曾经让自己出丑的家伙仍然心怀怨念。

王磊并不在意,只是撇了撇嘴,看着我说:"说吧,你既然这么早把我们叫到一起,肯定是有什么要紧的事。现在我们人都到齐了,就别浪费时间了。要知道,某人的时间可是很金贵的。"

王磊最后还是怼了一下黄教授。黄教授的脸色立马变了,正要发作。我赶快上前,打了个圆场。

"不管是黄教授,还是王先生,大家都冷静冷静。我现在叫大家来的目的很简单,那就是我们已经知道凶手是谁了。"

一听到这句话,倔老头刚要说出嘴的下一句顿时停在嘴边。他以一种难以置信的眼神看着我,问道:"怎么……你真的知道了?"

我点点头,接着说道:"我们不光知道凶手是谁,而且就连凶手设下的诡计,也全都破解了。"

黄教授这下是真的无话可说,他看着我,表情像是凝固了一般。之后,我感受到一道强烈的目光。我扭过头,很快就看到这道目光的来源——碧凤。虽然她只是看着我,并没有说话,但我能从她那急促的呼吸中,感受到她内心的不平静。

"你真的知道凶手了?"说话的是另一个人。他的声音不大,我甚至能从中分辨出说话之人的虚弱。

我将视线转向沈村长。与他的声音一样,他现在的模样也是虚弱之极。沈村长既然来了,就说明他已经接受了现实。而从他的目光中,我也看出了那种誓要找出凶手的执着。

沈村长在海龙的搀扶下,一步步地朝我走来。突然他停下了,向我说道:"陆先生,请你和陈先生一定要找出杀害我们沈温两家孩子的真凶!"

说完,他尽管行动不便,但还是慢慢向我弯下腰。我让海龙赶紧扶他起来,答应他待会儿一定将事情的真相公布出来。但我心里清楚,我说什么不重要,重要的是召集我们过来的陈默思。

我看了一眼天空,此时东方已经隐隐有些泛白,距离陈默思说的时间越来越近,但他仍未出现。该做的我已经都做了,剩下的也只能听天由命了。我抬起头,闭上双眼,开始向上天祈祷。

这时,远处传来一阵急促的脚步声。我赶紧睁开双眼,将目光投向脚步声传来的方向。陈默思这家伙此时就站在村口,虽然嘴里不停喘着粗气,不过他还是适时地出现了。

我总算能松口气了。

2

陈默思一出现,众人的目光就全被吸引过去了。

"默思,你……"

我本打算询问陈默思是不是所有的事情都弄清楚了,可话还没说完,默思就像是懂了我的意思。他朝我点点头,给了一个肯定的答复,随后扫视在场的众人。

"十分感谢大家能来，而且还是在这么早的时候。那我也废话不多说，今天我叫大家来的目的，想必你们已经知道。现在我要当众揭开昨天两起案件的真相，并且找出真凶！"

默思的话让大家一瞬间打起了精神，就连一直持冷漠态度的王磊，看向陈默思的眼神都有些变了。

"那你赶快说吧，真凶到底是谁？省得大家都以为我才是凶手！"

率先开口的又是黄教授。虽然他一直嘴硬，不过想来接连遭遇暴力威胁后，他也很想找出真正的凶手吧。

"这个不急，我最后肯定会给你一个解答。在这之前，我们要解决的，是昨日案件中那三个匪夷所思的密室。"陈默思环视众人道。

见众人中显然还是有对案件内情不甚了解的，陈默思便转身向我说道："阿宇，你将这三起密室的情况简单说明一下吧。"

又是我……陈默思这家伙，每次破案前都让我来总结案情，真拿我当助手了。不过我也毫无办法，谁让只有陈默思一个人知道案件的真相呢。

我开始解说："首先是雪凤被害时，由外围多层土楼构成的一个多重密室。雪凤被害的时候，正处于成人礼的祖堂静坐环节，整座龙凤楼都被完全封闭起来，所有人不得入内。可当雪凤的母亲秀凤阿姨发现尸体时，凶手却从这个完全封闭的土楼中消失了。凶手要离开案发现场，必须要通过祖堂及外层土楼的几个大门，可大门当时都被锁住了，在没有钥匙的前提下根本不能通过。这就是第一个密室。

"第二个密室，是星龙消失之谜。昨天我们在发现雪凤被害后，紧急赶往关押星龙的那座小土楼。可我们赶到的时候却发现星龙不在土楼里。整座土楼接近于完全封闭，唯一可以让人通过的是土楼正前方的一道木门，可钥匙也在沈村长手上，别人不可能拿到。除此之外，就是分别位于土楼南北两侧的两个通风孔，但通风孔是锥形的，最窄处直径仅有三十厘米，普通人根本不能通过。排除这几点之后，整座土楼就是一个彻彻底底的密室，可星龙就是从这个密室中完全消失了。

"之后就是第三个密室，星龙吊死时形成的泥地密室。在星龙从第二个密室中消失六个多小时之后，他的尸体被悬挂在村口的古树上，也就是我们现在所在之处。现在，我们脚下的泥土已经干了，可昨晚这里还是一片泥泞，人踩上去就会留下十分明显的脚印。而星龙尸体被发现时，现场的第一发现人大彪却做证说，泥地上只有星龙自杀时留下的一排脚印。这也暗示星龙自杀的可能性很大。当然，如果星龙不是自杀的话，那现场就是一个不折不扣的泥地密室。凶手究竟是如何跨过泥地来到古树底下，又是如何离开泥地，没有留下一丝脚印的痕迹呢？以上就是这三起密室的基本情况。默思，你还有什么想补充的吗？"

"没有，阿宇你已经说得很好了。"默思给了我一个肯定的眼神，随后对众人说道，"诸位呢，对刚刚阿宇所说的，有什么不清楚的地方吗？"

默思说完，现场没有任何回应。过了一会儿，才传来一个声音。

"我有一个疑问。"说话的是王磊。他看着陈默思，说道："星龙是下午两点之前不见的，却在晚上将近八点的时候，在村口这棵古树上吊死。如果真的有人想杀害星龙，为何不在下午两点将星龙带走的时候就直接下杀手呢？"

"这个问题问得很好,之后我会给出一个合理的解释。不过现在我们要做的,是解决刚刚提到的这三个密室。"陈默思看着王磊,如此说道。

王磊点了点头,算是认同了陈默思的说法。随后他又说道:"既然你让我们在村口这棵古树下集合,想必你的推理应该是要从第三个密室开始。那就请开始吧。"

王磊做出请的手势,将话语权重新交到陈默思手上。

"那好,既然王先生都这么说了,我也不多废话,直接进入正题。"陈默思顿了一下,看了一眼众人的反应,接着说,"星龙之死一案的关键,就是这个泥地密室。刚刚阿宇已经说了案情,现在我来补充一些关键的信息。第一个关键是,案发现场的第一发现人大彪,是在收到一张纸条后才来案发现场的。这说明凶手对自己的作案手法极为自信,甚至在将案发现场布置成自杀之后,仍然敢暴露自己的存在。当然,更可能的一种情况是,凶手为了避免外人对案发现场的破坏,才特地给大彪一个纸条通知他,并且明确提醒他注意泥地,这才有了大彪作为第一发现者对泥地脚印的证词。第二个关键,案发现场的古树树干上,发现了一些摩擦痕迹,这说明之前有人曾经爬过这棵树。在确定这些痕迹究竟是何时留下的之前,我们不能排除其和凶手有关的可能性。"

"这个……你刚刚说的这个,我有一些补充。"在陈默思说话的间隙,海龙突然插嘴道,"前天雪凤自杀的时候,我曾经留意过现场的情况。现在想想,当时树干上好像并没有你说的什么摩擦痕迹。"

陈默思看着海龙,突然笑了起来。

"好,好!海龙的这句话更是增强了我接下来这番解答的信心,因为我的解答就是以树干上留下的这些痕迹为基础的。如果痕迹真的是凶手在昨晚留下的,那我就更加放心了。"

"树干上的痕迹……这个我们昨晚不是讨论过了吗?"我看向陈默思,不禁问道。

"是讨论过了,不过讨论得还是不彻底,直到后来我才意识到了一种可能的解答。"陈默思看着我,随后又说道,"阿宇,你是写推理小说的,应该对泥地密室不陌生吧?和雪地密室一样,它的解答也有很多种,比如之前提到过的沿着脚印倒行回去,或者在泥地干的时候行凶,之后伪造行凶时间。不过这些推理小说中的手法,在这里貌似都行不通,我在这里也着实被困住好长时间。直到我意识到,既然推理小说中的常用手法在这里都行不通,那考虑一些特殊情况如何呢,比如树干上留下的那些痕迹?"

我听懂了默思这句话的意思,可还是问道:"就算我们知道树干上有那些痕迹,而且很可能是凶手爬上去时留下的,但凶手也不会飞啊!他怎么能跨越这十多米的距离,一点痕迹都不留?"

"没错,凶手就算爬到树顶,可他还是不能顺利通过这十几米宽的泥地。除非……"陈默思停了下来,随即缓缓说道,"除非他使用一些工具,比如绳子。之前我们也讨论过了,郑佳那时提出过一个想法,就是将绳索固定在泥地周围的地面和树干顶部之间,形成一个简易的滑索结构。这样凶手就可以沿着这条滑索,从树顶轻松滑下,从而不用在脚下的泥地上留下脚印。但这个解答很快就被否定了,因为古树周围都是柔软的泥土,根本找不到可以固定绳索的地方。后来我又有了一个想法,如果不用在地面找固定的地方,单靠一根绳子,能否实现十几米的跨越呢?"

陈默思的这句话既像是问自己,又像是询问在场的我们。看他这一副成竹在胸的模样,心里肯定早就有了答案。

"啊,我知道了!默思你是说,荡秋千?!"郑佳这时突然说道。

看着突然说话的郑佳,陈默思笑了起来。

"亏你想得出来,不过这也确实是一个好办法。凶手只要将绳子一端系在树顶,然后将绳子垂下,再借用腿部发力,就能将绳子当成一个巨大的秋千。之后每当秋千荡到最低点,都将腿部蹬在树干上发力,摆动的幅度就会越来越大,直到超过泥地的范围。等凶手平安落地后,再想办法将绳索解开,回收绳索,就可以完成这个漂亮的泥地密室了。"

"啊,就是这样就是这样!默思你怎么知道?!"郑佳兴奋地问道。

"因为这个我也想过啊!"

陈默思的话还没说完,郑佳就激动地快要跳起来了。可默思随后说的话却直接给郑佳浇了盆冷水。

"但这个想法随后就被我否掉了,因为实际操作上根本行不通。"

"行不通……为什么?"郑佳不服气地问道。

"很简单,因为按照这种设想,绳子的长度根本够不到泥地边缘。"陈默思看着郑佳,十分平静地解释起来,"我们先来说一说尺寸,昨天我们简单丈量之后发现,古树的直径大概是一米,高度有十五米左右,而最近的泥地边缘有十五米之远。依据这样的数据,简单计算一下也知道,荡秋千这种想法是根本不可能实现的。古树的高度是十五米,这就意味着绳子最长也只能有十五米。之后我们假设当这个'秋千'荡到最高点的时候，凶手松手后落地，这时需要预留一个安全高度，否则普通人跌落下去必会受伤。我们就假设这个高度为三米。这样计算后得知，'秋千'能荡到的最远距离是九米，而最近的泥地边缘有十五米，这说明通过荡秋千的方法，是根本做不到完全通过泥地的。"

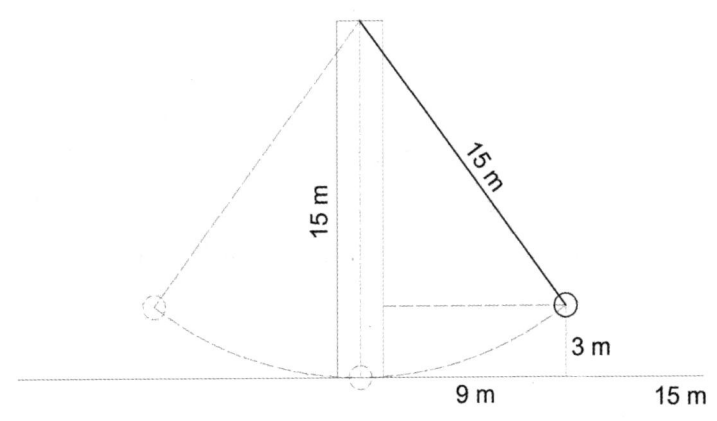

按照陈默思的说法，我在脑海中极力描绘着这样的场面，并且尽量计算了一下，可最终还是无奈地放弃了。不过按照陈默思的计算能力，想来应该是不会出错的。我看郑佳也是一脸失望的模样，看来她也多少认同了陈默思的说法。

"那你的真实想法呢，现在该告诉我们了吧？"说出这句话的是王磊，他以一种颇有兴趣的眼神看着陈默思。

"当然，接下来就是我的想法。"陈默思十分自信地说道。

3

"同样是利用绳索,可不一样的利用方法,就会产生不一样的效果。"陈默思看着我们,随后说道,"这里我准备了一根足够长的绳索,我们试一试便知。"

说完,陈默思就走到一旁,从地上拾起一摞很粗的麻绳。我这才发现,原来地上还放着这样的东西。之后眼看着陈默思慢慢向古树走去,我的心里越发好奇。众人显然也是对此感到诧异,议论不止。其他人毕竟是第一次见到陈默思有这样的古怪行为,感到诧异也不奇怪。

只见陈默思手里拿着麻绳走到古树下,之后便将麻绳搭在肩膀上,一个箭步就蹬在树干上。身体向上跃起之后,他两只手紧紧抓住树干。随后他手脚并用,十分麻利地朝古树顶端爬去。没一会儿,他便到达树顶。我对陈默思接下来的行动感到好奇,他究竟要怎么做,才能借助这根绳子,跨越十五米的泥地呢?

我抬起头,只见陈默思端坐在树的顶端,将麻绳从肩膀上取下,在树的顶端绕了一个圈,之后固定住。直到这里,默思的行为还是跟我想象中的类似,不过接下来他的做法就直接超脱我的想象了。陈默思在将麻绳绕着古树顶端固定住之后,并没有停下,而是继续环绕着,直到最后竟将所有的麻绳都绕了上去。

他接下来更是让我吃了一惊。只见他从古树顶端站起,随后竟一跃而下。我吓得差点儿惊叫出来。不过随后我才注意到,他的手上仍握有麻绳的一端,所以整个人掉落之后,还是挂在了古树顶端。随后,伴随着环绕在古树上的麻绳渐渐解开,坠在麻绳下端的陈默思，竟一圈圈地转了起来。

刚开始陈默思转得很慢，不过随着转的圈数增多，他围绕古树旋转的速度也越来越快。更让我吃惊的是，随着解开的麻绳越来越长，陈默思旋转的圈子也越来越大。就这样，在众人吃惊的目光中，陈默思最终落在了地上，由于旋转速度过快，他甚至在地上滚了几圈。但让人难以置信的是，他真的做到了，他成功跨越了十五米的距离。

众人完全呆立当场，眼睁睁地看着陈默思完成这一创举。陈默思略显狼狈地站起身，拍打着身上的尘土，随后又围着古树转了两圈，顺利地将绳索从古树顶端解开，回收到自己手上。

陈默思将绳子收好，随即转过身，向我们这里走来。

"怎么样，我刚才的表演，诸位还满意吗？"陈默思略显俏皮地问道。

"满意，满意……只是，你究竟是怎么想到这种办法的？真是太出乎意料了！"王磊不禁感叹道。

陈默思并没有急于回答。他双手分别在衣袖上拍打两下，又有一些灰尘从衣服上抖落。随后他抬起头，缓缓说道："其实很简单，只要学过初中物理的人都会知道一个原理，那就是能量的转换。像之前郑佳提出的荡秋千的想法，便是将人腿部产生的能量转换成动能。之后摆动的过程中，又有动能和势能的转换，这才能将'秋千'荡远荡高。可惜由于绳子长度的限制，这个'秋千'并不能荡得太远，也就不能跨过十五米的泥地了。"

陈默思停了下来，扫视过众人后接着说道："而我所使用的这个方法，则是将我本身所处高度产生的势能，转换成围绕古树旋转的动能，并且在旋转的过程中产生离心力，将我渐渐抛远。更为重要的是,这样的做法并没有绳子长度的限制,所以我才成功跨越了十五米的距离。而且,如果经过精确计算的话,当我到达地面的时候,我围绕古树所旋转的圆的半径,应该是古树高度的一点四倍,也就是二十一米。当然,在有各种阻力的情况下,这个数值应该会稍微低一些,不过也完全够十五米了。"

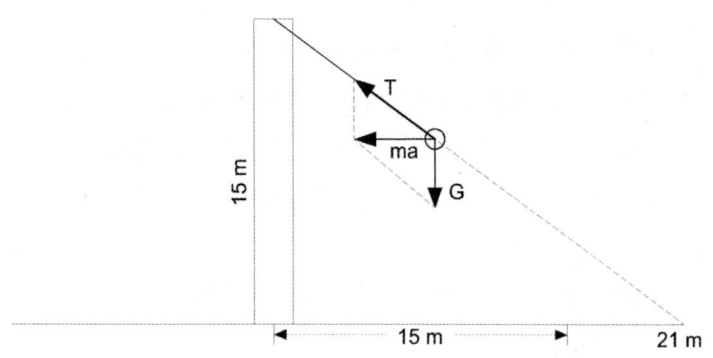

听完陈默思的话,我着实佩服起他这种理工科思维了。这种空间想象能力,可真不是一般人能做到的。不过同时我也更加好奇,杀害星龙的凶手,难道真的也是按照这种方法来做的吗?

果然,在看到我们满脸惊讶的表情后,陈默思随即补充道:"我知道,你们还是不太相信这个解释,这很正常。因为我们这次所遇到的凶手,是一位不按寻常套路出牌的人。这也是案件会如此复杂的根源。凶手为了迷惑我们,可真是煞费苦心。接下来,我就来大概讲一讲昨晚凶手作案的大致过程,当然在具体细节上肯定会有所偏差,大体上应该没有问题。"

紧接着，陈默思便开始讲述起来。昨天下午，凶手将星龙从小土楼带走之后，先是将他藏在一处隐秘的地方。晚上将近七点时，天已经完全黑了，他将仍处于昏迷状态的星龙带了出来，来到村口的古树周围。随后他脱下星龙的鞋穿在自己脚上，背起星龙穿过这片泥地，来到古树下方。泥地上那唯一一排脚印便是这样留下的。

来到古树下方的凶手先是在树枝上打了个绳套，随后将昏迷的星龙吊在上面，伪造了自杀现场。之后凶手就按照默思刚才所做的，拿着另一段绳子，爬上古树顶端，旋转着落到地上，回收绳索之后便离开了案发现场。这样一来，一个完美的泥地密室就这样诞生了。之后，凶手又将一张纸条想办法递给正要休息的大彪，大彪随后赶到现场，成为现场的第一发现人。凶手这样做的目的我们最开始就说过了，一是他本人对自己的作案手法过于自信，这也有一部分炫耀的意思在里面，二是他在纸条里提醒大彪注意泥地，其实是为了防止之后有人误入泥地，破坏了他精心布置的案发现场。

听完默思的叙述后，我越发觉得这个凶手的心思极为缜密。难怪我们直到现在也没有发现他的任何一点纰漏。

"我相信你刚刚的这些解释，不过我有一个问题需要你回答。凶手为何要杀害星龙，他的动机是什么？"王磊问道。

"星龙……他究竟犯了什么错……"沈村长终于忍不住了，他看向陈默思，痛苦地呻吟着。

现场瞬间被一种悲愤的情绪所笼罩。

陈默思丝毫没有被这种气氛所感染，他十分冷静地说："刚刚我也说了，关于动机部分，涉及凶手的身份，我想最后再讲。诸位不要急，我肯定会给大家一个满意的答复的。"

"那你赶快讲吧,下一个要解决的是什么问题?"王磊催促道。

"诸位请跟我来。"

陈默思没有丝毫停顿,话刚说完动身走了起来。他前进的方向,正是龙凤楼所在的位置。我们赶快跟了上去。由于有沈村长在,我们走得并不快。大约过了五分钟,众人终于停下。不过我们并没进龙凤楼,而是来到龙凤楼旁边的小土楼,也就是之前关押星龙的地方。

此时天色已然微亮,龙凤村里有好几家土楼亮起了灯火,不过应该都还是在家里准备早饭,并没有村民出来活动的迹象。我将视线再度转回,由于没有灯光,小土楼那个通风孔里一片漆黑,此时异常显眼。它就像是一个黑洞,将我的目光深深吸引过去。我猛地察觉,曾经在里面待过的星龙已经不在人世了,心头平添一丝悲凉。

"学长,你怎么了?"郑佳似乎也察觉到我的不对劲,轻轻拽了拽我的衣袖,好心地问道。

"没什么,只是突然有些伤感罢了。要是早知道会发生这种事,我当时应该让星龙小心一点的。"

这是我心里的实话。不知怎的,从最开始见到星龙的那一刻,我就觉得自己与他有种莫名的亲近感。这种亲近感不是源于自己对他的了解,而是一种与生俱来的感觉。能让我产生这种感觉的人,至今也没有遇到多少个,其中大多成了我一生的朋友,陈默思就是其中之一。

后来当我了解到星龙与雪凤的故事后,我也是打心底替他加油,一直想着能为他们做些什么。可遗憾的是,直到最后,我也没有将星龙交与我的信物亲手递到雪凤手中。冥冥之中,我对他又有一丝愧疚。

"不要再想这些了,学长。发生这种事,是谁也不希望的。而且谁也不可能想到,除了那个凶手。我们现在唯一能做的,就是抓住凶手,还星龙和雪凤一个公道。"郑佳看着我,语气十分坚定。

我笑了起来。郑佳说得对,这是我们现在唯一能将功补过的地方。我将目光投向陈默思,接下来又该轮到他的表演时间了。

4

"接下来解决的,就是我刚刚提到的第二个密室,土楼消失之谜。"陈默思环视众人一圈,缓缓说道,"诸位想必已经熟悉情况了,现在我来简单复述一下案发当时的情形。"

陈默思顿了顿,接下来便开始叙述:"我们发现星龙不见的时候,大约是在两点钟。此时雪凤刚刚被害,我们担心得知此消息的星龙会有什么出格的举动,便一起赶到关押星龙的这座小土楼。但事实就像我们已经知道的那样,星龙不见了。这起事件的关键在于,小土楼呈现一个接近于完全封闭的环境,星龙究竟是如何从这样一个密室里消失的呢?这也是一直困扰我们的地方。不过还好的是,整座土楼并不是完全封闭的结构,而是有三处地方可以与外界相通。

"其中一个是土楼的大门,但大门的钥匙一直都在沈村长手里,其他人根本没有机会得到。而门锁也没有损坏的痕迹,说明凶手并没有采取强行进入的方式。除此之外,就是位于土楼南北两侧的两个通风孔,这两个通风孔都是锥体结构,北宽南窄，想必沈村长对此最为熟悉。虽说通风孔最宽的地方有五十厘米，但可惜的是，要看一个人能不能通过，并不是看最宽处，而是要看最窄的地方。整个通风口最窄的地方却只有三十厘米，普通人根本钻不过去，所以现场确确实实是个密室无疑。星龙就是从这个密室里消失了，之后在村口遇害。要找出凶手，破解这个密室也是很重要的一环。"

"默思，你别卖关子了。你就说说，你到底解开这个谜团没有？"我略显焦急地问道。

陈默思看了我一眼，缓缓说道："这个先不急，我想听听诸位对这个密室的看法。"

陈默思这句话说完后许久，众人中才响起一个不大的声音。

"这个通风孔如此之小，除非是个小孩，不然怎么可能钻过去……难道，星龙这个小娃会缩骨术？"黄教授说着，随后将目光投向在场的沈村长。

只见沈村长摇了摇头，说："黄教授您说笑了，小儿只不过是凡胎俗骨，哪会这种功夫……"

"也是也是……"黄教授想了一会儿后又说，"或许这屋子里有地道之类的！"

"我们检查过了，这里绝没有地道。"陈默思回应道。

眼看自己的想法又一次被否定，黄教授也没了言语。过了一会儿，他突然叹了口气，十分懊恼地说："不想了不想了！我就觉得，这是个根本不可能完成的事，行了吧！"

说完，他摆摆手，兀自走到一边，表示自己放弃了努力。

陈默思此时笑了起来。

"我刚刚说想听听大家的意见，并不是存心卖什么关子，只是让大家多思考一下。否则要理解接下来的解答，可并不是那么容易的事。"

"要说你就快说,哪有什么不能理解的事?"黄教授的语气十分不耐烦。

"答案其实很简单,就在这两处通风孔。"

陈默思的话刚说完,众人的目光就都移到了通风孔那里。

"可这个通风孔按你刚才说的,只有三十厘米,一个普通成年人怎么可能通过嘛!"黄教授反驳道。

"行还是不行,我现在就来试试,让事实来证明一切,总可以了吧?"

和刚才一样,陈默思打算先示范一次。有了刚才村口古树那番精彩的表演,此时在场的众人更是打起了十二分精神,将目光纷纷投向他。

只见陈默思走到小土楼的木门前,打开门后直接走了进去。又过了一会儿,土楼里还是没什么动静,此时就连我都不知道这家伙在搞什么名堂。正当大家准备放弃的时候,伴随着一声咳嗽,陈默思这家伙竟从土楼后面走了出来。

"不可能……这不可能!"还没等陈默思说话,黄教授已经疯了似的冲上去。他绕过陈默思,直接向土楼后方跑过去,接着一句更大的吼声爆发出来。

"不可能!怎么会这样……怎么会这样!"

听到这样的声音,我也赶快跑过去。在见到黄教授的那一刻,我直接愣住了。因为此时土楼的背后,竟出现了一个面积硕大的通风孔。不,准确地说,这个通风孔还是原来的那个。只不过……和以前又完全不一样了。

"默思,你是怎么做到的?"我看着陈默思,心里仍难以平静充满惊艳。

"很简单,整座土楼其实是一个双层结构,里面的一层是可以转动的。而我所要做的,就是将里面这层转一百八十度,使得原本分别处于南北两侧的通风孔重叠即可。这就是破解整个密室的关键。"

陈默思顿了顿,接着说:"北侧的通风孔外端最宽,直径五十厘米,内端最窄,直径三十厘米;而南侧的通风孔刚好相反,外端最窄,直径三十厘米,内端最宽,直径五十厘米。原本这两个通风孔最窄处都只有三十厘米,是断然不能通过一个正常人的。但如果将整个土楼的内层旋转一百八十度之后,情况就完全不一样了。曾经的北侧通风孔内端,移到了南侧通风孔的内端;而南侧通风孔的内端,却移到了北侧通风孔的内端。两者互换之后,就形成了一个全新的结构。"

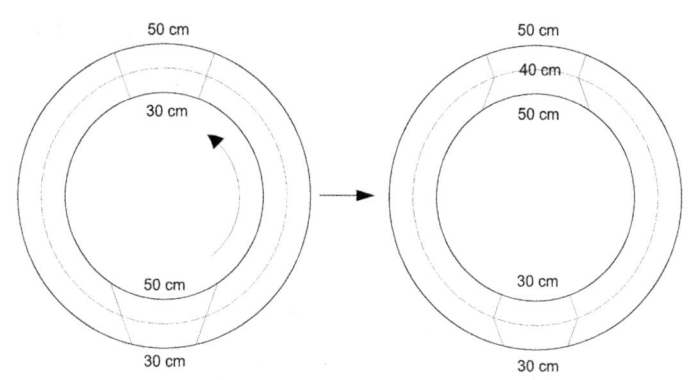

我按照陈默思的说法在脑海中描绘结构图。很快,我就得出了最终的答案。

"如果这样的话,那南侧的通风孔就会形成一个正双锥结构。也就是说,这个通风孔的外端直径是三十厘米,中间是四十厘米，内端也是三十厘米。最窄的地方还是三十厘米，所以这个通风孔还是通不过的。但问题就在于全新形成的那个北侧通风孔。这个通风孔是一个倒双锥结构，其外端直径五十厘米，中间直径四十厘米，内端也是五十厘米。这样的话，其最窄处也有四十厘米了。对我们普通人来说，这样的宽度足够钻过去了！"

"Bingo！阿宇你说得完全正确！怎么样，在场的其他人能够理解吗？"陈默思向众人问道。

"理解是能理解，可为什么……为什么这个土楼要设计成这样的结构呢？"海龙不解地问道。

陈默思看着海龙点了点头。

"海龙这个问题问得很好，土楼为什么平白无故要设计成这样呢？看起来就很麻烦。我想这个问题，黄教授心里应该已经有了答案吧？"

听陈默思又提到自己，黄教授噘着嘴，一脸不满地说道："既然你早就知道了，那就你来说呗！"

陈默思也笑了，将目光转向沈村长。

"沈村长，如果我没说错的话，这座小土楼已经存在三百多年了。"

沈村长点了点头，说道："没错，在龙凤村建村之初，它就已经存在了。"

"既然沈村长承认，那就没问题了。现在我来说说，这座小土楼当初的作用吧。当初为了惩罚想要盗走隆武帝财宝的村民，沈温两家的先祖才建了这样一座小土楼。其作用嘛，就和监狱差不多吧。"

"你……你在说什么，我怎么听不懂……"沈村长支支吾吾地说道。

"沈村长,事到如今,我们也不需要隐瞒什么了。昨天王磊已经基本上全都告诉我们了,当然,也包括了你们之间的合作。"

"什么……"

说罢,沈村长一脸吃惊地看向站在一旁的王磊。而王磊,则一脸怒气地看向陈默思。

"你耍我!"

"事到如今也没有什么耍不耍的问题了,如果不是你告诉我龙凤村这几百年间发生的事,我也不会这么轻易地就把想到的解答给理顺了。这里我还真要好好感谢你。反过来说,你将这些事情告诉我,也不会有什么损失啊!如果真的能找出凶手,我想包括沈村长在内,龙凤村的所有人都会感谢你的。沈村长,我说得对不对?"

默思将目光再次转向沈村长。沈村长这次倒也没说什么,他只是叹了口气,就不再言语。王磊见状,也不好再说什么,只能十分生气地摆了摆衣袖,将头别了过去。

陈默思倒是笑了起来:"既然两位已经同意,那我就继续了。刚刚既然已经说到这座土楼的用途,它本来就是用来关押犯人的。所以才只是留了一道门,开了两道通风孔,里面空间也比较狭窄。至于它为什么要设计成可以旋转的结构,说到底也很简单,同样也是为了应付叛徒的背叛。当两位村长成功平叛的时候,叛徒会被关押在这座小土楼里;但如果两位村长平叛失败了呢?那被关在这座小土楼里的,可就说不定是谁了。"

"等等默思,你的意思是,土楼现在的这种设计,是为了方便逃跑?"我惊讶道。

"没错，我正是这个意思。"陈默思点点头，继续说道，"早在这座小土楼设计之初，两位村长恐怕就已经有过这样的考虑了。所以他们才会瞒着众人，亲自操刀，建成这样一座带有特殊构造的小型土楼。这座小土楼分为内外两层，内层可以旋转，并且可以通过内部的一个机关控制。你们来看。"

在陈默思的带领下，我们前面几人进入小土楼。进入土楼内部后，只见陈默思将床板掀开，露出床底隐藏的一个铁质把手。陈默思单手握住这个把手，向左一拧，然后他扶住墙壁，用力往前推，整个房间的内层就开始缓慢旋转起来。

"这个铁质把手是用来固定内层墙壁的，向右拧可以将整个墙壁固定，向左拧之后就解开固定，稍微一发力就可以旋转整个墙壁了。等里面的人逃脱之后，在内部机括弹簧之力的作用下，内侧墙壁又会回到初始的状态，外人自然是看不出来了。就算我们现在看来，这个机关做的仍是十分精巧，三百多年后的今天，使用起来还是毫不费力。"陈默思不由得赞叹道。

"所以说，凶手也是利用了这个土楼自身所带的机关？"我向陈默思问道。

"应该正是这样。凶手应该是通过某种渠道，得知这里所隐藏的机关，所以才成功地将星龙带走。"

"等等，可是像你刚才所展示的，整个土楼旋转的控制开关，是在小土楼内部啊！就算是凶手想到了这个主意，他也得先进去打开开关不是。除非……"

"除非是星龙自己动手的。"陈默思看着我，十分认真地说道，"现在的种种迹象都表明，这个凶手与星龙很是熟悉，所以他才通过某种手段，骗取了星龙的信任。他让星龙亲自打开土楼旋转的开关，制造出可以进出土楼的通道。之后又引诱星龙离开土楼,和他一起去往了某个隐秘之处。"

如果真是这样的话,那这个凶手岂不是和雪凤、星龙都十分相熟……想到这里,我不禁将目光扫向在场的众人。看来凶手真的有很大可能是这里的某人了……

"所以,这就是你将我们找来的目的?"王磊突然大声说道,"那你倒是说说,凶手究竟是我们中的哪个?!"

"这还不明显吗?"陈默思也毫不示弱,他看向众人说,"凶手接连杀害两人,还设下了如此多的圈套。这说明整起事件根本不是什么巧合,而是蓄谋已久的谋杀!在凶手的刀口下,已经有两个年轻的生命因此离开我们。所以现在我可以毫不避讳地说,凶手当然在你们中间,而且……是最需要诅咒的那个!"

在陈默思说出这句话的时候,我感受到一缕刺眼的阳光照进自己的眼睛。我扭头看向东边,原来朝阳已经升起。

天终于亮了。

5

天亮的时间比想象中要早。我看了眼时间,此时才六点刚过一刻,然而我的感觉却像是已经过了很长一段时间。

我下意识地看向陈默思,他刚才接连解开两个看起来根本无解的密室,对我的震撼无以复加。而仅仅在不到六小时之前,这些谜题更像是几座大山,压在我们身上喘不过气来。而现在其中的两座大山已经被移开了,剩下的就是雪凤被害的那个多重密室,同时这也是最关键的一个。我不知道陈默思这家伙对于这起案件又会有怎样的解答,毕竟在我看来,这个谜题的困难程度,要远大于已经解开的两个。

果然，还没等我开口，就已经有人开始问了。

"那雪凤又是怎么被害的呢？龙凤楼里的门可都是关着的，凶手是怎么逃走的？"

说话的人是王磊，在领教到陈默思那神乎其技的破案手段后，他现在似乎也开始相信眼前的这个男人。

"你说的这个也是我正要讲的。"陈默思扫视众人一圈，随即说道，"和之前一样，我们不如先来做个演示。"

说完，陈默思笑了笑，便率先走了出去。之后，在陈默思的要求下，我拿着钥匙，将他锁在了温家祖堂。随后，我退了出去，依次锁上龙凤楼温家一侧的几道大门。再然后我又绕了半圈，来到沈家这里，在陈默思的要求下，我又将沈家这一侧的大门如数锁了起来，唯独留了最外层的那道门没有锁。也就是说，现在一切都和雪凤被害时案发现场的布置一样，而陈默思正是要在同样的条件之下，完成凶手曾经完成过的那个不可能的任务。虽然我十分信任默思，但要想从这重重密室中逃出生天，又谈何容易。

我和其他人一起待在龙凤楼的外面，这么多双眼睛都齐刷刷地盯在眼前这座土楼上。显然，我们都是在焦急地等待陈默思最终给出答案。就这样过了一会儿，整座土楼还是一点动静都没有，唯一开着的那道门里，也没有丝毫令人兴奋的事情发生。时间就这样一分一秒地流逝了，我甚至看到其他土楼里已经有村民走了出来。想必他们此时看到我们这些人大清早就一齐站在这里，也会感到十分诧异吧。

正当我将视线从远处移回土楼的那一刻，变故就这样突然发生了。在这么多双眼睛的见证下，土楼那唯一开着的大门里，出现一道熟悉的身影。

"陈默思！"我大声喊了出来。

没有任何的鲜花，也没有任何的掌声。就这样，陈默思完成了一桩我从未想过的壮举。在见到陈默思的那一刻，众人都惊呆了，无一不露出惊诧的表情。就连身体十分孱弱的沈村长，都在这一瞬间直起身子，下意识地看向陈默思。

在陈默思走向我们的那一刻，没有一个人说话，也没有人想说什么。众人唯一想做的，就是等待陈默思的到来，然后亲耳听到他的解答。突然一切都安静下来，我甚至能感觉到身边众人发出的呼吸声，从急切渐渐转变成平稳。而当陈默思来到我们面前的时候，这些呼吸又在瞬间急切起来。

"你赶快说说，你是怎么做到的！"倔老头第一个发问道。

默思没有急于回答，而是反问道："你们觉得，这个密室最大的困难在哪？"

"这还用说嘛，肯定是外层这一圈圈土楼形成的围墙啊！凶手要是能突破这一道道围墙，除非他插上翅膀！哎，可这你不是刚刚就完成了嘛。所以我才想问你，你这是……这是怎么做到的？"

陈默思看着满脸诚意的倔老头，突然笑了起来。

"很简单，我要做的，正是将这一道道阻碍，转化成我顺利离开的工具！"

"你是说，这些围墙……还能变成工具？"

倔老头看起来还是一头雾水，可此时一脸轻松的陈默思却也没有闲下。他蹲下身子，拿起地上的一根小树枝，开始在脚下的沙地上画了起来。我看了一会儿，发现默思画了很多圆圈。不用说，这些圆圈代表的，应该就是土楼的每一层结构了。

很快，陈默思停了下来，他看向我们，指着这幅图说道：

"这一幅图,我画的是我们脑海中龙凤楼的结构示意图。从图中我们可以看出,一旦大门紧锁,祖堂包括外层的几层土楼,都会成为完全封闭的场所。除非凶手会飞檐走壁,否则定难以从凶案现场逃脱。但事实真的是这样的吗?"

说着,陈默思又给我们画了另一幅图。这张图也是很多圆圈,不过当它的结构渐渐明晰时,我竟忍不住倒吸一口凉气。

"怎么可能……怎么可能!"第一个叫出来的,正是龙凤楼的主人沈村长。他怔怔地盯着地上的这幅图,嘴里不停喊着不可能。

"这是怎么一回事,你能给解释一下吗?"此时的王磊还算比较冷静,他注视着陈默思,如此问道。

"其实很简单,这幅图已经说明了一切。"听陈默思这么一说,众人的目光又转移到地上的这幅图。

"正如诸位所看到的那样,龙凤楼的构造,和普通土楼还是有很大的区别。正常的土楼,是由内外多层圆形土墙结构包围而成。但龙凤楼,却是一个螺旋的结构。"

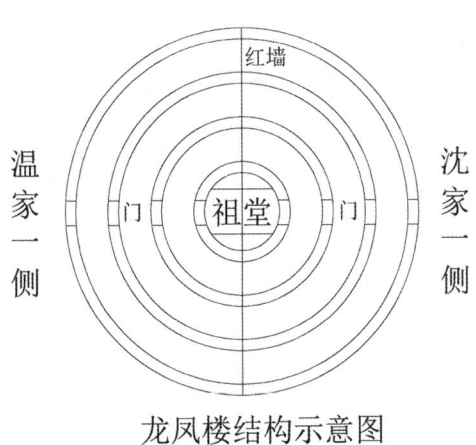

龙凤楼结构示意图

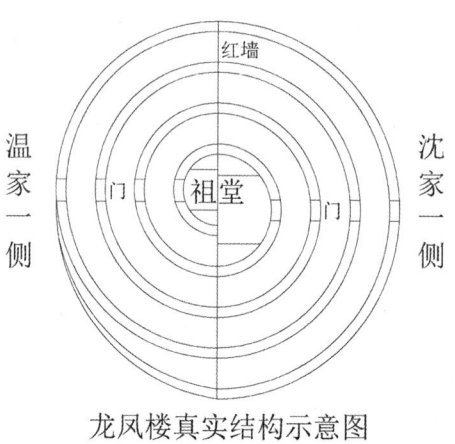

龙凤楼真实结构示意图

"螺旋……"王磊也忍不住呢喃道,"可这……不行,我还是不能接受这样的解释。"

"你有这样的反应很正常,我最开始发现这一点的时候,也对此感到很不可思议。不过当我沿着这条路线,最终成功地从祖堂来到土楼外面时,我才认识到,就算一件事我们觉得再不可思议,只要它发生了,就是事实。而事实,才是一切。"陈默思看着我们,很是认真地说道,"凶手正是沿着这条螺旋的线路,成功进入祖堂,在杀害雪凤之后,又沿着这条线路离开祖堂,之后通过东侧最外层那道门成功逃离土楼。"

陈默思说得没错,如果龙凤楼真是这种构造,那可真的像默思刚刚所说的那样,土楼外层的这些墙壁,不仅没有成为妨碍,反而成了凶手离开时的指引了。凶手只要沿着墙壁,一直向前走,穿过一道道红墙,最终就能抵达土楼最外层。不得不说,这真的是一个奇迹了。至少在我眼里,就是这样。

"可如果龙凤楼真是这种结构,那沈温两家的人,难道一直都没有发现吗?"王磊还是不解地问道。

我想王磊的疑问也是我们在场大多数人心中的疑惑。所以当他提出这一点时，我们所有人的目光都集中在了陈默思身上。

"如果说没有一个人发现的话，那也的确有些不可能。但至少我们的沈村长，对此应该是一无所知的。"

陈默思把目光投向沈村长。此时的沈村长似乎仍沉浸在刚才的震惊中，嘴里还在呢喃不已。除去沈村长之外，在场的沈温两家中人，还有海龙母子和碧凤，他们显然对刚刚陈默思所说的事也是十分吃惊。

"不过这也不是不可能发生的事，如果没有特殊提醒的话，要发现龙凤楼这种特殊的构造，确实也很困难。而让两家人对此毫无察觉的罪魁祸首，就是横亘在两家之间的那一堵堵红色墙壁。"在提到这一点的时候，陈默思故意加重语气，"诸位也应该看到了，如果单独看红墙两侧，沈温两家的土楼都是半圆的结构，和正常土楼一模一样。唯一有些区别的是，沈家这一侧的土楼，整体结构要比温家这一侧大了半圈。"

默思说的确实很对，如果按照一一对应原则的话，包括祖堂在内，沈家这一侧确实要比另一侧的温家大上一些。尤其是祖堂，这么一对照的话，差别还是挺大的。不过仔细一想，我还没看过沈家祖堂的内部情况，所以具体有多大的区别，我也不能肯定。而且如果我没说错的话，这么多年来，唯一进过温家祖堂的沈家人，就只有沈村长一人而已。他在昨天主持雪凤成人礼仪式的时候，进入过那里。除此之外，包括沈温两家的其他所有人在内，应该都没有进入过对方的祖堂内。

这时陈默思也说道："沈温两家人这几百年来，素不交往，红墙更是成为两家人心中的禁忌。他们从小就被灌输了一种理念，不准接近红墙，更不准进入另一侧的土楼。而这么多年来，这一理念也一直被很好地执行着,几乎没有人进入过对方那一侧的土楼。所以真要说起来,他们发现龙凤楼这一特殊构造的概率也很低。这么多年,也只有沈村长在昨天进入过温家祖堂,可按照他现在的表现来看,他显然也是没有发现这一点。不过这也难怪,仅仅靠一次视觉上的感受,根本无从发现其中的根源,顶多心里只会有一些不适应罢了。我说的没错吧,沈村长?"

听到陈默思的这句话后,沈村长也只得点了点头,然后无奈地叹了口气。想必他现在除了震惊,心里应该还会有一份深深的后悔吧。如果他能够早点儿发现这其中的差别,说不定凶手早就被抓住了,而星龙也不会在随后被害。但这个世界上没有后悔药可吃,该发生的早已发生,而我们这些后知后觉的人,只能想办法尽量弥补。

"不过这也怪不得沈村长,要怪也只能怪沈温两家那两位先祖了。"陈默思突然说道。

"你这是什么意思?"王磊紧跟着问道。

"你们还不明白吗?这座龙凤楼从三百多年前就已经存在,所以龙凤楼的这种特殊构造也存在了三百多年。它是从一开始,就已经被设计好了。而其始作俑者,正是龙凤村的开创者——沈温两家的先祖。"

"可……他们为何要将龙凤楼设计成这种模样呢?"

"你到现在还不明白这两位先祖的独特趣味吗?"陈默思突然笑了起来,"刚刚的那座小土楼,你们也看到了,它的内部被设计成能够旋转的结构,这也是沈温二人的杰作。同样的事,为什么不能再发生一遍呢?"

"你的意思是……"

"没错,和那座能够旋转的小土楼一样,龙凤楼被设计成这样,也是有着特殊的考虑。土楼本身就是易于防守的建筑,所以这也是龙凤村诞生之初会选择土楼作为主要建筑的原因之一。龙凤楼作为其中最大的主楼,更是担当了全村的防卫任务。一旦龙凤村受到外界武力威胁,全村人就会退到龙凤楼里,做最后的抗争。但这样的布局也有一个问题,一旦土楼外层被围,内部的人员就会成为瓮中之鳖,毫无退路。而螺旋形的构造,则有一个很好的特点,那就是将土楼的内部和外部完全连接起来,这样内外沟通起来会非常快速。就算敌人冲了进来,也能借助这种快速移动的优势,与敌人做最后的搏斗。"

"没想到还有这种功效……"王磊也是忍不住赞叹道。

"不过幸运的是,在之后的岁月里,能用得上这一构造的那一天,一直都没有到来。而随着沈温两家关系的恶化,一道道红墙在两家之间竖立起来,两家被彻底分隔开来。以至于几百年后的今天,龙凤楼的原本面貌,也渐渐被世人所遗忘。甚至就连其主人,对此都一无所知了。"

说到这里,我能很清楚地听到,站在一旁的沈村长又深深叹了口气。海龙见此情况,也小声劝解起来。不过我心里很清楚,这恐怕要成为沈村长心中一生过不去的坎了。

"不过我还有一个问题。"王磊看着陈默思,突然说道,"按照你刚才的方法,凶手还是要通过沈家最外侧那道门的。但据我所知,当时沈家的那位太婆,可是一直坐在门口不远处敲打木鱼的。难道她就一点没有察觉吗?"

听到王磊的这句话后,陈默思正要回答,却听见旁边有人一阵小跑着过来。我们所有人的视线都被吸引过去。那一路小跑着过来的,竟是沈家最小的那个孩子——晓龙。考虑他年纪小的缘故,今天早上海龙就没有将他叫醒了。所以现在看到晓龙，我们所有人都吃了一惊。

晓龙刚一靠近，我们就发现事情不对劲了。因为此时的晓龙，竟是满脸泪水。只见他一边抽泣，一边用稚嫩的声音说道："大伯……海龙哥哥，太婆……太婆她和雪凤姐姐一样，吊在房里一动不动，我好害怕……"

说着，晓龙就放声大哭起来。

随后我们所有人全都赶到沈家太婆的房间里，只见她被一根麻绳吊在横梁上，脚下还有一只踢翻的凳子。而在一旁的桌子上，我们发现了太婆留下的遗书。

她竟承认了自己是犯下所有案件的凶手。

第十章　宿命轮回

1

　　时间过得很快，转眼已是盛夏。我独自一人窝在书房里，面对电脑屏幕上满屏的汉字，努力奋斗着。我每打几个字，就忍不住拿起手边的纸扇，朝自己脸上扇两下。可尽管这样，汗水还是止不住地从额头渗出来，然后顺着脸颊滑下去。

　　每当窗口吹进一阵微风，我都会感到周身舒畅。如果很长时间没有风的话，我就感到烦躁不安，甚至有一种要砸电脑的冲动。而造成这种局面的罪魁祸首，自然是那个净会惹是生非的陈默思了。

　　这家伙前两天晚上回来时，酒喝多了，不光在客厅撒酒疯，甚至还疯到了浴室。在洗澡时，他竟拿着正喷水的莲蓬头，对上天花板上的冷气口。之后就直接导致整个别墅的冷气系统进水，彻底瘫痪。我和维修公司联系之后，那边说是最近刚入盛夏，维修排队的人太多，他们要过好几天才能过来。可现在气温已将近三十七摄氏度，室内温度只会更高。

　　而陈默思这家伙倒好，他在冷气系统坏掉的第二天就消失了。现在只留下我一个人，面对着手中剧本离截稿日期越来越近的窘迫。如此高温下，我每打一个字，都像是用尽了全身的力气。在敲打完其中一幕的最后一个字符后，我彻底瘫在了椅子上。

这时我的手机突然响了一声，是有微信消息的提示。我挣扎着坐起，拿起放在桌面上的手机，一点开屏幕，就看到发信人的名字。郑佳……她现在联系我干什么？自从两个月前的龙凤村之行后，我们就再也没有联系过。没多想，我点开微信，发现郑佳发来的是一条语音。我点开语音，听到了熟悉的声音。

"你马上来我们上次见面的那家咖啡厅，有要事相谈。"

要事……什么要事？郑佳这丫头就喜欢故弄玄虚，从来就不会在一开始把话头挑明。不过我多少对她的这种做法已经有些免疫力了，所以倒也不会生气。而且现在书房里温度这么高，我感觉自己已经快要到达极限，再待下去就算不会脱水而亡也有很大概率会中暑。思前想后，我决定去会一会这个丫头，于是便给她回复了一条马上到的消息。

随后我就赶紧收拾一下，逃命似的离开了这间不亚于炼狱的屋子。

等我赶到时，在看到咖啡厅招牌的那一刻，我还是吃了一惊。原来这家咖啡厅已经改名叫"夕之目"，弄得我还在店门口转悠了一圈。直到我透过橱窗看到坐在店内的郑佳，才最终确定是这家店没错。

进门后，我径直朝郑佳所在的位置走去。郑佳也很快注意到我，她十分高兴地站起身，向我打了声招呼。这时我才注意到，原来郑佳对面还坐着另一个人。透过这个男人的背影，我只能观察到他应该年纪不大，顶多三十出头的样子。而且他还穿着一身整齐的西装，在这种大热天穿得这么正式，难道这就是郑佳所说的"要事"？我原本轻松的心态立刻变得拘谨起来。

我一向不善于和人当面打交道，现在我从事的编剧工作，与别人交流时更多还是通过聊天软件的方式，这种当面交流的机会是少之又少。我经常能够碰面的又是陈默思那个家伙，其实在郑佳这次找我之前，我已经有好一段时间没能和人有过任何言语上的交流了。

"您好，请问……"我硬着头皮，率先开口道。

正当我以为一场极为难熬的对话即将来临时，那个男人终于转过了身。看到他正面的那一刻，我竟忍不住惊叫出来。

"学长？！"

没错，出现在我面前的，正是已经好久没有见过面的韩适学长。自从那次钟塔山庄之行过后，我们竟有三年时间没有见过面了。如果不是两个月前郑佳找上我，我都不知道他已经当上了报社主编。在看到韩适学长的那一刻，刚刚心里的那点芥蒂，也在一瞬间烟消云散了。

"怎么，这几年过得还好吗？我听郑佳说你当上编剧了，不错嘛！来，过来这边坐。"

韩适学长那富有磁性的嗓音就和他的容貌一样，还是一点都没变。在学长的招呼下，我在他右手边坐了下来。

"也是混口饭吃，毕竟我觉得自己还是不适合当个上班族。辞职后，就当编剧了。"我实话实说道。

"那也挺不错的，毕竟你本身就有编故事的才能，不好好发挥一下，那才可惜。对了，你前两个月出版的那本小说我看了。挺厉害啊你小子，现在写作手法越来越成熟了，要不是我了解这个案子，看书的时候肯定会被骗了！"

"学长你过奖了……"

韩适学长说的这本书,就是两个月前出版的《日月星杀人事件》,编辑说销量还不错,一直催我写下一本小说呢。可我自从龙凤村之行后,就接了一个网剧的剧本,现在一直都在赶稿的过程中,实在是无暇抽出时间来了。

"好了,客套话我也不多说了。我这次找你来的目的,小佳应该已经和你说过了吧?"

"这个……"

见我一脸为难的样子,学长将目光投向坐在对面的郑佳。郑佳朝学长吐了吐舌头,摆出一副无辜的模样。

"这丫头……"学长也是没好气地笑了出来,随后又转向我,"没事,现在说也来得及。是这样的,阿宇,两个月前你和郑佳不是一起去了一趟龙凤村吗,我想问的就是关于这个的事情。"

"龙凤村?"

"没错。"说到这里,学长突然压低声音,"你知不知道,上周市局在杨副局长的带领下,在龙凤村成功破获了一起大案。"

我摇了摇头,学长又说道:"警方抓获的是一群惯盗,之前已经盗过几座明朝时期的大墓,一直被警方通缉来着。这次人赃俱获,不判个死期无期什么的看来是不行了。"

"人赃俱获?"我对这个词有些敏感。

"这个你应该也知道,就是隆武帝的宝藏啊!不过在抓获这帮盗墓贼之后,隆武帝的宝藏也该重见天日了。"韩适学长不无兴奋地说道。

"等等等等……你让我缓缓,隆武帝宝藏真的存在?"

"真的啊,我骗你干吗?现在这件事已经引起了国内考古界的震动呢！尤其是那位曾经预测过隆武帝宝藏就在龙凤村的黄剑平教授，现在的风头那可是……"

学长的声音在我的耳朵里越来越小，此时我脑海中想到的，就是陈默思这个家伙。他竟然一直都在骗我！

两个月前我们一起从龙凤村回来之后，陈默思这家伙就一直不怎么愿意说话。我问他关于隆武帝宝藏的事，他刚开始一直躲着我，到后来可能是被我问得不耐烦了，就说这个宝藏根本不存在。我最开始当然不信，可过了好一段时间，又没有相关新闻报道出来，我就没管这件事了。后来，我甚至觉得陈默思说得确实是对的，龙凤村真的没有什么隆武帝的宝藏，一切都是沈村长他们编撰出来的，为的就是增加龙凤村的曝光度，以吸引更多的游客前来观光。可学长刚刚曝出的这个消息，却直接颠覆了我的想法。

"陆学长，你怎么了？"也许是发现了我的不对劲，郑佳向我关心地问道。

"没什么，只是……算了……"我决定还是不纠结了，毕竟那个所谓隆武帝财宝，和我也没有太大的关系。

"有什么问题赶紧说出来，这样藏着掖着，还拿我当你的学长吗？"韩适学长笑着说道。

"真的没什么……"

"好吧……阿宇，其实这里还有一个更有趣的地方。那个盗宝团伙的一个小头目，竟然伪装成一家旅游公司的负责人，在两个月前就已经去往龙凤村探查虚实了。"学长不无戏谑地说道。

听到学长的这句话，我的心顿时一沉。如果真是这样的话，也就是说旅游公司的王磊也是那个团伙中的一员了……一想到王磊那温文尔雅的模样，我一时真的有些接受不了。

"怎么了，阿宇？难道是我说了什么不对的地方？"

"没有没有，只是想起一些不开心的事情罢了。对了，学长你找我到底有什么事？"我将话题岔了开来。

见我这样，学长也收起笑容，他十分认真地说道："两个月前，龙凤村不是接连发生了两起杀人案件吗？这件事，你知道多少？"

"这个……你问郑佳不就知道了？她可是和我一起去的。"

"这个我当然知道。我是问你，回去之后，那位沉默侦探，有没有告诉你点别的什么？"

"别的什么……你什么意思？"

"哎，我干脆明说了吧！我的意思是，他有没有告诉你案件的真相？你总不会真的相信，两起案件都是那个自杀的老太婆干的吧？"

"这个……警方都结案了的，总不会……"

"警方是警方，我们是我们。再说了，警方有时候也是迫于舆论压力，才采取了一种较为简单的处理方式。而且我听说，关于这件案子，现在警方内部还有争论，说不定之后还会有什么反转。所以我才问你，你家那位沉默侦探事后有没有对你说什么？"学长看着我，满怀期待地问道。

"没有，他什么都没说。"

"你再好好想想。这么大的案子，他不可能事后什么都不说的。"

可我想了许久，还是不记得我们回来之后，陈默思这家伙说过什么。当然有可能是他真的说过什么，只不过我一直忙于写剧本，就把这些忽略了。想到最后，我还是摇了摇头。

见我这样,学长也是略显失望。他叹了口气,端起桌上的咖啡,满怀心思地喝了一口。

2

"这样,我们先不着急。我们先来将这件案子好好理一理,再来讨论。"韩适学长很是郑重地说道。

见学长已经这样说了,我只好点了点头。

于是学长便开始说道:"首先是关于沈家那位太婆的杀人手法,据我所知,警方最后得出的结论和你家那位沉默侦探之前做出的判断差不多。她杀害雪凤时确实是利用了龙凤楼那种独特的螺旋结构,才得以进入温家祖堂。在杀害雪凤之后,她又原路返回离开。而且如果凶手是这位沈家太婆的话,也解释了为何你们当时询问她有没有看到真凶通过沈家大门的时候,她什么都没说的这个疑点。因为真凶就是她自己,她当然不会看到其他所谓'凶手'了。而她杀害雪凤的原因很简单,正是为了打消星龙的念头,让他们永远不会在一起,这样就能维护先祖关于沈温两家永不通婚的遗训。"

"可……可既然雪凤已死,她为什么后来还要杀害星龙呢?"

"谁说星龙是被她杀的,星龙是自杀的啊!"

"这……"

"你别急,听我慢慢说来。"学长顿了顿,看了我和郑佳一眼,继续说道,"在杀害雪凤并离开龙凤楼之后,这位沈家太婆又来到星龙被关押的那座小土楼。她先是作为太婆假装原谅星龙,答应他和雪凤在一起,之后告诉星龙土楼可以旋转的秘密,使星龙得以从土楼离开。她这样做的目的很简单,自然是为了防止得知雪凤被害的星龙想不开。之后她将星龙囚禁起来，然后回到沈家大门那里重新敲起木鱼，假装自己从未离开。但后来的事实也证明了一点，那就是沈家太婆的这个做法失败了。星龙逃了出来，并且得知了雪凤的死讯，然后在古树下上吊自杀了。"

如果按照学长的这个说法，那雪凤之死以及星龙从土楼消失这两个密室，确实是像陈默思所说的那样解开的。但最后星龙之死那块，则与陈默思所说不一致，警方认为星龙是自杀的，这倒和一开始郑佳提出凶手是沈村长时的想法一致。不过这倒也是，毕竟沈家太婆那么大岁数了，也经不起拿着麻绳在树上这么来回折腾。

"你们不觉得，警方的想法很大程度上有一种想当然的成分吗？"学长最后总结道。

"可沈家太婆，不是留了一封遗书吗……"我随口提到了这一点。

"如果说，这仅仅是为了保护谁呢？"学长突然说道。

"你的意思是，这位沈家太婆之所以自杀并且承担罪责，是为了保护真凶？"我问道。

"没错，我目前的想法就是这样。"

"如果真是这样的话，那真凶就一定是沈家的某个人了，不然也不至于让沈家太婆这样……"

"这也说不定。"学长回应道，"不过现在的问题在于，尽管我们有所怀疑，却找不出任何证据，来证明这个凶手究竟是谁。所以，我这不是找你来了嘛！"

"好吧，其实你们想找的应该是陈默思吧？"我不无调侃地说道。

"不要这么说嘛！我们找你来，也是为了这件事，说不定我们就能有所发现呢？"

"等等，你们就这么确定陈默思他知道真凶是谁？"

我的这句话让学长也愣了一下，他随即说道："你难道忘了吗？陈默思既然选择用他那个方法解开星龙被害时的泥地密室，这就说明他相信星龙不会是自杀的。但如果凶手是那位沈家太婆的话，他不可能完成陈默思提到的那种方法，所以只能用星龙自杀来解释。也就是说，陈默思心中的那个凶手绝不可能是沈家太婆。这就是我来找你的主要原因。"

"好吧……可惜陈默思这家伙真的没有和我说过任何其他东西。如果有的话，我肯定已经告诉你们了。"我不无丧气地说道。

"没事，你别急。听了我刚才的那段话后，你再仔细想想。陈默思他有没有提到过什么，比如一些特殊的地方。"

"特殊的地方……"我闭上眼睛，仔细回想起来。

就在这时，脑海中突然有什么一闪而过。

"血迹，默思他提到过'血迹'这个词！"我大声叫了出来。

"血迹？真的是这个词吗？"学长很是兴奋地问道。

我又仔细回想一下，才最终点头确认了这一点。

两个月前，当我们从龙凤村回来时，我一直对陈默思之前的举动感到很是奇怪。尤其是在听到沈家太婆自杀这一消息后，陈默思更像是变了一个人。就在不久前他还满怀信心地表示要揭露凶手，可这件事发生之后，他就变得沉默寡言了。甚至在警方赶到龙凤村后，他也没有过多的表示。关于现场的具体情况，更多还是由我和郑佳来向警方汇报的。当然，这其中也包含了陈默思关于现场三个密室的解答。

在接受完警方的询问，并留下笔录以及之前拍下的现场照片之后，我们几个顺利地回到本市。不过那之后的好些天里，都经常有警察到访我和陈默思的住处。当然，大部分时间都是在找陈默思。不过一段时间之后，警方来的次数就少了，再之后就没出现过了。此后又大约过了十几天，由于没有更多的线索，我听说警方就以沈家太婆作为凶手结案了。

不过在这之后，陈默思却变得有些不太正常了。他经常把自己一个人关在卧室，卧室里经常传出他来回走动的声音，我甚至还经常听到他嘴里不停念叨着什么。我起初没太在意，毕竟当时我的心思全在剧本创作上。

后来有一天晚上，陈默思一个人在客厅喝红酒，不小心把酒杯打破了。然后他在清理破碎的玻璃时，更是不小心弄伤了自己的手，我当时立马给他找来了创可贴。可那时他的口中却一直念叨着什么，我仔细一听，才发现是"血迹"这两个字。不过我也没有在意，直到这么多天之后，学长向我询问，我才突然想起来。

"不过'血迹'这两个字，又代表了什么呢？"学长这句话不知道是在问自己，还是在问一旁的我和郑佳。

"会不会和雪凤被害一案现场的血迹有关？"郑佳突然提道，"你们想啊，整个案件中，也只有这里才有血迹。"

郑佳说得很有道理，不过光是"血迹"这两个字，代表的范围还是太广了。如果能更精确一点，那就更好了。这时，我突然想到了一点。灵位……现场不是还丢失了一块灵位吗？而我们直到现在，也没有找到这块灵位。如果再联想到血迹……一瞬间，思路似乎全都贯通了。

"陆宇学长，你怎么了？别吓我啊！"也许是见我的表情太过狰狞，郑佳有些担心地问道。

"没有，我只是……知道真凶是谁了。"我卖了个关子。

"真的？"学长和郑佳几乎在同一时间出声问道。

"当然。不过我现在不会说出来，你们听我慢慢推理一番，自然就清楚了。"

"那你赶快说吧！"学长催促道。

我深吸一口气，看着满怀期待的二人，缓缓说道："你们还记得那块丢失的灵位吗？"

"当然记得，这个我印象可深了。"郑佳很快说道。

"那好，那你记得默思当时是怎样推理的吗？"

"这个，我想想……"郑佳想了一会儿，随后说道，"印象中好像是这样的……当时祖堂的地上掉了好多块灵位，默思说这是凶手故意设的障眼法，目的就是延缓我们发现丢失灵位的时间。后来我还根据这个猜测丢失的这块灵位隐藏着隆武帝宝藏的秘密，可惜后来被默思推翻了。"

郑佳说到最后，脸上忍不住露出一丝失望的神色。

"虽然你的猜测不一定真的正确，但也不失为是一种思路。"我安慰道，"凶手之所以要带走这块灵位，除了灵位本身的重要性外，我们之前也提到过一点，那就是丢失的那块灵位上可能隐藏了凶手的某些信息。"

"哦，原来你是这个意思，可是……"

"可问题是那个信息是什么，你想说的是这个吧？"我笑着说道，"小佳你之前也提到，这个灵位原本是摆在祖堂正中央的架子上，如果不是凶手刻意接近灵位的话，那块灵位上根本不可能会留下凶手的相关信息。"

"对，我就是这个意思。"郑佳点头道。

"可如果……如果那块灵位是雪凤本来就拿在手上的呢？"

我顿了顿，然后说道，"据我后来所了解的，丢失的那块灵位，恰好是雪凤亲生父亲的灵位。"

"什么？！"郑佳失声道。

"所以当时现场极有可能是下面这种情况。雪凤在进行祖堂静坐的时候，面对着列祖列宗的灵位，突然想起了自己的父亲。之后她由于止不住对父亲的思念，于是上前将父亲的灵位取下。正当她面对着父亲的灵位，沉浸在往日的回忆中，凶手进来了。因为凶手是雪凤十分熟悉的人，所以尽管雪凤当时很吃惊，但也没有到警惕的地步。之后凶手趁雪凤没有注意，抽出匕首，直接插向了雪凤的左胸。但让凶手没想到的是，雪凤并没有立即倒下，两人在这期间仍发生了一点争斗。"

我停了下来，看着对面的两人，缓缓说道："正是在这个争斗中，雪凤手上的那块灵位，留下了凶手的相关信息。"

3

"好吧，就算你说的是对的，那这个所谓信息又指的是什么呢？"郑佳看着我，紧接着问道。

"你别急，我们再来慢慢理一下。"我不紧不慢地说道，"通常情况下，现场如果留有凶手的相关信息，会有以下几种可能。第一种，凶手的指纹。这个我们之前好像也讨论过了，就算凶手在与死者争斗的过程中，不小心在灵位上留下自己的指纹，但他只要事后擦掉即可，根本不需要将灵位带走，所以这种可能性可以被排除。之后是第二种，死者留下的遗言。雪凤失去意识之前，可能会在灵位上留下凶手的相关信息，比如用血写下凶手的名字。但这也同样存在之前提到过的问题，就算死者留下死前留言，凶手看到之后只需要将遗言破坏甚至擦掉即可，不需要大费周章将灵位带走。所以我觉得最可能的，是下面这种情况，在雪凤与凶手争斗的过程中，灵位上留下了凶手的血液。"

"血液……"

"没错，如果灵位上沾染了凶手的血，那可就不是那么容易清除的了。凶手确实可以用纸或布擦拭，但不可能完全清除干净，一定会留下一点痕迹的。现代刑侦技术只需一丁点的血液，便可以提取出凶手的DNA，这样凶手伏法也是迟早的事。所以，凶手必须要想办法处理掉灵位才行。"

"因此凶手才将这个沾有自己血液的灵位带走了？"

"没错，正是这样。而且这样一来，就又可以解开另一个疑问。小佳你还记得之前解开泥地密室的时候，王磊提出过一个问题吗？王磊当时对凶手将星龙从小土楼带走，而不是立刻杀害留有疑问。默思当时只是说之后再回答他这个问题，可惜后来由于沈老太婆的自杀，我们没有得到这个解答。而现在，我们就可以解答了。因为凶手离开的时候，身上携带着沾有自己血迹的灵位，不方便进行谋害星龙的行为，只能暂时将星龙带走，藏匿在一处，等到处理掉灵位，天黑后再动手杀害星龙，并且伪造了一个泥地密室。"

"原来是这样……"郑佳恍然大悟道，"可就算知道了这些事，我们还是不知道凶手是谁啊！"

我看着郑佳，笑了出来："仅凭这些线索，我们当然不能推出凶手的身份。重要的是接下来的这段推理。小佳，我问你一个问题，如果灵位上沾有凶手的血迹，除了将灵位带走，还会不会有一种更好的方法？"

"什么方法？"郑佳略显疑惑地问道。

"用水洗啊！"我忍不住说了出来，"只要用水将灵位上的血迹洗掉，就算不能完全清除，但至少从外表上也看不出来。之后凶手只要将这块灵位放回架子上，任谁也不会发现这个灵位曾经被移动过。而且灵位所在的架子和死者尸体所在处还是有一点距离的，就算在死者周围使用鲁米诺试剂也未必能有所发现，就更谈不上将这块灵位带走进行鉴定了。"

"但凶手还是将灵位带走了……"

"这是因为……那天停水啊！你不记得了吗？"

"啊！原来是这样！"郑佳顿时开悟道，"所以凶手在没办法用自来水将血迹清洗干净的情况下，才迫不得已选择将灵位带走的方法。而之后为了迷惑或者延缓我们发现灵位丢失的时间，凶手将最底下两层架子上的灵位打落很多，以此欲盖弥彰。"

"可这样，我们还是不知道凶手是谁啊？"韩适学长此时也忍不住插嘴道。

"不，凶手很快就可以推理出来了。"我看着韩适学长，十分认真地说道。随后我又将目光转向郑佳，"你还记得那天是什么时间来水的吗？"

"什么时候来水？好像……好像是祖堂静坐刚开始的时候。啊！也就是说，凶手行凶的时候，龙凤楼里应该是有水的才对。"郑佳极为兴奋地说道。

"没错，我们现在就可以进一步缩小嫌疑人的范围了。"我看着郑佳和韩适学长，缓缓说道，"凶手是一个知道龙凤楼停水，但不知道祖堂静坐开始时水已经来了的人。"

"没错没错，陆宇学长你说得很对！如果是这样的话……"

"如果是这样的话，凶手就只可能是龙凤楼里的人了。"我接过郑佳的话，随后说道，"首先，知道龙凤楼停水的人有两拨,第一拨是本身就住在龙凤楼里的人。因为停水的只有龙凤楼这一座土楼,龙凤村的其他土楼根本没有停水,外人自然是不会知道龙凤楼停水的事。这第二拨就是村长找来寻找漏水源头的村民。但对于第二拨去寻找漏水源头的村民来说,正是他们找到了漏水的水管,并且已经将其修复,之后才汇报给村长。也就是说,这些村民肯定是知道龙凤楼已经通水了的。排除了他们,凶手就只剩下原本住在龙凤楼里的人。对了,这里还要排除沈村长,因为他是在第一时间就知道龙凤楼已经通水的人。"

"你的意思是说,凶手是除了沈村长以外的住在龙凤楼里的人?"学长向我确认了一下,随后又说道,"可是这范围还是太大了,住在龙凤楼里的人,肯定也有十几个吧?"

"是啊,这个范围的确很大。这样,小佳你来说说具体有哪些嫌疑人吧。"

"这个……"郑佳想了想,说道,"住在龙凤楼里的主要有三拨人,分别是沈家人、温家人,还有我们这些寄住在里面的外人。除了沈村长之外,沈家人还有沈老太婆、海龙和他母亲,以及年龄最小的晓龙;温家人只有碧凤和母亲秀凤;人数最多的反而是我们这些外人,除了我、陆宇学长你和陈默思之外,还有旅游开发公司的王磊,以及前来调研土楼的黄教授。对了,默思之前根据刀口的方向,已经排除了左撇子的黄教授的嫌疑。这么说的话,如果将我们也包括在内,嫌疑人总共有十人。"

"这十人中,究竟谁是凶手呢?"我不禁笑着说道。

"哎呀!陆宇学长你就别卖关子了,快说吧!"郑佳已经急不可耐地催促起来,"你再不说,我就把你当凶手了!"

郑佳的这句气话,让在场的韩适学长都笑了出来。他看着我，说道："阿宇你就快说吧，别把我们家这位给憋坏了。"

"好了好了，我说还不行吗？"这时我也苦笑起来，"要继续缩小嫌疑人的范围，还是得通过停水这一线索。因为就算是我们这些住在龙凤楼里的人，也并不一定就不知道水来了。小佳，你还记得雪凤命案发生时，我们刚进入龙凤楼里的情形吗？"

"这个我得想一想。我记得我们一进去，就听到了狗叫声，后来才知道这是沈家养的一条大黄狗。"

"不对，还在这之前。"

"在这之前？之前不是我们刚进入土楼的时候吗？"郑佳向我确认了一下，随后又回忆起来，"等等，我想起来了！我们刚进门的时候，看到了一个没关的水龙头，一直有水流出来。"

郑佳终于意识到了这个。

"准确地说，应该是我们进入第二层土楼的时候。"我强调道，"这个水龙头之所以没关，是因为龙凤楼之前一直停水，上午有人打开水龙头发现没水，之后又忘记拧上。所以在龙凤楼来水之后，这个水龙头就一直是有水流出的状态。如果凶手看到的话，是不可能没有意识到龙凤楼已经来水了。唯一的可能就是，凶手在行凶的那段时间，恰好没有看到这个有水的水龙头，至少在其行凶之前是这样的。"

"没有看到……"郑佳不解道。

"你们等一下，我现在来画一个示意图。"

说着，我从背包里掏出随身携带的笔记本，用笔在上面画了起来，没过一会儿就画好了草图。

"这是……这是龙凤楼？！"郑佳吃惊地说道。

"没错，这确实是龙凤楼。而且这里当时每个人所住的房间，我都在上面标注出来了。"

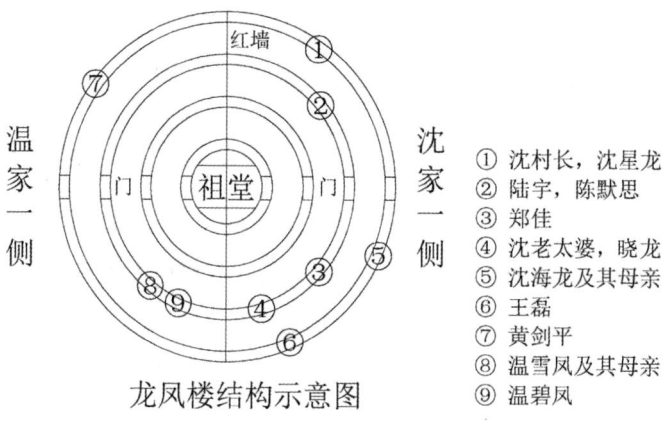

龙凤楼结构示意图

① 沈村长，沈星龙
② 陆宇，陈默思
③ 郑佳
④ 沈老太婆，晓龙
⑤ 沈海龙及其母亲
⑥ 王磊
⑦ 黄剑平
⑧ 温雪凤及其母亲
⑨ 温碧凤

"没想到你到现在都还记得……"郑佳不敢相信道。

"我的记性一向很好，你不知道吗？"我调侃了一下，随后正色道，"上面这张图只是我们最开始以为的房间布局，后来默思替我们解开了雪凤被害的多重密室，我们才第一次知晓龙凤楼的真实构造。也就是下面我将要画的这幅图，你们来看看。"

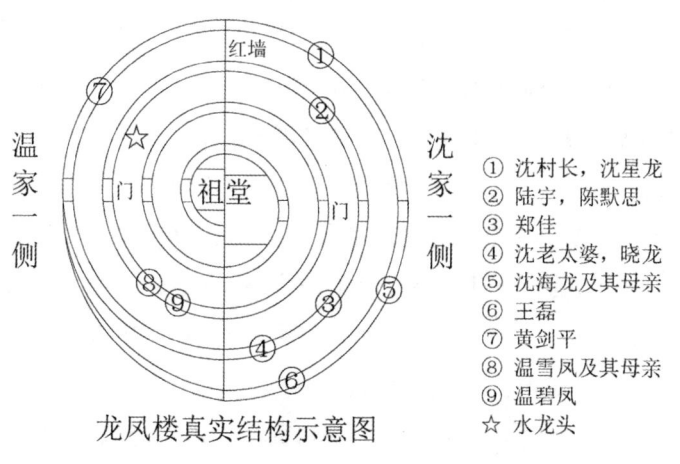

龙凤楼真实结构示意图

① 沈村长，沈星龙
② 陆宇，陈默思
③ 郑佳
④ 沈老太婆，晓龙
⑤ 沈海龙及其母亲
⑥ 王磊
⑦ 黄剑平
⑧ 温雪凤及其母亲
⑨ 温碧凤
☆ 水龙头

没过多久，我就将真实的龙凤楼结构画了出来。就像之前陈默思所说的那样，这是一个螺旋结构。

之前陈默思解开这道谜题的时候，郑佳也在，所以对于我画的这幅龙凤楼真实结构示意图，她倒没有表现出太多的反应。反而是韩适学长，在看到这幅图后，忍不住鼓起了掌。

"关于那三起密室，我之前已经听小佳说过了。不过再看到这张图，说实话，我心里还是有点激动。真不愧是沉默侦探，连这都能识破。"学长忍不住赞叹道。

见学长这样，我也笑了出来："你别急，这最后的真凶，也需要我们从这张图里推理出来。"

"哦？"学长顿感好奇。

"很简单。你们看看这张图，那个未拧紧的水龙头我在图上用五角星标注了出来。现在我们需要知道的是，哪些人会注意到这个水龙头，又有哪些人不会看到。"我看着学长和郑佳，缓缓说道，"首先我们还原一下当天刚开始进行祖堂静坐时，我们所有人的行动。上午，我们基本上都在温家祖堂那里围观成人礼，当及笄环节结束之后，就要开始祖堂静坐环节。在祖堂静坐环节中，我们所有人都要离开龙凤楼，所以在离开之前，我们都各自回到房间收拾东西。此时水管还没有修复，龙凤楼仍然是停水的，后来未拧紧的那个水龙头此时也没有水流出来。之后就是最为关键的时候，在我们所有人离开龙凤楼的时候，只有一个人没有离开，这个人就是凶手。凶手躲在自己的房间里，大约二十分钟后，等所有人全都离开，并且龙凤楼所有大门都被锁上的时候才开始行动。"

我顿了一下，继续说道："但问题就在于，此时水管恰好已经被修复,龙凤楼又重新通水,那个未拧紧的水龙头里自然也开始有水流出来。凶手要进入雪凤的所在地——温家祖堂,就必须得环绕着龙凤楼的螺旋通道前行。而那个漏水的水龙头,也正好处于这条螺旋通道内。也就是说,只要凶手在通过螺旋通道的时候,看到了这个水龙头,一定会知道龙凤楼已经通水了。之后就算灵位上留下了凶手的血迹,也只需要用自来水清洗一番就好。反过来说,凶手既然没有选择这种方法,定然是没有察觉到龙凤楼重新通水的情况。也就是说,凶手是那个通过螺旋通道时没有看到水龙头的人。"

我话刚说完,学长和郑佳两人已经意识到了什么,目光瞬间就移到我刚刚画好的那张示意图上。很快,两人就纷纷抬头看向我,手指指向其中一处。我看了过去,两人手指所指的地方,正是八号和九号标志的位置。

"学长,你的意思是说,碧凤和她母亲秀凤阿姨可能是杀害雪凤的凶手?"郑佳吃惊地问道。

我点点头,算是默认了这个说法。从这张示意图中来看,也只有位于八号位置的秀凤和九号位置的碧凤两人,才会在通过螺旋通道进入祖堂时,不是经过五角星所代表的水龙头的位置。而其他人,从自己房间出发的话,无论如何都会经过那个漏水的水龙头。也就是说,只有碧凤和秀凤母女两人,才可能一直都没有意识到龙凤楼已经通水了。

"可雪凤是她们最亲的人啊,她们……她们怎么会杀害自己最亲的人?"郑佳还是不相信眼前的事实。

我向郑佳摇了摇头:"这你可说错了,不是她们,而是她。杀害雪凤的真凶,只有一个人。"

"那……又会是谁呢?"郑佳的语气明显弱了很多。

"答案其实已经很明显了，只要我们再将刚才的推理往前推进一步即可。在凶手通过螺旋通道进入温家祖堂杀害雪凤的时候，她确实没有经过漏水的水龙头那里。但是在杀害雪凤之后，她必须得离开龙凤楼，当然其行动路线还是绕着龙凤楼自身的螺旋通道，只不过和进来时方向相反罢了。凶手要离开龙凤楼，唯有一个出口，那就是沈家那一侧最外层的大门。而要到达这个大门，凶手必定会经过那个漏水的水龙头。此时她身上刚好带着沾有自己血迹的灵位，在得知龙凤楼已经通水的情况下，这个时候再用水将血迹清理干净也丝毫不晚。但凶手想了想，最终还是放弃了这个做法。"

"为什么？"郑佳不解地问道。

"很简单，因为此时再将灵位清洗干净，就算是外表上看不出来有血的痕迹，但其实凶手已经错过了将其放回祖堂的最好机会。小佳你仔细想想，凶手在离开祖堂之前，有过什么举动？"

"她将祖堂里的灵位打落了许多，用来掩盖她带走了其中一块……"

说到这里，郑佳突然愣住了。从她的眼神中，我看到一丝光芒闪过。

"想必你刚刚已经想到了吧。凶手没有选择将灵位重新放回祖堂，原因很简单，此时祖堂上的灵位已经被她打落很多。而很可惜的是，她本身并不知道这些灵位的正确摆放顺序。就算她将这些灵位重新摆放回去，但只要警方稍稍一调查，就立马能发现这些灵位被人动过。之后再用鲁米诺试剂一检查，洗得再干净的灵位都会有血迹残留。凶手自然不愿意看到这样的事情发生。所以就算离开时发现龙凤楼已经通水，但她还是没有将灵位放回祖堂,而是仍然选择将其带走销毁。"

我顿了顿,继续说道:"凶手已经很明显了,她正是只进入过祖堂一次,对祖堂里灵位排序丝毫不知情的温碧凤。"

我的话一出口,郑佳和学长还是感到不小的震撼。虽然很难相信,但通过刚才这番推理,这已经是唯一的答案了。秀凤阿姨一直负责温家祖堂的清理工作,她不可能对祖堂里的灵位一无所知。而且温家族谱也一直在秀凤阿姨身上,她对这些灵位所代表的先祖应该十分熟悉。就算灵位已经被打乱,但重新将其排好,对秀凤阿姨来说应该也不是什么难题。

剩下唯一的可能就是碧凤了。沈温两家的家训很明白无误地规定着,子辈们是不能随意进入祖堂的,而成人礼是他们唯一进入祖堂的机会。所以这么多年来碧凤也只是在她成人礼的时候进入过祖堂一次,之后便再没有机会进入了。仅有一次进入祖堂的经历,对于碧凤来说是无论如何也不可能将祖堂里的祖先灵位排序弄清楚的。

"但……雪凤可是碧凤的亲妹妹啊!她……她怎么可能会杀害自己的亲妹妹?!"郑佳大声说道。

"而且还有一个疑问。"韩适学长这时也用怀疑的语气补充道,"当时沈家太婆一直守在唯一的出口那里,她当时一定看到了凶手,而且最后不惜以自杀的方式来包庇这个凶手。如果凶手是碧凤的话,她可是与沈家一直不和的温家人啊!值得沈家太婆做出如此大的牺牲吗?"

我看着情绪明显十分激动的两人,心中却突然涌上一丝悲伤。郑佳和韩适学长的话都很对,为什么碧凤要杀害自己的亲妹妹,为什么沈老太婆要包庇一个与自己毫不相关甚而是有世仇的家族的人,为什么默思在得知沈老太婆自杀之后就再也不追究这个案子，这些疑问看起来根本无解。但我刚刚却突然想到一个可能的答案，在想到的那一刻，我又无比希望这个答案是错的，甚至希望我刚刚的那番推理也是错的。

因为这个答案背后隐藏的，是关于两个家族最为黑暗的历史。而发生在龙凤村的这两起命案，正是一个宿命的轮回。

就在我十分犹豫的时候，韩适学长的手机却突然响了起来。学长愣了一下，赶忙将手机接通。慌乱之中，他竟不小心按下了免提键，我们所有人都能听到手机那头传来的声音。

"韩哥，刚刚我们得到最新消息，关于之前你一直让我们盯着的那件龙凤村谋杀案又有了新进展，有一个叫温碧凤的女人去公安局自首了。具体情况我们还没弄清，下一步我们该怎么做？喂，韩哥，韩哥，你在听吗，韩哥……"

我没有继续听接下来的内容，只是觉得整个世界突然安静下来。我靠在椅子上，深深叹了口气。

4

我爱我的妹妹，可有时我却比任何人都恨她。

妹妹出生的时候，按照惯例，母亲被送去一个很远的地方，一起去的还有隔壁的沈姨。那时天上飘着鹅毛大雪，连我都被父亲关在房间里，不准出来。我躺在床上，无聊地玩着去年生日时父亲给我买的布偶。布偶已经有些脏了，可我却很喜欢这个布偶，每天只有抱着它才能入睡。

那天我也是抱着这个布偶。家里火炉烧得火热，我脑袋昏昏沉沉的，差点儿就要睡过去。这时我听到父亲的声音，他似乎就在隔壁的房间,嘴里不停喊着一个名字。我揉了揉眼睛,打开门走出去,寒风一下子把我吹醒了。我一眼就看到站在门口的母亲,因为很多天没看到母亲,我一下子就跑了过去,冲到她的怀里。

不过母亲却没有像往常一样把我抱起来,她只是摸了摸我的头,目光却一直盯着另一个方向。我看了过去,父亲的手里抱着一个襁褓。他看起来很开心,不停地冲襁褓里的婴儿说着话。这时父亲也看到我,他蹲下来,向我介绍起来。

——这是雪凤,你的妹妹。

那是我第一次听到妹妹的名字。据说是因为当时天降大雪,父亲才给她取了雪凤这个名字。我把目光投向襁褓中的妹妹,她的脸蛋红扑扑的,一看到我,她就笑了出来。我小心地伸出手去,轻轻抚摸着她那冻得红通通的小手。真是可爱啊!雪凤,雪凤!我每叫一声,她就笑一下。父亲和母亲也很高兴。从那以后,我们家就多了一个人。

当姐姐后,我每天的工作也多了起来。等我长大一些,除了每天去上学,放学后我还要帮着家里做很多家务事。因为母亲要抚养妹妹,所以很多家务事都要由我来做。到后来我再大一点,连一日三餐都要由我负责了。妹妹长得很是可爱,我经常逗她玩,每当妹妹被逗得哈哈大笑,我自己也笑得前仰后合。村里有人说,小孩子如果小时候长得可爱,长大了就一定不漂亮了。可我却不这么认为,我的妹妹不光现在可爱,长大了也一定是个很漂亮的大美人。

等妹妹学会走路的时候,我经常带着她在田野里玩耍,一玩就容易忘了时间。有一次我们实在玩到太晚,等发现的时候,天已经快黑了。妹妹吓得哭了起来,我怎么哄都哄不好,她只是不停喊着妈妈。我只好领着一直哭泣的妹妹往家的方向走。走到一半的时候，我看到前来寻找我们的父亲和母亲。见到我们的那一刻，满是焦急的母亲一下子就抱起不停哭泣的妹妹，开始哄了起来。而父亲则板着脸朝我走来，之后发生的事，是我一辈子都忘不了的。

父亲打了我。那天晚上，我强忍着泪水跑回家中，一头扎进被窝。在被窝里我哭了好长时间，后来昏昏沉沉地睡着了。等我醒的时候，发现肚子已经咕咕叫个不停。没法入睡的我只好从床上爬起，这时已经是凌晨一点钟了。我蹑手蹑脚地向厨房摸去，经过父母房间的时候，我看到了他们熟睡的模样，妹妹就静静地躺在他们中间。一切都是那么安静，安静得仿佛什么事都没有发生。

后来我来到厨房，翻遍所有地方却只找到了一碗冰冷的米饭。这时肚子又咕咕叫了起来，实在饿得不行的我只好想了一个笨办法。我找到热水瓶，站在凳子上，用不大的力气端起热水瓶，朝米饭里倒了很多热水。在热水倒下去的一瞬间，就有一股热气升腾上来。我拿着筷子，在碗里搅了搅，这样一碗开水泡饭就完成了。我很快就吃了起来，由于实在过于饥饿，就连这样简陋的食物在我嘴里都成了最美的味道。

在吃完多半碗之后，我响亮地打了个饱嗝。这时我看着碗里剩下的泡饭，一阵莫名的委屈突然涌上心头。之后，豆大的泪珠就这样突然滴了下来，滴到碗里，溅起水花。我知道，我又哭了起来。脑海里闪现出一幕幕父亲和母亲的画面，在这些画面里，他们都冲着我笑，他们抱着我，像对待一个天使一样宠爱我。突然，画面里出现一张大手，直直地朝我扇来，我吓得差点儿将手里的筷子扔出去。刚才的那些温馨画面，也在瞬间破碎,四周的黑暗顿时将我包围起来。

我再也不敢在厨房久留,草草收拾一下碗筷,快速地跑回自己的房间。重新回到被窝里,一种久违的暖意瞬间包裹住我,我抱着布偶,很快就睡着了。梦里我看到了父亲和母亲,他们就睡在我的旁边,而我还是一个小宝宝,被父母宠爱溺爱着。而最重要的是,梦里我没有妹妹,我十分坚定地确信着。

发生那件事之后,我和父母的关系也发生了微妙的变化,我不再向他们撒娇,而父母也没有再打过我。唯一的变化就是,妹妹越长越大,甚至已经到了要上学的年龄。我和妹妹的关系说好也不好,说坏也不坏。当然,这只是我自己的感觉。在妹妹眼里,我应该是一个十分疼她的大姐姐吧。

妹妹开始上小学的时候,村里和她一般大的孩子有很多,可她却偏偏和沈家那位玩得很好。然而对我们温家来说,沈家却是一个禁忌,这是父母从小就教导给我的。我们虽然生活在同一座土楼里,可平常却不能交流,更不用说像妹妹那样和一个沈家的孩子一起玩耍了。妹妹可能也是知道这一点,所以她平时和沈家那个小子一起玩耍的时候,都是在村口旁的古树那里。那里人少,被双方家长发现的概率也低。

我有时会躲在一旁看着他们玩耍,我也不知道自己为什么会这么做。只是每次一坐在那里,眼睛看着他们玩,就再也挪不开了。有一次看着他们玩荡秋千的时候,沈家小子一个不小心,让妹妹从秋千上摔了下来。本来这也不关我的事,可当时的我不知道怎么回事,鬼使神差地走了过去。然后甩手就给了沈家小子一个巴掌,之后又使劲将其推倒了。沈家小子也许是没有意识到发生了什么,他足足愣了好几秒,之后才哇哇大哭起来。

很快就有人注意到这里的情况，估计过不了多久，沈家就会有人得知这里的情况赶过来吧。然而当时我也不知道是哪根筋不对劲，竟没有带着妹妹离开。我站在那里，没有挪动一步，妹妹也不知道发生了什么，只是一动不动地躲在我的身后。

果然，没过多久，就有一个老太婆急匆匆地走了过来。她一过来，就将躺在地上放声大哭的沈家小子扶起。我本以为她会冲我吼几句，我甚至已经做好了挨骂的准备。但没想到的是，她只是看了我一眼，就转过身，将一边哭一边闹的沈家小子带走了。我带着妹妹回去的时候，脑子里不时浮现出那个老太婆看我的目光，不知怎的，我竟从里面发现了一丝恐惧。而我回到家后的那几天里，父母也好像是完全不知道这件事的样子，看来沈家人并没有将这件事告诉我的父母，不然我肯定又少不了一顿毒打。

那是我第一次发现，沈家人竟然怕我，尤其是沈家年纪最大的那个太婆。她似乎每次都躲着我，也是从那件事之后，我再也没有正面看过她的眼睛，更没有看到过那令我极为在意的带有恐惧的眼神了。

后来我上小学五年级，妹妹上小学二年级的时候，发生了一件大事。父亲死了。我和妹妹在家里哭了好长时间，整个家庭一下子就垮了，母亲像是失了魂似的，连续好几天没有说话。后来因为我和妹妹好几天没去上学，班主任找到我们家，这才让母亲的眼神多少有了些许神采。从那之后，我和妹妹就生活在一个单亲家庭之中了。为了养活我们，母亲起早贪黑地劳作，我也承担了更多的家务活，就连一向娇惯的妹妹，也似乎一下子成长起来。

从那之后，母亲的脾气更加火爆了。我一做错事，她就会打我骂我。然而对于妹妹，她的态度却会好上很多。母亲越是打我，我就会越讨厌妹妹。后来我上了初中，由于学校是寄宿制，我便搬了出去。初中三年是我最快乐的时光，虽然母亲只给我提供最基本的生活费用，可我已经很知足了。在学校里，我至少不用再遭受母亲的怒火，也不用再看到讨厌的妹妹，一切都是我希望的样子。

然而三年之后，我上了高中，我最不愿意看到的事情发生了，妹妹也来到了我们学校。由于我们学校是初中和高中连在一起的，所以此时身为高中生的我，却不得不每天都要看到上初中的妹妹。更让我抓狂的是，妹妹的生活要过得比我好上很多，她似乎总是有花不完的零花钱。而我呢，却每天都要省吃俭用，甚至连买一个喜欢的辫绳都要考虑很久。但对于妹妹来说，这些都不是问题，她甚至瞒着母亲，用省下的零花钱买了一部手机。

我平时尽量和妹妹保持一定的距离，因为每次一看到她，我都怕自己忍不住，把心中的嫉妒表现出来。这是我的底线了，绝不能让妹妹看到自己软弱的一面。而更让我无法忍受的是，妹妹竟然还和那个沈家小子有来往。也许是对小时候发生的事留有阴影，那个沈家小子每次看到我都十分紧张，后来妹妹就很少带他来见我了。

高三下学期刚开始，我喜欢上了隔壁班的一个男生，他好像也对我有好感，只不过一直没有表白。那年的情人节，我特别想送一个礼物给他。我在礼品店里看到一个十分喜欢的礼物，可一看到底下标明的价格，吓得立马就退缩了。价格虽然不是很贵，但也不是那时的我所能负担得起的。我回到宿舍后想了很久，虽然很是不爽，但我最终还是决定开口向妹妹借一点钱。

我找到妹妹的时候，她正在和身边的朋友讨论着待会儿放学后去哪玩。我犹豫了好久，才好不容易开了口，妹妹当时也正处在兴头上，所以一口就答应了我的请求，只是说身上没带钱第二天就会给我。在转身离开的那一刻，我终于松了一口气。那天放学后，我又特地去了那家礼品店一趟。在看到那件礼品的时候，我在心中已经幻想着情人节当天将礼物亲手交到对方手中的场景。

然而现实却完全偏离了我预定的轨道。第二天妹妹没有找我，第三天也是。我本来以为她可能是忘记了，想亲自去找她一下，可当我看到他和那个沈家小子走在一起有说有笑的时候，我的内心彻底被愤怒填满了。凭什么她就能随时随地和喜欢的人在一起，而我呢，就连最基本的礼物都买不起，这太不公平了！

被妹妹彻底激怒的我当时就放弃了再找她借钱的念头。随着情人节一天天临近，我却迟迟没有拿到买礼物的钱，焦躁不安的我甚至连自杀的念头都想过。就这样，时间悄悄来到了情人节前一天的傍晚。其他几个室友也商量着一起出去吃个大餐，我因为没钱，通常这种活动我都是不参加的。当时的我本已心如死灰，可当我看到室友走后留在桌子上的那一张钞票，我的目光便再也移不开了。

之后发生的事我都忘了，等我反应过来的时候，手里已经拿到了那个一直期待的礼物。那天晚上，我将礼物藏在衣柜的最深处，等着第二天就亲手送给他。当然，那晚室友回来后，在座位上翻找很久，也没有找到那张丢失的钞票。

第二天我如愿以偿地将礼物亲手交给对方，他也向我表白了，我们如愿走在了一起。正当我以为之前晦暗的日子已经过去，满心期待着我们的美好未来时，变故发生了。不知为何，我盗窃室友钱财的消息瞬间传播到了整个校园。那段时间,室友看到我都要躲着走,而同学们看着我的眼光,就像是看到贼一样。就连妹妹,看到我的时候也是一脸鄙夷的模样。而给我最致命一击的,还是我最喜欢的那个他。

有一天,他找到我,将我之前送给他的礼物还给了我,并且和我提出了分手。他转身离开之后,我哭得很伤心,可就连这个时候,身边还是传来小声议论我的声音。我当时真想冲她们大声喊几句,可最终还是忍住了。我拖着疲惫的身躯,回到宿舍。我躲在被窝里,就像小时候那样,做了一个又一个美好的梦。

然而梦终究是要醒的。一个星期后,母亲被校领导叫来学校,说是要开除我。最后母亲极力哭诉,说一个单亲家庭有多不容易,校方这才勉强收回开除我的意见。不过母亲当时签了保证书,说是我再犯什么错,就一定开除绝不姑息。我还记得当母亲从校领导办公室出来的场景,她面无表情地朝我走过来。我本以为她会像往常那样打我骂我,可她却什么都没做。在和我擦身而过的那一刻,她只说了一句话。

——你怎么不去死。

留下这句话后,母亲就离开了学校。我带着这句话回到宿舍;之后又带着这句话,在周围人的异样目光中度过了剩下的高中生活;然后我带着这句话参加了高考。毫无意外地,我落了榜。

落榜后我就去外地打工。没有了周围同学异样的目光,我甚至感觉整个人都轻松起来。之后的几年里,我都一直在外地打工,连一次家都没有回。对于我来说,那个家是妹妹的家,不是我的。原本属于我的那个家,从妹妹诞生的那一刻起便不复存在了。

后来有一天，久未联系的妹妹，突然打电话给我，说是母亲得了重病，正在县里的医院住院，让我马上回去一趟。我原本想立马拒绝，可话还没出口，妹妹就在电话那头突然哭了起来。她说母亲非常想念我，无论如何都想见我一面。原本就心软的我立刻不知道该说些什么，最后只好答应了妹妹的请求。两天之后，我来到了县医院。

母亲确实得了重病，她躺在床上，全身浮肿，身上插满了针管，连话都说不清楚。我看着半辈子都在劳累的母亲如今变成这样，心里也忍不住难过起来。那几天我便和妹妹一起照顾母亲。几天之后，母亲的病竟奇迹般地有所好转。又过了一周，母亲的病已经好得差不多了，我和妹妹一起将她接回了家。

时隔多年我终于再一次回到家乡，那是一种既熟悉又陌生的感觉。我在原本屋子的隔壁又重新收拾一间屋子，住了进去。那时的我刚好结束一段新的恋情，回家也算得上是休整了。妹妹正在上大学，所以很快就离开了家。说实话，在上大学这一点上我真的很嫉妒妹妹，如果不是当年发生了那种事，我也不会落榜了。

那段时间，母亲的病情不是很稳定，时好时坏，好的时候可以下床走动，坏的时候就连说话都成问题。一旦病情恶化，母亲躺在床上迷迷糊糊的，嘴里就会不停喊雪凤的名字。与此相对的是，她一次都没有提到我的名字。

之后的某一天，影响我今后人生的转折点，就这样毫无预期地到来了。那天晚上，母亲病情又加重了，我正悉心地照料她。她突然喊起了雪凤的名字，我本以为她又要开始念叨了。可没想到的是，母亲嘴里突然冒出了其他的词，我仔细听过之后,才知道她是想要雪凤替她翻出箱底的某个东西,而那个箱子就放在床底下。母亲重复了好几遍,之后才停止呓语,睡着了。

我对母亲说的话十分好奇,就按照她的吩咐在床底翻找起来。找了好久,我才找到那个箱子,它竟然藏在了最里面。箱子上面全是灰尘,看来也是很久没有打开过了。我打开后,发现里面放有很多书籍,全都是很旧的那种线装书。我一直翻到了最底部,最终发现了一个很古老的册子。出乎我意料的是,这竟然是温家先祖留下的家训。

我没有丝毫犹豫就打开看了起来。家训一开始,便记载了我们温家以及龙凤村的由来,竟然和什么隆武帝的宝藏有关。当然大部分我都是当作小说来看的,毕竟和我没有多大的关系。然而在看到其中一条时,我顿时愣住了,整个身子犹如遭遇晴天霹雳。

因为这上面记载了我们沈温两家一直以来"龙生龙,凤生凤"的机密。而这个机密竟然是通过一个很是简单的方法,同时在我看来,也是最不人道的一种。

沈温两家每次都会同时有人怀孕,而且临产的时候不能待在家中,都必须去一个特殊的地方生产。这一切都是为了一个特别的操作,那就是交换孩子。不管沈温两家各自生了什么性别的孩子,男孩都会归沈家,女孩则会归温家。这样就能保证两家一直以来都是沈家得龙、温家得凤的传统。而之所以会有这个传统,竟然还是为了那个什么隆武帝宝藏。

营造"龙生龙、凤生凤"的传统,一方面是为了显示沈温两家的特殊性,容易在龙凤村树立威信。而事实也正是这样,沈温两家在龙凤村一直统治了三百多年。另一方面,将自己的孩子交给对方,也是为了互相牵制。这样便能保证在守护隆武帝财宝的过程中，任何一方都不会背叛另一方。

在读到这里的时候，我恨不得将这份所谓家训撕掉。为了守护隆武帝财宝，竟然是以牺牲掉这么多家庭的幸福为代价。而就在这时，我也理解了父母这么讨厌我的原因。

因为我根本就不是他们的亲生女儿。

想起来，我和沈家的海龙是同一年出生的，就连生日都十分相近。我顿时想象出了当年的场景。二十多年前，我的母亲和海龙的母亲分别同时怀孕，但当时海龙的母亲生下的是女孩，而我的母亲生下的却是男孩，所以他们将双方的孩子交换了。也就是说，我真正的母亲，应该是海龙的母亲才对！

经过交换的两个孩子后来分别来到沈家和温家，之后便以各自的身份长大。而我由于不是母亲的亲生女儿，所以才备受冷落，从小到大都要遭受父母的冷眼相待。当然，有可能也是因为我不是母亲的亲生女儿，所以她后来才想着再要一个，于是便有了雪凤。我和雪凤的差别以及今后所要经历的种种遭遇，从出生开始便注定了。

而紧随其后的家训中，还特别提到沈温两家禁止通婚。有了刚才的认知，我终于理解从小就一直接受这种观念灌输的根源。禁止通婚的根本原因不是因为两家关系不好，而是有更深层次的考虑。换句话说，是为了防止近亲结婚甚至乱伦。

表面上看，我们沈温两家由于一直不通婚，所以应该没有血缘关系。但实际上，由于很多子辈在一出生就被交换，所以实际上沈温两家人身上流着的是十分相近的血脉。这时我突然想到我们两家长辈一直反对雪凤和沈家小子在一起的原因，也许正是基于这个考虑。如果我的猜测再大胆一些的话，说不定……雪凤和星龙是双胞胎兄妹也说不定……

而此时我才终于明白了，沈家人尤其是那位沈老太婆如此忌惮我的原因。我原本就是沈家的血脉，而且是从一出生就被抛弃的那个，所以也许是抱着愧疚的心理，对于我小时候的胡作非为，他们才不做过多的追究吧。但我却不能原谅他们，正是他们抛弃了我，才导致我这二十多年来的悲惨命运。像妹妹那样的生活，原本我也可以拥有的。

那天晚上，我虽然一开始很生气，但消气之后，更多的还是失落。我突然想念起自己的亲生父母，如果我没有来到温家，而是在亲生父母的养育下成长，我的人生轨迹会不会就完全不一样了，我也会得到更多的父爱和母爱，像妹妹这样的生活我也可以得到。然而现在，这样的日子再也回不来了，我已经在温家生活了二十多年，而且在十多年前的那场事故中，我的亲生父亲也去世了。

想到这里，我不禁失声痛哭起来。

也许是命中注定的，就在我想到这里的时候，躺在床上的母亲却突然又开始了呓语。她口中所说的竟是十多年前那场事故的真相。也许是刺激太过强烈的缘故，母亲一边呓语，竟一边哭了出来。然而我听完之后，整个人都愤怒了。

原来，十多年前发生的根本就不是事故，而是一场精心策划的谋杀。这场谋杀的核心，就是为了夺取隆武帝的宝藏。我们沈温两家原本就是守护宝藏的两大家族，分别占有关于宝藏的一半线索。任何一方要想得到宝藏，就必须得到另一半的线索才行。

我的父亲，也就是当时的温家家主，就动了这个歪脑筋。他蛊惑当时沈村长的二弟，也就是我的亲生父亲，成功偷取到沈家藏有的那一半线索。他当时许下承诺，在找到宝藏后两人平分。然而事实却是，他从一开始就不想和别人分享，所以才设下计策想要谋害我的亲生父亲。但人算不如天算，他的计划最终没有得逞，反而断送了自己的性命。更可笑的是，原本属于沈家的那一半线索，也在这次事故中损毁了。

想到这里，我对自己这个"父亲"的恨意越来越强。他的做法不仅让自己失去了性命，更直接导致了母亲之后的性情大变，从而导致了我的悲惨生活。除此之外，最让我不能原谅的，是他亲手杀害了我的亲生父亲！

一时间我彻底怒火中烧，等我反应过来时，我的双手已经掐在了母亲的脖子上。我确实需要复仇，但我不能这样便宜她……就在这时，我想到了一个更好的计划。这个计划不仅能让我的这位"母亲"哭得死去活来，更能让沈家也尝到失去亲人的滋味。而最为重要的是，我终于再也不用见到我那位讨厌的妹妹了。

我的计划很简单，那就是杀了妹妹和那个沈家小子。

十五年前，你们的父亲害死了我的父亲；十五年后，就让你们偿还这份债吧！

尾　声

　　一周之后,我将好不容易赶完稿的剧本传给对方负责人,正想着好好放松一下,却又收到了韩适学长的来信。他再次约我出来见一面,还是在同样的地方。
　　当我踏进"夕之目"的那一刻,学长竟直接站在门口,十分热情地将我迎了进去。不一样的是,这次我没有看到郑佳。韩适学长看起来十分高兴,说待会儿要请我出去吃顿大餐。我想了想,这段时间为了赶稿我都是以泡面为生,这次刚好可以补偿一下自己,便满口答应下来。
　　客气一番之后,我发现韩适学长今天的状态确实有些不对劲,明显是遇到了什么好事的样子。在我几番询问之下,学长才终于说了出来。原来是学长将我那天的推理过程连夜写成了一个长篇报道,刊登在第二天报纸的头版头条。原本龙凤村的这两起案件在两个月前就是个热点,而学长这篇报道刊登的时候又恰逢真凶投案自首,算是蹭上了这个热点。于是这篇报道在当天就引起了巨大反响,学长本人也算是名利双收了。
　　难怪他今天这么客气,我在心里苦笑起来。不过也好,他吃肉,我多少也能捞点肉汤喝。聊着聊着,我发现学长很多次都是话中有话,一看就是心里有事的样子。我便主动开口询问。

学长倒也没做过多遮掩，很快就将心事说了出来。

"我问你，关于那个隆武帝的宝藏，你还知道多少内幕消息？"学长突然压低声音向我问道。

"就这个？宝藏不是已经被挖出来了吗？学长你想分一杯羹的话，现在可是迟了哦。"我不禁揶揄起来。

"宝藏哪是我这种人能够碰的，弄不好还得脱层皮。"学长嘿嘿笑了两下，随后正色道，"我的意思是，那个宝藏究竟是从哪挖出来的？"

"你作为报社主编，难道会不知道？"

"阿宇，你可别开玩笑了！我要是知道，还来问你干什么？你别看现在这个隆武帝宝藏的消息弄得满城风雨，可官方对于这方面的消息封锁可真是严啊。我们报道的时候，连一张正面的图片都得不到。"

学长看起来也真的是着急了，不过我还是没有直接回答他的问题，而是反问道："学长你觉得会藏在哪里？"

"你问我？我……好吧，我确实有一个想法，可不知道对不对。"

"你说说呗。"

学长想了想，胸有成竹地说道："关于宝藏所装的那个大箱子，我之前也听郑佳说过了。整个箱子长两丈有余，宽高近半丈，这样大的箱子，在龙凤村基本上很难找到一个合适的地方放下。除非……除非有一个密室。"

"是吗，那这个密室在哪呢？"我假装问道。

"就在龙凤楼里啊！"学长略显兴奋地说道，"如果按照普通的土楼结构，肯定是找不出这样的密室。但关键在于龙凤楼是一座不普通的土楼，它有一个特殊的螺旋构造。为了让这个螺旋构造更接近于圆形，所以设计的时候特地加了一圈补充的墙壁。而这补充的墙壁，正好围成了一个密室结构。你来看这张图，最下方打五角星标记的，就是我认为的真实藏宝地点。"

说着，学长竟从背包里掏出一张A4纸，上面所画的正是龙凤楼的结构示意图。我看了过去，果然最下方有一个五角星的标志。看得出，学长也是有备而来。

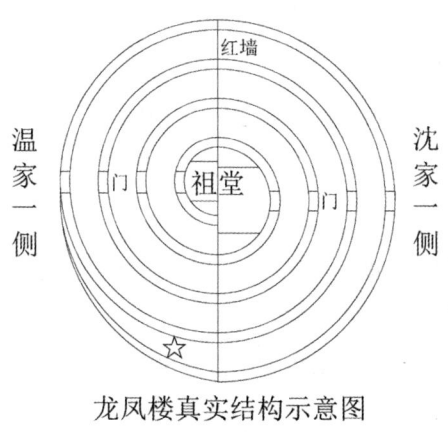

龙凤楼真实结构示意图

见我许久没有回应，学长再次开口道："怎么样，这个地方至少也有几十米宽。我觉得放个藏宝的箱子，应该是绰绰有余的吧？"

"放倒是放得下，不过你不觉得，这里也很容易被发现吗？而且有一个事实足以反驳你刚才的说法。"我提出了自己的观点。

"什么事实？"学长用狐疑的目光看着我。

"就是两个多月前的那两起案件啊！真凶既然已经知道龙凤楼的真实构造，她肯定也知晓这个密室的存在，如果里面藏有财宝，那真凶岂有不知道的道理。但事实上，直到警方破获那起盗宝案件之前,这里的财宝却没有被任何人动过。所以照这样推理的话,宝藏应该是藏在一个连真凶都不知道的地方。"

"我刚才的猜测是错的吗……"学长不无失望地叹了口气,"那你说说,财宝究竟藏在了哪里?"

"自然也是藏在了土楼里,只不过不是龙凤楼,而是龙凤楼旁边的那座方形仓库。"我看着学长,缓缓说道。

"不可能!那座仓库那么小,怎么可能放得下那么大的箱子而不被我们发现?"学长激动得就差站起来反驳我了。

"那座仓库确实很小,边长也就七米,高不超过十米。而且为了防潮,壁厚有一米,也就是说,内部真正的空间仅有五米。如果里面放了一个两丈高、半丈宽的庞然大物,是不可能不被发现的。"

"对啊,那你怎么还说……"

"我又没说在仓库里面。"

"等等,你不会是想说藏在墙壁里吧……"

"正是此意。"

"阿宇,没想到你也有百密一疏的时候!你想,这个墙壁仅有一米宽,箱子宽却有半丈,也就是一点六米,这如何放得下?不信是吧,我们来画画看。"

说着,学长掏出一支笔,开始在刚才那张 A4 纸的背面画了起来。

"你看看哈,这是那座方形土楼的结构图。箱子有两种放法,第一种是正常放法,这种情况下,墙壁里能塞下的最大正方形边长是 1 米;第二种放法是斜着放,可这种放法经过计算后,最大正方形边长约为零点九五米,甚至还没有第一种放法宽。而箱子的宽度却有半丈,也就是一点六七米。所以说,你的这种说法根本不可行。"

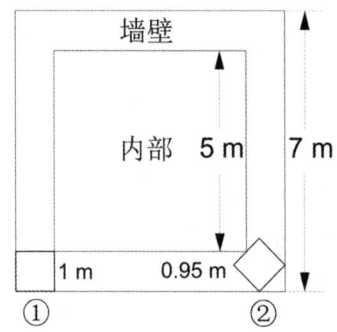

"可如果是这样呢？"

我从学长的手上将笔拿过来，在刚才那幅图的下面又绘制了另一幅图。

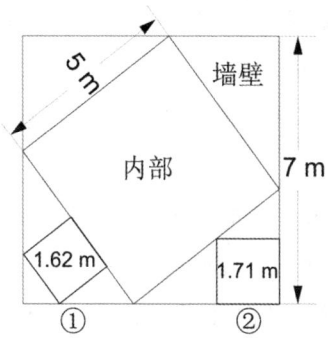

"这个……怎么可能？！"韩适学长惊叫出来，"你的意思是，这个土楼内部的空间……是倾斜的？"

我点了点头，随后说道："从外部看，是一个正方形；从内部看，也是一个正方形。但其真实结构却大不相同。学长，这就是我给出的答案。"

"没想到还有这种操作……"学长接连摆手，表示这完全出乎自己的意料，紧接着他又说道，"如果这座方形土楼内部的真实结构正如阿宇你所说，这样能够利用的空间就会大很多了。依你所绘，第二种方案的最大边长是一点七一米，刚好大于箱子的边长，也就是半丈的一点六七米。这么说的话，在墙壁里塞进一个铁箱也不是完全不可行。佩服啊，佩服！阿宇，你是怎么想出这种方法的？"

"我能说实话吗？"

"可以，说吧。"

"其实是陈默思告诉我的。"

我话音刚落，学长就露出一副豁然开朗的表情，这表情大概就是"这样啊，果然"之类的意思。

对于学长的这副表情，我也没有过多在意，毕竟这个答案确实是陈默思给我的。当然，为了得到这个答案，我可是在陈默思身上费了不少口水。最后可能是嫌我烦了，他才稍微给我透露了一点信息。根据他的指点，我才最终摸索出了一个可能的解答。

"对了，今天找你来，还有另一件事。"解决完刚才这个问题后，学长突然有些神秘地说道。

随后，他将手伸向身后的背包，从中抽出一个类似信封的东西。

"我在今天早上收到了这个，是直接寄到我们报社的。"

我从学长手中接过信封。表面上看确实只是一个普通的信封，上面贴着邮票，而且也有拆开的痕迹，想必学长已经看过了。我想了想，直接打开信封，里面有一张A4纸。这张纸上打印了一幅地图，上面还标明了具体的地点。

"这是……"我看向学长,心中还是不明白这到底是怎么一回事。

"你翻过来看看。"

我按照学长的指示,将这张 A4 纸翻了过来。

要想救陈默思,请来地图上的这个地方。

我看着这张纸,足足愣了十几秒。然后我看着学长,学长缓缓向我点了点头。

"我收到这封信后赶紧联系了市局的杨副局长,他也表示联系不上陈默思。我觉得事情有些奇怪,所以才来找你。"

虽然能听到学长说的这些话,可我的脑袋却像是停止了运行,一时间分辨不出具体的信息。我只是茫然地看着学长,一句话都说不出。

"阿宇,这么跟你说吧。两个多月前,陈默思协助警方破获了一起盗墓案件。当时只是抓获了其中一部分团伙,该团伙的核心人物并没有被捕。后来龙凤村传出了隆武帝财宝的消息,陈默思觉得这是端掉这个团伙的绝好时机,杨副局长当时也是知晓这一点,才介绍小佳去主动邀请陈默思。两周前警方在龙凤村破获的那起盗宝案,也正是陈默思的手笔。经过调查,两起大案是同一团伙所为。到此为止,一切都很顺利,可以说是一个令人皆大欢喜的结局。可警方在审讯过程中,却发现了一个更让人吃惊的事实。"

说到这里学长停了下来,然后看着我,一字一顿地说道:"这个团伙本来并不知道隆武帝财宝的具体藏宝地点,他们是花钱在一个网站上买的。据说这个网站上可以购买任何你需要的信息,不光是藏宝地点,甚至还能帮你设计杀人方法,替你洗脱嫌疑。而这一切,只需要你交钱就行。"

学长的话直接把我拉回到两年前的那个夏天,在解决钟塔山庄那个案件之后,陈默思也说过类似的话。他说总感觉在很多犯罪活动的背后,存在着一个十分有秩序的组织。而他所破获的各种案件,与这个组织也有千丝万缕的联系。也许这就是两个月前默思同意前往龙凤村的理由。

这些年来,陈默思或多或少都与这个组织有着各种摩擦。而最近,他更是直接破获了这个组织策划的两起大案。看来这个组织终于忍不住,他们直接对陈默思出手了。

现在想起来,陈默思已经消失近两天。而找到他的唯一方法,目前来看就是前往地图上的这个地点。

温泉谷

我看着地图上的这三个大字,心跳骤然加速。

解　说

刘影昙

　　《土楼杀人事件》是推理作家青稞的第六部长篇小说。除去在黑猫文库出版的《溯洄》之外，其余五部作品均属于同一系列"陈默思系列"。由于种种原因，陈默思系列的出版顺序同创作顺序略有出入。以完稿的顺序来说，青稞的首部长篇小说是《巴别塔之梦》（2017），其后是《死愿塔》（2019）、《钟塔杀人事件》（2018）、《日月星杀人事件》（2019）。陈默思系列最新的一本，则是各位手中的《土楼杀人事件》。

　　和同系列的前几部相同的是，《土楼杀人事件》最初版本的创作时期同样处在青稞创作欲望最旺盛，也是诡计灵感频发的2017至2018年。在这段时期，来自外界的评价，以及创作之后的得失分析，都对青稞创作风格的日趋成熟有着积极的推动作用。因此，对本书的解说，几乎就等同于对青稞的创作风格和作品流变的分析。

　　纵向比较来看，尽管陈默思系列的创作时间相当接近，但每完成一部作品，青稞都会在之后的创作中寻求新的情节结构。这种求变的心态让他很好地从初期的"致敬"心态过渡到了属于青稞自己的道路。随着借鉴的元素越来越少，在《钟塔杀人事件》出版时青涩地表示自己尤为喜欢绫辻行人和北山猛邦的那个青稞，现如今也可以昂首挺胸，传递自己的创作理念了。

在《土楼杀人事件》中，故事发生的地点是居住在福建土楼里的客家人村落"龙凤村"，由龙凤村的宝藏传说为引，讲述了一桩因贪念和爱恋引发的，持续数代的悲剧故事。相对于"将几名只是相互认识的人邀请到同一栋建筑物，并引入外部限制，强制他们驻留在建筑物内共同生活"这样的舞台背景而言，相对闭塞而又有血缘关系的村落这样的设定，为作者提供了可以从容展开情节的条件。以往作品中略显突兀的人物背景介绍、激烈的情绪转变等问题得到了很好的改善。就诡计而言，由于三起案件和一个谜题分别被安排在不同的场景，本作并不存在一个能够同时解释所有案件犯罪手法的诡计。这样的安排和鸡丁的《凛冬之棺》（2018）的模式有相似之处。

然而，在故事叙述的节奏，以及日常对话的安排方面，青稞依然沿袭了前几部作品的风格套路。产生这种相似性的原因，一方面是因为叙述节奏、文笔和日常对话是理工科背景的作者的天然弱项，作者在写作时难以改变这种熟悉的套路；另一方面也是为了持续高产，作者将重心放在了诡计设计和情节安排上。在中国推理作者不断增添新成员，作品推陈出新的当下，在系列作中预设一种叙述节奏的范式，再向这个框架里填充情节、人物、诡计，这种行为是应当被批判的。在本作第一章中设置的小插曲就是一个例子。就观感来看，在前作中插入这样一段推理，可以增强读者对侦探陈默思的印象，而在本作中突兀地出现一段即兴的推理，其对剧情的负面效应便盖过了正面效应。

当然，任何事物总存在不同的侧面。叙述节奏的范式或许暴露了青稞在小说技法方面的弱项，但当另一类范式在陈默思系列的创作过程中逐渐成形，读者也应该欣喜地发现，青稞在推理创作方面已经逐渐风格化，而这种风格化则体现在了谜题和解答方面。

向前回望，在青稞的处女作《巴别塔之梦》中出现了一系列诡计，包括胶带密室和众多不可能犯罪。案件和谜题的密度之高，以至于得到了"诡计模组化"的评价。因其在岛田庄司推理小说奖中脱颖而出，也有读者认为青稞正在掀起中国推理作者的第二轮岛田流风潮。然而岛田庄司的评语中给出的意见是：用之前曾经出现过，而且获得好评，由前人所构思的诡计或机关加以模组化（部分完成品），加进自己制作的装置中，并扩充其数量，亦即以量取胜，以此说服读者的一种作风，解说得相当透彻。那时的青稞并没有吸收岛田流的创作理论，但由于致敬对象是大型建筑诡计，且抛开诡计设计，其文本值得分析的部分稍显不足，故而作品给人以强烈的岛田流的印象。事实上，这样的印象在其后出版的作品中已经有了改观。随着个人风格的形成，在《日月星杀人事件》中，岛田流的大部分直观特征也自然地被消解了。此后认为青稞的作品为岛田流的依据，一方面是因为青稞每作必有发大型建筑为装置的诡计，即支持者口中的"宏大诡计"，另一方面着眼于青稞所给出的谜底的科学性。但这两点理由并不能将青稞的作品风格与岛田流联系起来。

之所以产生这样的误解，主要是因为国内对于岛田流的看法几乎是随着"宏大诡计"性质的作品的出现而不断转变的。在岛田庄司作品正式引进国内出版时期，岛田流自然是以这些引入的作品为代表，此后则开始产生分歧。一类是在故事中带有强烈幻想要素的作品,如《魔法妄想症》(2004)、《杰克魔豆杀人事件》(2008);另一类则相对抛弃了能够贯彻表层故事的幻想要素,如《冰镜庄杀人事件》(2009)、《岛田流杀人事件》(2009)等作品。随着时间的推移,前一类幻想要素的岛田流作品逐渐式微,后者在国内反而有成为正统"岛田流"的趋势。直观来看,读者看的岛田流作品的出版年越是靠后,作品的浪漫感便越稀薄。

然而岛田区别于其他作者之处,并不单单是谜题的特点或者解答的特点,实则应当是包含着谜题的故事和解答两方面相互对照的特征:表层的故事和相关联的谜题带有幻想成分,如《奇想,天动》《螺丝人》中手记所描述的经历,单独来看足以构成一个浪漫主义气息浓厚的幻想故事;而相对应的解答则纯粹以科学的方式挖掘出与故事相对应的事实。所谓宏大诡计,其实是在保证谜底科学性的前提下,为了符合幻想故事而自然形成的诡计特征。

先前所说的两类"岛田流"之间微妙的差别,也被岛田庄司本人在对《巴别塔之梦》的评价中给出了原因:在喝咖啡的咖啡厅前,降下一台UFO,走出外星人,并用激光枪攻击,对于写下这种内容的作品,如果只因为这样的状况不写实就给予负面评价,这种评论愚不可及。若真的发生这种情况,UFO是发出了什么样的声响?咖啡厅里的人们又有何反应?激光枪发出了怎样的声响?墙壁和玻璃是如何遭到破坏的?要巧妙描写这些细节,读者才会相信这种状况。也就是说,问题不在于写实,是否有可信度才是评价一部作品的关键。脱胎于悬疑气氛的幻想性同浪漫体验能够实现,正因故事中的细节描写在幻想与现实之间搭建了沟通的桥梁,这种写法却也是对作者创作能力的考验。若在幻想之中加入的细节不足，其后用科学的解答来解释故事中幻想的部分，便显得相当突兀，或者对应之处并非严丝合缝。目前原创的岛田流作品数量不增反降，其中一个原因即为其细节构思的难度，要远高于偏谜题化的作品。

说回陈默思系列作品，依青稞在作品后记中，以及讲座分享创作方法时所提到的"先构思诡计，后创作故事"的构思顺序来看，青稞所构建的宏大诡计其实与幻想故事并不构成紧密联系，细节自然处于缺失状态。或许正是察觉到了平衡幻想与现实的难度所在，在陈默思系列的后几作中，读者已经看不到青稞在初期创作时加入的带幻想要素的谜题了。类似于"倒流的时间"这样的宣传语已经难以重现，取而代之的是更具现实感的故事。本作更是如此，名为土楼的民间建筑、有关宝藏的传说、村中连续死亡的惨案，其实很容易勾连出一个幻想风的谜面，但青稞却选择叙述一个更为现实的故事，在这个故事中，有的是村民的恋情，以及当下围绕着宝藏的多方势力——这些元素都和真正的岛田流相去甚远。

那么，青稞是怎样的风格呢？以《土楼杀人事件》中出现的广义密室为例，死者被悬挂在树梢，大树周围无其他障碍物，同时以树根为圆心的一片区域为没有脚印的泥地。单看谜面并没有特别之处，仅仅构成了一个不可能犯罪，而解答则利用绳索绕树的旋转，以一种有些反直觉的巧妙手法实现了这个广义密室。在作品中陈默思给出解答的片段，其实包含了实验和理论计算的过程。这类诡计的构成，相较于岛田流，应当更接近于北山猛邦等作者偏爱的物理诡计。

"物理诡计"这个名称由来已久，因其特点，又被称为"机械诡计"，是推理小说中较为兴盛的一个分支。推理小说中常见的元素即有"密室杀人",即死者受害于被门锁锁住、无法随意进出的房间内的事件。纵观早期的密室杀人案件的构造手法,不少与门锁的特有结构和房间内的陈设有关。而借由作者描述,在读者的想象中的这些形状、大小、结构以及物理性质固定的物品,一般都满足"机械诡计"的公平性,从而被本格推理作家所偏爱。

而与物理诡计关联最为紧密的,则是能够实施诡计的机关——也就是所谓"装置"。借由装置,在一切都安排妥当后,实施者只需要在起始处完成一个动作——例如推倒什么、拉动什么或是输入什么指令,其余步骤便无须他的干预。从输入的那一刻起,直到诡计完成,一切均由装置精密而准确地施行。这也是物理诡计的优势所在。装置作为早已设计好的机关,不需要在实施犯罪时做出任何调整。那么当启动装置的输入变量便于控制时,整个诡计是完全可控的。正如上文提到的泥地无足迹密室中,缠在树上的绳索就是这样的一个装置。

作为推理作品,作者一般要保证作品的公平性,那么在引入了构成物理诡计的装置之后,自然也要对装置做出一些限定。例如,推理作品的公平性要求所有线索必须给出,因此装置必须在解答之前的故事中介绍完毕或出场。分解成部分的装置,也不得遗漏某个部分。又比如为了不让作品流于冷知识推理,那么装置的运作原理也不得超过日常所接触的常识,或者无须长篇大论解释其原理的知识。在确定了以上两条原则之后,物理诡计的构思难点也暴露了出来——让装置在故事中出场,读者便会认识到装置这个客观存在;令装置的运作原理简单化,读者便能够意识到装置的作用。当读者能够立刻由装置联想到诡计的前提下,想要创作能够瞒过读者的诡计,就无法在装置——诡计的链条做手脚，而是要在更前一步，对实施物理诡计的装置做出一定的包装。

青稞在陈默思系列作品中构思了数个物理诡计，而北山猛邦正是以"物理的北山"为名号的推理作者。就《土楼杀人事件》的物理诡计而言，青稞在作为诡计核心的"装置"的构造上，与北山猛邦的部分诡计有着相近的构思方式。这个方式既能保证作品的公平性，又能带来意想不到的效果——具体来说，就是提出一个一般尺度上很容易验证或实现的原理，再将该原理的装置等比例放大，直到不容易被读者察觉的尺度为止。例如之前提到的广义密室的解答，包括伪解答在内，其本质都只是一个课桌上的小小实验，但当它的尺度增加到十五米的大树和半径十五米的一片泥淖，读者多半不会将二者简单地联系在一起。又比如土楼内的不可能犯罪，落在纸面上只是一个标准的错觉画，但青稞却将小尺度上任谁都可以看清的图案放在了土楼的设计上。土楼的装置、粮仓的装置、土牢的装置均以"放大"的思想进行包装，反而让读者难以看穿个中奥秘。

这种处理方式还有另一个好处。装置本身除了作为装置之外，若存在别的用途，那么就可以将另一重用途加以强调，让装置之为装置的事实掩藏在它另一重用途之下。青稞正是将装置化进"建筑"里，成为建筑的一部分，才达到了出其不意的效果。而北山猛邦的城系列，则是让"装置"的不同组成部分，分别存在于不同的整体里，在此不作赘述。但可以断言，两位作者的设计思路大抵是贴合的。

那么我们是否可以认为青稞走上了北山猛邦的创作道路？答案依然是否定的。青稞与北山猛邦之间的主要区别在于，北山猛邦在使用物理诡计的同时，作品中刻意引入了"虚构"的部分作为调和,而青稞则使用他所拿手的"理论"来代替虚构部分,从而起到了故事与诡计间的调和作用。

早在创作《爱丽丝镜城杀人事件》时,北山猛邦便借书中角色之口,提出了他对于物理诡计的看法:问题是物理诡计的脆弱。推理小说中,凶手欲洗脱嫌疑,通常会使用诡计,却反而留下疑点。推理小说之物理诡计的脆弱,首先就是和现实的差距,永远无法填埋这条名曰"虚构"的鸿沟,永远具有非现实性。物理诡计本身是立足现实的,但几乎被用竭了,而且用过一次就很难用第二次,这是一条很残酷的规则。在这里,北山猛邦所担忧的,其实是当运用物理诡计的一般范式被用尽之后,应当更偏重于现实性还是虚构性。而答案也在他之后的作品中给出:"少年检阅官"系列作品构建了反乌托邦社会,《人鱼公主杀人事件》《千年图书馆》等作品也多少加入了传说和童话等幻想的要素。为了使物理诡计显得可行,就必须借由虚构的世界观来挖掘出"装置"的全新的用途。只有这样才能更好地掩盖"装置"作为物理诡计的真实用途。

事实证明,这种处理方式完全行之有效,也是物理诡计的一条发展道路。在虚构逐渐侵蚀现实的设定下,物理定律归于现实,世界设定归于虚构。读者要在虚构的故事中理解现实世界中不存在的动机,但得到这样动机的基石,是不管在何种世界都必须遵循的自然规律。读者挑战的是 who 和 how 的现实存在,并欣赏虚拟情境下的虚拟动机 why。

但正如前文所述,青稞在创作的过程中逐渐抛弃了幻想的成分。《土楼杀人事件》除了故事是虚构之外,其背景和设定全都基于现实中存在的事件,并做出了一定的改编和加工。幻想故事是青稞的弱项,这一点已经在他的个人选择中有所体现。

反过来看，那么青稞真正的强项在于他理科生的身份。因此青稞在作品中应对物理诡计与故事之间鸿沟的方式，则是依靠他最擅长描绘的细节来进行填充。在本作的结尾部分，陆宇和韩适学长在复盘时将此前故事中未解开的谜团一一说明之时，两人的态度就像在解题一般——与故事割裂感最强的谜题被抽象化了。尤其是解开藏宝箱埋藏之处的讨论，相信读者也会觉得两人像是在解题一样。抽象的数学谜题解开之时，读者的感受或许和谜团解开的满足感相似，这份满足感又带来了对这段解释对话的正向的观感。如岛田庄司所说，在细节的补充下，读者才会真正相信作品的描写——这里的细节，正是对抽象问题近乎详尽的解释说明。

  不可能事件越是夸张，在解答上就越难令读者信服。"天上的谜团"往往只能得到"地上的解答"。造成这种困难的矛盾点在于谜题和故事天然的割裂。在强调偏科学解答基础上，岛田的谜面偏重浪漫幻想，这是岛田主观上追求故事的浪漫，以及得出"另一种解读性"所带来的结果；北山猛邦在世界观上偏重幻想，这是他追求物理诡计的设计（装置——隐藏装置——装置的另一种功能——世界观）所带来的结果。从世界观开始引入幻想要素的设定，加上机械诡计就成了北山流；从故事上引入幻想要素，给出能自洽的一种解释，再加上宏大诡计便成了岛田流。面对以上两种浪漫主义色彩的创作道路，青稞毅然踏上了他最舒适，却也鲜有人同行的现实故事加多重不可能诡计的道路，以实验和公式作为细节，填充作品观感上的割裂之处。在本格推理领域，青稞的确做到了一个死忠粉的倔强和坚持。

图书在版编目（CIP）数据

土楼杀人事件 / 青稞著 . —北京：新星出版社，2021.11
ISBN 978-7-5133-4567-5

Ⅰ.①土… Ⅱ.①青… Ⅲ.①推理小说－中国－当代 Ⅳ.① I247.5

中国版本图书馆 CIP 数据核字（2021）第 117670 号

土楼杀人事件

青稞 著

责任编辑：王　萌
责任校对：刘　义
责任印制：李珊珊
封面绘图：KEN
装帧设计：Caramel

出版发行：新星出版社
出 版 人：马汝军
社　　址：北京市西城区车公庄大街丙3号楼　　100044
网　　址：www.newstarpress.com
电　　话：010-88310888
传　　真：010-65270449
法律顾问：北京市岳成律师事务所

读者服务：010-88310811　　service@newstarpress.com
邮购地址：北京市西城区车公庄大街丙3号楼　　100044

印　　刷：万卷书坊印刷（天津）有限公司
开　　本：910mm×1230mm　　1/32
印　　张：9.25
字　　数：160千字
版　　次：2021年11月第一版　　2021年11月第一次印刷
书　　号：ISBN 978-7-5133-4567-5
定　　价：48.00元

版权专有，侵权必究；如有质量问题，请与印刷厂联系调换。